魅丽文化 飞魔幻工作室

明亮如你 灰暗如我

琉一 / 著

江苏凤凰文艺出版社
JIANGSU PHOENIX LITERATURE AND ART PUBLISHING, LTD

图书在版编目（CIP）数据

明亮如你，灰暗如我 / 琉一著 . -- 南京 : 江苏凤
凰文艺出版社 , 2019.9
ISBN 978-7-5594-3825-6

Ⅰ . ①明… Ⅱ . ①琉… Ⅲ . ①长篇小说 - 中国 - 当代
Ⅳ . ① I247.5

中国版本图书馆 CIP 数据核字 (2019) 第 158390 号

明亮如你，灰暗如我

琉一 著

出 版 人	张在健
责任编辑	张 倩 王 青
特约编辑	刘 星
装帧设计	@ 殷舍 InChia
出版发行	江苏凤凰文艺出版社
	南京市中央路 165 号，邮编： 210009
网 址	http://www.jswenyi.con
印 刷	湖南凌宇纸品有限公司
开 本	880mm × 1230mm 1/32
印 张	9.5
字 数	160 千字
版 次	2019 年 9 月第 1 版，2019 年 9 月第 1 次印刷
书 号	ISBN 978-7-5594-3825-6
定 价	36.80 元

序

有的人，就像一本书

文 / 侯小强

琉一是我的好朋友，也是一位非常优秀的制片人，我和她的相识亦是源于欣赏。

我们初次见面是在朋友的聚会上，那时候她制作的超级网剧《寒武纪》刚刚上线不久，已经取得了非常好的成绩和口碑，后期工作还没有全部完成，她的状态有些疲惫，但是一聊起有关自己项目的各种话题，立刻又神采飞扬了。那天我们聊了很多有关《寒武纪》这个项目在整个开发制作的过程中所遇到的困难，没想到这个看起来很温柔恬静的女孩，工作起来竟然有如此的毅力和韧性，我们一拍即合，相约未来一定要选择火星小说好的 IP 来深度合作一次。

作为制片人，她的个人喜好十分极致，所以我们很快选定了与《寒武纪》有同样暗黑悬疑风格的小说 IP 作为合作的开始，那时，在我心底已经认定她是个人风格很明显的“重口味”影视制作者。

但是，当我拿到她自己写的小说时，又颠覆了我对她的了解。

我们都是创业者，每天都在为自己的理想努力着，也都承受着他人无法理解的各种压力。之前一直以为她只是影视制片人，聊得最多的也是影视剧内容的审美与人设。直到有一天，她突然跟我说，其实她自己闲时也在文字创作。那时她的《明亮如你，灰暗如我》还没有完结，让我倍感惊讶的是，这部小说是当下最受欢迎的甜宠爱情题材，与她所喜欢的影视题材完全不同。

出于对她才华的信心，我向她发出邀请，希望她的小说来我创办的火星小说平台做连载，起初她有些犹豫，怕自己工作太忙，不能及时更新文章，或者最终无法完结自己的小说，后来大概还是她身上那种不服输，不达目标不放弃的劲头吧，使我们之间又多了一层合作关系，她成了火星小说的签约作者。

我问她，为什么坚持写作？她说日常工作压力大的时候，码字可以抒发情绪，缓解压力，忘记烦恼，更重要的是，有一些自己这一生无法体验却向往的爱情，文字才是最好的呈现方式。写作从来不是她的工作，也许正因为这样，她的文字大部分很干脆、很理想化，而她笔下的爱情很直接，也很美好。

我又问她，有没有想过把自己的文字影视化，她说那是终极目标。现在，由她自己担任制片人的同名剧集已经在筹备中了，这大概就是一个创作者的幸福吧。同时也由衷地为她感到高兴，能把两件自己钟爱的事情都做成了，并最终结合在一起，正所谓念念不忘，必有回响，好运总会眷顾努力的人。

期待未来《明亮如你，灰暗如我》同名影视剧与观众见面的那一天，这也将是火星小说旗下 IP 影视化效率最高的作品之一，不知琉一是否依旧会在影视剧转化中添加自己喜欢的暗黑影像风格，但希望，无论是读文字的你，还是看影视剧的你，都能感受到她笔下那份真挚的爱情，以及琉一本人对创作的热情与真诚。

序

敬一颗热忱的创作之心

文 / 云葭

琉一小姐姐，生活中我们又喜欢称呼她为“一姐”，亲切又帅气。

接到一姐的邀请，让我为她的小说处女作写序，高兴的同时又觉得为难。高兴是因为我对她的喜爱和欣赏，为难则是，不知道该如何表达这种情感。

认识一姐之前，她在我认知中的身份是知名制片人，出品过热播剧，拥有一颗热忱的，热爱创作的心。我们共同认识的朋友提到她，总忍不住多说几句溢美之词，仿佛稍微少几句，就不足以将她形容到位。后来见到本人，她带给我的惊讶又多了一分。原以为是个高冷干练的职场“女魔头”，没想到是个长相甜美白净、说话又温柔的邻家姐姐。而看过她操刀的影视剧的我，一时间竟没办法把她的人和作品联系起来。

再后来，某次在咖啡厅喝下午茶，一姐告诉我，她正在创作一部作品。我理所当然以为是影视剧，她说不是，是她自己写的小说。我戏称，我们这些以文字为生的人的饭碗都要被抢了。可不是吗，都说术业有专攻，做什么而又什么都能做好的人，我身边少之又少。一姐却是这为数不多的人之一。

我一直有关注她的作品，她一边更新，我一边看。起初是因为好奇，久而久之，竟然被她的故事打动。

平心而论，和长期与文字打交道的职业作者相比，一姐的文字平静许多。之所以说是平静，是因为她的叙事方式并没有特殊的技巧，只是用她最真诚的心，将心中所想的故事娓娓道来。这和我常见的那些有着无数华丽辞藻的文章相比，少一些艳丽，却多一分朴实。

看故事前，听她提起《明亮如你，灰暗如我》这个书名，我以为讲的是甜美小清新的校园爱情，得知是姐弟恋小甜文，又是一番意外。

说实话，我一开始并不是很看好身边的姐弟恋，或许这与我本人对恋爱的态度有关，总担心男生如果不够成熟，会需要女孩子更多付出。去年刷了红极一时的韩剧《经常请吃饭的漂亮姐姐》之后，我的少女心被甜化了，立刻倒戈，恨不得立刻挥着小旗子拥护一段优雅漂亮小姐姐和英俊帅气小弟弟的爱情。书中的任彩怡和叶晨枫，差不多就是这样的一对了，尤其是任彩怡表面 lady 内心傲娇的小样子，脑补了一下，感觉应该也是蛮讨弟弟们喜欢的女孩类型。

可以说我是全程带着少女心看完这个故事的，看完又忍不住想跟大家分享。我跟一姐也说过，她叙述故事的能力超出了我的预料。当然，也是因为我对制片人这一严肃的职业太主观的形象禁锢。毕竟制片人和作者有一个最明显的共同之处，那就是创作者。全天下的创作者对自己的作品都报以热忱和激情，这是亘古不变的。

许久没有给朋友写过序，有点不知所云，絮絮叨叨说了一堆，无非是想表达对作者琉一小姐姐和她笔下故事的喜爱，并且想把这个美妙的故事安利给此刻翻开这一页的你们，希望大家都能从文字中找到自己的初心。

序

爱人心中有一轮明月

文 / 那夏

初次见“一姐”是在北京的一家日料店，说真的，当天我蛮紧张。这种紧张一方面出于第一次与久闻大名的制片人会面的羞涩，另一方面则是因为她在此之前选择了我的故事，但我们从未碰过面，我因此有些害怕自己会给她留下个糟糕的第一印象。

但奇妙的是，当她走进包房的那刻，那种紧张感一瞬间消失了。她身上有一种天然的让人放松的气场，会让人觉得，嘿，这不过是一场温馨的聚会。

既飒爽又温柔，一姐在我心目中是这样的存在。

当晚我们愉快地喝完了一瓶柚子酒，我惴惴的心在酒精的浸泡下变得宁静而胀鼓鼓，为她言谈之间的幽默与率性而折服。不知那时有没有告诉一姐我很喜欢她，没有的话，这次应该也来得及。

其实在与一姐见面之前，我就看过《明亮如你，灰暗如我》了，不因为别的，只因为私下里我其实是个姐弟恋文的爱好者。也许是因为年纪渐长，那种怯懦的，克制的，哀愁的爱情已不足以诱惑我，我想要的是一种饱满的，明亮的，好像桃子一样清脆而甜蜜的阅读体验。

《明亮如你，灰暗如我》刚好是这样的存在。

一姐其实不算是辞藻华丽的作者，她的故事之所以能打动我，是因为字里行间那份不造作的真实。

我特别喜欢结尾的那个场景，十字路口的信号灯变换着颜色，两人面对面站着，坦率地笑看着对方。秋天飒飒的风吹过，云散了，星星堆满天，在爱人的眼中，世界都明亮起来。

叶晨枫对任彩怡的告白不是一句假大空的“我会永远爱你”，而是“我没有自信让你一直爱我，但我有自信每一天爱你更多”。

试问谁能抵抗这份率直到笨拙的深情，反正我不能。

爱之于人，就像头顶的月亮。而能写出这样诚恳而隽永的告白的一姐，心中一定住着一轮皎洁的满月，日与夜，予人光辉。

我并不是一个擅长热络互动的人，所以一姐的朋友圈总是默默在看，点赞都很少，害怕过分打扰。倒是偷偷记下了不少她的笑容，属于泰国的夏天，也属于北京的春日。她制片人的身份在我心中偶尔会模糊，更多的时候，她是个少女心的创作者——无限热情，无限敬业，奉献给她的创作与生活。

这也许是我今年唯一一篇序言，能林林总总写下这些，是我的幸运。

愿翻开这个故事的你们，能感受到一姐笔下故事真实的魅力，也享受到一段桃子般清甜的爱情。

更愿你们，一生被明月照耀。

一生都勇敢去爱。

目录

• contents •

目录

• contents •

· 番外篇 ·

每个人都在寻找生命中对的那个人，茫茫人海中，我找到了你。

我允许你走一步，然后我也走一步，希望这一步，让我们再次重逢，而我将不再放手。

第一章
我们是不是在哪儿见过

任彩怡，刚刚跨出花一样的年纪，却还保持着花一样的心智。大学时的风光早已被五年毫无进展的职场生涯消耗殆尽，所幸的是在奔三之前，也许还有机会轰轰烈烈地爱一场。

“你说我这么个优秀的人才，为什么混了这么多年还只是混了个助理？”这是任彩怡最常发出的感慨。

“你可是总经理助理啊，老板身边的人，一人之下，万人之上啊！得了便宜卖乖是吧？你让我们这种小员工如何自处啊？”每到这时，身为室友兼闺密的杨玥总会摆出一副羡慕嫉妒恨的表情。

“你懂什么？就你那点小出息，朝九晚五，不加班就是你最大的梦想，哪知道我们这种有志青年的心啊？什么老板‘身边’的人啊，又不是‘枕边’。一人之下，我承认，可是那‘万人’在哪里啊？”任彩怡的鸿鹄之志从来不是杨玥这类随遇而安的人能理解的，但杨玥的简单快乐也是任彩怡最羡慕的。

闻言，杨玥拍拍任彩怡的肩膀：“后悔了吧？你老板不是曾经想把你变成枕边人吗？谁让你当时变成《红楼梦》中的鸳鸯，誓死不从的啊？换了我早就从了，只可惜爹妈没给我那么一张当老板娘的脸。”

任彩怡推开她的手，说：“成为老板娘绝对不是我的志向，事业上没指望，要是再把爱情出卖了，活着还有什么劲。我的要求从未改变，我可以赚钱养家，但是我的男人，必须貌美如花。”说着，任彩怡挺直腰板，做女王状。

“那就更简单了，你们公司有的是英俊潇洒帅气，年轻气盛又体力好的小歌手、小演员，还不赶紧发挥你近水楼台的优势，扑着一个算一个？”杨玥打趣道。

“兔子还不吃窝边草呢，我们可是有纪律的。再说，跟艺人谈恋爱，太复杂，除非我的头被门挤了。”每次说到这事儿，任彩怡都会打一个冷战。

高中毕业后，任彩怡离开A市，来到B市，已经近十年了。虽然她只考取了B市最差的大学，但她至今仍深信这是她做得最正确的选择。在她的记忆里，A市太小，小到无处藏身。所以，拿到录取通知书的那一刻，任彩怡即刻打包行李，头也不回地坐上了开往B市的火车，她知道B市足够大，而她可以自主掌握一切。

大学毕业后，她糊里糊涂地找到了这份工作，一做就是五年。

在娱乐圈工作其实挺不容易的，起早贪黑，无固定双休，对待艺人有时候就像对待自己家的孩子，有时候又像伺候自己的主子。在娱乐圈工作其实也挺爽的，有机会结识各界名流，有机会出入各大时尚典礼与秀场，也有机会掌握第一手八卦资料，而且比记者可靠。

只是，这一切，与任彩怡毫无关系。

时尚又气派的办公楼里，贴满了公司艺人的各种美照，摆满了各种奖杯与奖状，经纪人们与企宣们正辛苦忙碌着。只有任彩怡端端正正地坐在自己的办公桌前，翻看着无数封抄送给老板的邮件，百无聊赖。

接近年底，呈递上来的工作汇报大多是关于公司艺人下一年的打造计划与预算。任彩怡看着一份份计划书，偷偷地想，自己做肯定会比他们做得更好。

“把叶晨枫的经纪人叫来！”身后办公室内的李总很少这么严肃地发话。

“好的。”任彩怡立刻打电话到经纪部，“莹莹，李总请叶晨枫的经纪人来他办公室一下。”

“叶晨枫的经纪人？好的，我叫一下温姐。”

“温姐不是负责商务推广的吗？她现在带艺人？”

“只带叶晨枫一个人啦。”莹莹压低声音，“叶晨枫是公司明年重点打造的艺人，经纪部几个资深经纪人的任务都饱和了，温姐是主动请缨，亲自要求带的呢。”

“怪不得，刚才看到你们部门的预算，叶晨枫占了大头。那麻烦叫温姐过来吧。”

“好的，稍等。”

温姐三十四岁，未婚，单身，微胖，长得一脸慈祥，却脾气古怪，心高气傲，说话办事都是一种典型的状态——你们欠我的。

任彩怡听不到办公室内李总与温姐的对话，只能透过门缝隐约看到李总的表情慢慢地由严肃变成微笑，最后，他站起来拍拍温姐的肩膀，送她出办公室。任彩怡知道，每到这时候就说明，不管两人之前有什么分歧，结果是李总又一次被说服了。所谓女人的气场，温姐身上有。

周末对于正常的上班族来说是最惬意也最无聊的，任彩怡只能强行拉杨玥来逛街。

两人穿梭在商场的服装店铺中，成百上千的品牌，却没有几件衣服让两人看着顺眼。已经过了穿什么都好看的年纪，自信心就会像胶原蛋白一样悄悄地流逝。

杨玥亲密地挽着任彩怡的胳膊，也是一脸不情愿的样子：“最讨厌跟你们娱乐圈的人一起逛街，咱俩挑衣服的方向都完全不同，你们平时上班就穿得花里胡哨的，我们这些 IT 公司的小职员却天天穿得跟穷人似的，我的花样年华全塞在那一身身不合体的工装里了。”

“怨言这么多，是不是觉得我耽误你跟你家裴志新约会了？”

“那当然，一周才两天休息，谁还想跟同性消磨时间啊，当然是跟男朋友鬼混有前途啊。”

“你那五天也没干什么正经事，你和你家小裴在一个公司里混，低头不见，抬头见，还好意思说约会！”

“公司也是有纪律的，上班时间，我们俩只能‘偷情’，周末才是谈情的时候，还被你无情地霸占。”

任彩怡弹了一下杨玥的脑门，说：“杨玥同志，影响了你跟男人鬼混实在是不好意思。为了表达我的歉意，第一呢，今晚我一个人请你们两个人吃饭；第二呢，今天迁就你的穿衣风格，我们去买职业套装，好不好？”

“哇，制服诱惑？准备转行当老板娘了？”杨玥不由得眼睛一亮。

“老板娘这份有前途的职业还是留给你吧！我主要是为了让自己看起来更加成熟一些，气场，你懂吧？有气场才能有所为！我觉得之所以目前我在工作上没什么建树，就是缺了气场！”大概是受了温姐的刺激，一向喜欢小清新的任彩怡第一次动了要把自己的年龄感再提升一下的心思，为了工作有点进展，开始病急乱投医。

杨玥回弹了一下任彩怡的脑门，教训道：“脑子进水了吧，我们现在都是奔三的人了，青春时日已不多，还不赶紧装嫩？能装一天是一天，那些没出校门的小屁孩儿才想扮成熟呢！”

“哎，你个小萝莉怎么能理解我这个御姐的心？”

杨玥不情不愿地被任彩怡拉入高级女装区，陪她试衣服，陪她刷卡，帮她拎包，心里一直想着的却是晚上那一顿水煮鱼。

任彩怡爱吃水煮鱼，尤其是这道菜里面的豆芽，而杨玥是她最好的用餐伴侣，因为杨玥只喜欢吃鱼。

“其实我们俩应该是一对，穿衣吃饭都不会抢，多搭配啊。”杨玥大快朵颐，满足地说。

任彩怡特别喜欢看杨玥没心没肺、大口大口吃东西的样子。她冲杨玥挤了一下眼睛，暧昧地回应：“那你赶紧甩了你家小裴吧，跟我混，连结婚证都省了。”

“我一个大活人坐你们对面，当我不存在啊！”

裴志新，杨玥男友，二十六岁，比杨玥小一岁，IT公司职员。

“吃人家的嘴短，你吃了我的饭，就得把你家女人给我使唤。”任彩怡不屑地说。

“使唤可以，一顿饭，太便宜了吧！除非给我找个机会，让我在你们演员的戏里串个角色，露个脸。”

“杨玥，看看你男人，天天做梦当明星，这种人基本靠不住。”任彩怡向来不喜欢闺密的这个小男友，“靠不住”三个字就是她心里最真实的想法。

“或者说点你们娱乐圈的八卦也可以。”裴志新的八卦程度绝不亚于女人。

“从我这儿弄一条内部消息，转手一卖，够你吃一年的，就你家杨玥，不值啊！”

任彩怡最讨厌别人跟她打听八卦，裴志新点中了她的死穴。

“你们俩也太缺德了，一顿饭就盘算着卖我！”

“卖你的是你男人……”

任彩怡的手机适时响起，竟然是温姐打来的。

“瘟神给我打电话？”

“肯定没好事！”杨玥用筷子指着任彩怡的手机，笃定地说。

任彩怡慢慢地起身，到一旁去接电话。

“瘟神是谁？”裴志新一脸疑惑。

“他们公司一大龄女青年，特别会来事儿，姓温，我们俩给她取的代号叫‘瘟神’。”

“给人家取这种外号，你俩真缺德。”

任彩怡回到座位上，明显比刚才兴奋了很多，嚷嚷道：“好消息，好消息，我明天要加班了！”

“脑子进水了吧，加班算什么好消息？”裴志新不解。

任彩怡整了整自己的衣服，清了清嗓子，正经地说：“你们懂什么！这叫机会，是我伟大事业的第一步。”

“恭喜你，女强人。敢问您明儿个是去做什么大事啊？”杨玥最了解任彩怡，她就是心比天高。

任彩怡兴奋又神秘地说：“明天我们的艺人拍写真，找了日本摄影师，我去为艺人做翻译。”

裴志新问：“你会日语？”

杨玥继续埋头苦吃，随口说：“她自学过两个月。”

“这样也敢上！”

任彩怡哼了一声：“怕什么！他们敢叫我，我就敢上！实在不行，我就中英日一起上，外加比手画脚！”

裴志新作揖道：“佩服佩服！敢问您家哪位艺人明儿个拍照啊？带我去见见明星呗！”

任彩怡给了裴志新一个白眼，以示拒绝，说：“我们家新签约的演员叶晨枫。”

闻言，杨玥夹菜的动作顿住了，她激动地说：“叶晨枫，就是那个《××××》男主角！小鲜肉啊，签你们公司了？”

“我没跟你说过吗？签了，而且是公司明年重点打造的艺人，所以才舍得请日本最有名的摄影师。”

裴志新则一脸不屑地说：“就是个拍偶像剧的小屁孩，我还真没兴趣看呢。”

紧接着，任彩怡与杨玥一起给了裴志新一个白眼。

早上九点钟，任彩怡按时到达拍摄现场—— 一家五星级酒店的套房。房内已经被日本拍摄团队布置好，以纯白色调为主，没有多余的颜色，典型的日系简约风格。

温姐与叶晨枫都还没到，任彩怡与日本摄影师寒暄了几句。在现场等候的还有三个看着像粉丝的女孩儿，手里拿着鲜花与几个礼物盒。

九点半左右，叶晨枫终于现身，跟在温姐身后。不出所料，任彩怡还没来得及看清叶晨枫的样子，三个手拿鲜花与礼物的女孩便一拥而上，把戴着墨镜背着吉他的叶晨枫围住了。紧接着，她们献花、送礼物，还特别殷勤地接过他手上的挎包与吉他，你一言我一语地向偶像表达自己的关心与爱慕。

温姐表情严肃，伸手去阻拦，以免她们过于贴近艺人，并不停地叨念着："谁告诉你们今天拍摄计划的……送完礼物就请回去吧，今天内部拍摄，粉丝不能在场的，希望大家配合……"叶晨枫则始终乖乖地站在温姐身后，保持微笑，没有说一句话。

三个女粉丝最终还是被请出了房间，房门关上的一瞬间，叶晨枫彻底放松下来，一屁股坐在了客厅的沙发上，摘下墨镜，露出灿烂的笑容："哇，公司对我真好，还安排人给我送花。"

"回去一定要查清楚到底是谁把今天拍摄的消息放出去的，现在的粉丝真是神通广大，连通告地点都掌握得这么清楚！还有这屋里的人……怎么把她们放进来的？"

先来的几个宣传人员与经纪人的助理互相打量着，没人敢回话。

温姐环视了一圈，才发现任彩怡已经如约到达。她勉强挤出笑容，转头跟叶晨枫说："介绍一下，这是李总的助理任彩怡，今天专门来帮你翻译的，你要谢谢人家。"

闻言，叶晨枫看向任彩怡，缓缓起身走向她。

紧接着，叶晨枫伸出手与任彩怡握手，眼睛直直地盯着她的脸。他的眼睛放着光，脸上的笑容变得更加灿烂。叶晨枫的手握得紧紧的，把任彩怡盯得有些不知所措。就这样，好像过了许久的时间，周围的空气都似凝结了一样。

“我们是不是在哪儿见过？”叶晨枫发问，握着的手也忘了放开。

虽然他的眼神中透着真诚，但这样的开场白太老套了吧，任彩怡想。

“应该没有吧？”任彩怡保持风度，试着抽回被握着的手，但没有成功。

温姐干咳了一声，帮着打圆场：“也许是在公司里见过吧，任彩怡是公司的老人了。”

说着，温姐拍了拍叶晨枫的胳膊，把他往回拽了拽，这才让他回过神来。任彩怡趁机抽回自己的手，看着温姐拉长的脸，气氛有些尴尬。

叶晨枫的语气却有些雀跃：“我是不是该称呼你任老师？要是昨天棚拍你也在就好了，估计起码能早收工三个小时。”

任彩怡微笑不语。

这是任彩怡第一次近距离看到叶晨枫，合体的黑T恤、牛仔裤，让他看起来比电视上更清瘦一些，白白净净，高高的鼻梁，细长的大眼睛，笑起来很好看，左边脸颊偶尔还会出现一个小小的酒窝。如果不是刚才他的莫名行为，相比起总在影视剧中扮冷酷的叶晨枫来说，眼前这个亲切又阳光的大男孩更讨喜些。

“别叫老师，叫我彩怡就好，也不用谢，毕竟这也是我的工作。”任彩怡酷酷地说，心里时刻提醒自己要有专业的工作状态。

叶晨枫被安排去化妆，温姐的气应该还没消，继续训斥着团队随行的人员：“做事情一点也不专业，随随便便就让闲人进来，艺人什么防备也没有，万一有狗仔怎么办？万一有疯狂粉丝带危险物品怎么办……还有，我早说过拍摄现场都是黑白布置，还不快把这些五颜六色的鲜花、礼物清走……做事情没一点积极性，眼里没活儿……”

任彩怡不敢多言，尴尬地站在角落里，看着其他人忙碌地清理着拍摄间。

化完妆的叶晨枫走进拍摄间，现场的气氛才又重新活跃起来。

“任老师，你来。”叶晨枫开拍的第一个动作便是把任彩怡一把拉到自己身边。任彩怡下意识地看了一眼在一旁严肃监工的温姐，礼貌性地往后退了一步，保持着可控的距离。

叶晨枫则一直处于兴奋的状态，不停地跟任彩怡交流着：“任老师快帮我翻译下……”

“任老师，这样对不对……”

“任老师，摄影师什么意思……”

……

经过昨天一天的拍摄，叶晨枫其实已经和日本摄影师很熟悉了，而她今天的工作就是跟在叶晨枫身边，帮他更好地理解摄影师的要求。

叶晨枫是天生的艺人，无论任彩怡能否很顺畅或者很准确地传达摄影师的要求，他总能很好地达到所有人想要的效果。摄影师的要求其实也简单：不笑，酷，继续不笑，继续酷，在黑白装饰的映衬下，四周都是浓浓的禁欲气息，还好叶晨枫会偶尔耍宝一下，搞活现场气氛。

相对于所有人的放松，任彩怡反而紧张得很，叶晨枫的问题越多，她就越担心自己的语言水平会露馅。

拍摄顺利地结束了，现场的工作人员开始收拾设备，日本造型师帮叶晨枫卸妆。

也许是累了，叶晨枫披着大大的白色睡袍，闭着眼睛，乖乖地坐着，一言不发。任彩怡依旧坐在他俩身边，随时准备应付两人的对话。

“任老师，你好紧张啊！”叶晨枫突然对任彩怡说。

任彩怡一愣，立刻否认：“我没有啊！”心里却嘀咕着：难道我表现得那么夸张吗？

趁着造型师去放服装的空当儿，叶晨枫悄悄俯身，靠近身边的任彩怡，小声地说：“别害怕，我不会告诉他们的。”

此时，两人的直线距离仅仅为十厘米，任彩怡甚至能够感觉到叶晨枫的呼吸。

叶晨枫的举动让任彩怡更紧张了，她偷偷地环顾四周，直到确认化妆间没有别的人才放松下来，问：“告诉他们什么？”

“你的日语不很专业吧？”

完了，露馅儿了。

任彩怡意识到这个看似大大咧咧的男孩也许早就看出来她是个水货，但是在自尊心的驱使下，她还是决定死扛到底：“我有什么说错做错的吗？”

“任老师，你又紧张了，别误会，你什么也没说错，我只是觉得刚才你英语、日语和手语夹杂的翻译方式……”叶晨枫又贴近了些，在任彩怡的耳边一字一顿地说，“挺可爱的。”

任彩怡还没来得及反应，造型师又返回了化妆间。叶晨枫迅速坐直身体，好像刚才什么都没发生一样。他与造型师打了招呼，然后偷偷地冲任彩怡眨了一下眼睛，并伸出手指放在嘴边，比出“嘘”的手势，仿佛在重述他对任彩怡的“承诺”。茫然的任彩怡只能回他一个尴尬的微笑。

温姐收拾好叶晨枫的行装后，走进化妆间，说：“彩怡，麻烦你跟造型师说动作快点，我们得赶紧出发，我怕路上堵车。”

“今天还有通告吗？”任彩怡以为今天的工作已经结束了。

“去机场，明天去厦门拍外景。”叶晨枫对任彩怡说，“你不跟我们去吗？”

“应该不去吧。”任彩怡完全不知道这个计划。

“彩怡今天是来帮忙的，又不是你的专职翻译，人家明天还要上班。”温姐的语气变得有些怪怪的，“彩怡走了，谁帮李总啊？你还能大过李总？”

虽然温姐说的是实话，听着却有些刺耳。

叶晨枫却像没听到温姐的话一样，继续跟任彩怡念叨："去吧，任老师，你不去，我怎么跟这些日本人交流啊？你不去，两天的计划估计得拍一星期，跟我们去吧。"叶晨枫一直用恳求的眼神和撒娇的表情看着任彩怡。

"别闹了。"温姐严肃起来，"公司又不是你家开的，彩怡又不是你的助理，赶紧收拾，别误了飞机。"

叶晨枫又看了一眼任彩怡，脸上浮现出一丝失望，看起来是真诚的。

任彩怡没有说话，此刻的状况也轮不到她说什么。然而，她心底也莫名地产生一种失望感，觉得也许今天她真的只是一个白来的免费劳动力，没有人需要她真正参与进来。

全部打包完毕，叶晨枫被塞进了保姆车，车窗上黑黑的贴膜，把任彩怡隔绝在团队之外。温姐客气地与任彩怡告别之后，也上了车。任彩怡就站在街边，看着车子远远地驶去。

车里的冷气开得很足，温姐严肃地盯着手机上的工作邮件，她不说话，所有人都不敢出声。坐在她前面的叶晨枫摘了帽子和墨镜，若有所思地盯着车窗外。

"不要胡思乱想，有这个工夫还不如多想想你的新歌。"温姐突然冷冷地说，眼睛却仍旧盯着手机，"天天不是抱着把吉他，就是挨着钢琴，什么时候才能听到你的大作啊？"

叶晨枫像没听到温姐的话，仍旧出神地盯着车窗外。

久久没听到回应，温姐抬起头来，就看到叶晨枫呆呆的样子。她用手机轻轻地敲了一下他的头："喂！问你呢！"

"什么？"叶晨枫缓过神来，问道。

"我让你不要胡思乱想，你没听到吗？"温姐突然提高了嗓门。

"我没胡思乱想，温姐，刚才……"叶晨枫回头看着温姐，手里不知道比画着什么，“刚才，你没看到吗？就在房间里……”

“看到什么？”温姐又敲了一下他的脑袋，说，“我就看到一个莫名亢奋的傻瓜。”

叶晨枫叹了口气，转过头来，不再说话。他们应该都没看到，他知道。

见他沉默，温姐默默地收起手机，轻轻地把手放在叶晨枫的肩膀上，说：“还是那句话，不要胡思乱想，你跟别人不一样……”她停顿了一下，接着说，“你是个偶像，跟大多数人要保持距离，不要太熟悉，我知道你懂。”

叶晨枫仍然看着窗外，很多时候他懂，却又不太懂。

晚上十一点钟，任彩怡躺在床上却毫无睡意，今天拍摄时的点点滴滴不停地出现在脑海中：镇住全场的温姐，口音怪怪的日本摄影师，装饰得像灵堂一样的房间，还有叶晨枫对她表现出的亲昵，以及他脸上的失望表情……原来艺人也不好当，表面上呼风唤雨，私底下一样要被别人呼来喝去。

刚刚约会回来的杨玥，拖着疲惫的身体进了被窝，问：“还不睡啊，明天不上班了？”

任彩怡与杨玥是大学同学，毕业后便一起租房，在这座城市打拼。杨玥胆小怕黑，无论两人在哪里租房子，她都要跟任彩怡睡一张床，说只有这样，她才睡得着。

“当然上班啊，可是咱俩还没完成今天的‘每日睡前八卦’呢，总觉得少点什么。”

“你是等着我问你今天的战况吧？”杨玥坏坏地笑道。

“是啊，你怎么还不问啊？我一肚子话，都快憋死了。”闺密之间向来无须多余的寒暄。

“那你快给我汇报汇报，今天有艳遇没有啊？”

“那么多事可聊，你偏偏对这个感兴趣啊！我对你的人生观、价值观，表示无语。”

“对于咱们这种大龄女青年来说，有艳遇才说明你的人生有价值。”

有时候，杨玥的话也会让任彩怡茅塞顿开。

“按照这个逻辑，今天好像还真有点类似艳遇的状况。”

任彩怡把拍摄现场发生的事，包括叶晨枫对她做出的举动以及他说的悄悄话都讲给了杨玥听，问：“你觉得这算是艳遇吗？”

杨玥听得两眼放光，却严肃地回答：“不算！但是，这分明就是在调情啊！”

“你真有格调啊，杨小玥！跟你生活了这么久，我总结了一下，你最大的优势就是无论什么话题，你都有办法把它拉低一个档次。”

“老任，你要自我反省一下，你最大的问题就是永远不肯放弃你那廉价的高傲与自尊。拜托，别在天上飞了，快回到人间吧！有个小鲜肉正冲你抛媚眼呢。你敢说你当时没有一点动心？”

“你别说，还真有！”任彩怡回忆着当时的情景，又努力把自己从中拉回来，“但我主要是怕那个温姐看见，再添油加醋，污蔑我调戏公司艺人，然后她更年期综合征发作，一状告到李总那儿去。而我孤身作战，一没现场视频作证，二没人家叶晨枫值钱，兴致勃勃地去奔事业，结果落个勾引小男生未遂的名声，我运气多背啊！”

“有道理，换了我也害怕。‘调戏’就算了，关键是还‘未遂’，咱丢不起那个人！”

“对！咱必须有志气！换一个话题，我跟你说说我们今天工作的收获，其实特简单……”

“哎呀哎呀，困死了，我要睡了。”杨玥对任彩怡今天工作的情况毫无兴趣。

“别啊！我正说到兴头上呢……”

第二章
一条马尾辫

一个月过去了，任彩怡再也没见过叶晨枫，只能偶尔从同事们的讨论中得知些许他的动向，而温姐也像失踪了一样，没在公司现身过。

任彩怡像往常一样，与同事吃过午饭后回到自己的办公桌前，无聊地等待着，等待着老板安排的工作，等待着那些呈递的文件，或许只是等待着下班。

而这一切都被一条短信打破了。

短信来自一个陌生的号码，这人神秘地说："今天打扮得很好看。"

毫无印象的号码，莫名其妙的一句话，任彩怡低头看了一下自己今天的穿着，一如平常。

这是谁的恶作剧吗？发错人了？

"您是哪位？"

对方快速回复："晨枫。"

啊！任彩怡根本不敢相信自己看到的这两个字，刚喝进嘴里的一口水差点喷出来，不由得盯着手机屏幕愣住了。

"吓到你了？"他又发来一条。

任彩怡确实被吓到了。

“你怎么会有我的号码？”

“温姐桌上有员工通讯录，你的号码不难找。”

叶晨枫找到了她的号码？

任彩怡怎么也想不到自己还会跟这个人扯上关系。面对这么一句略带暧昧的话，她一时语塞，不知该如何回复。

“不知道说什么就说句谢谢吧，然后把我的号码记下来就好。”叶晨枫似乎看透了任彩怡的心思。

“你怎么知道我今天穿的什么？”任彩怡实在想不起何时何地见过他。

“穿什么不重要，你扎马尾很好看。”

任彩怡恍然大悟，由于早上懒得洗头，所以只得把头发扎起来。

“我们今天见过吗？”任彩怡问。

半个小时过去了……

一个小时过去了……

叶晨枫始终没有回复，任彩怡一遍又一遍地翻看着自己的信息，小心翼翼地确认着它们的存在，然后开始莫名其妙地揣度只言片语间可能隐含的信息：问候？示好？挑逗？或者根本就是什么居心不良的人在耍她？

平静了一下，任彩怡悄悄地储存了这个号码，名字是“马尾辫”。

明明知道杨玥的反应会比自己激动百倍，任彩怡还是忍不住把今天的事情告诉了她。

关键时刻，杨玥还是保持了闺密兼室友应有的水准以及头脑。两人密商后达成共识：此事不能认真，谨记“戏子无情”之真理，秉承“敌不动，我不动”之战略方针，让“天上不会掉馅饼”之古训警钟长鸣，“无为”才是正道。

杨玥表现出的超乎寻常的冷静，让任彩怡刮目相看。相比之下，她今天表现得更像是不谙世事的少女，几句看似暧昧的话语就让她心中如小鹿乱撞，慌了神，以至于整个下午都无心工作，不停地翻看手机，生怕错过了叶晨枫的下一个回复。

任彩怡有点鄙视自己，一个已经奔三且算身经百战的女人，却被这个与自己只有一次接触的小男生数次撩拨，太羞耻了！

任彩怡自诩身经百战，是因为她从来不缺男人的追求，但真正入得了法眼的只有两个。

一个是她大学时的男朋友，比她年长两岁的师兄。两人在一次校内活动上一见钟情，从此一发不可收拾。

也许是初恋的缘故，任彩怡对这位师兄万分迷恋，给他买早点、洗衣服，对他言听计从，直至现在都认为对方是她见过的最有魅力的男人，他虽不高大却成熟稳重，虽不富有却才华横溢。

杨玥对这位师兄却始终持反对意见，觉得这个男人既自私，又小心眼儿，自始至终把任彩怡当作自己的私有财产看管，任彩怡在这位师兄面前也完全是一副温顺的小媳妇儿状态。表面看起来，两人确实是学校里的金童玉女，羡煞旁人，背地里，任彩怡却没少掉眼泪。

这位师兄虽然看起来满腹诗书、温文尔雅的，却很爱吃醋，任彩怡只要跟稍微长得有点人样的男人接触，便会大大触及儒雅师兄的敏感神经。他通常会借题发挥，先是指责任彩怡“不守妇道”，然后不停地给她灌输什么“男女授受不亲”的大道理。

在爱情的催眠下，任彩怡不但不反抗，反而照单全收，每次都会点头认错，想尽各种方法哄师兄原谅自己。然而，等事情过后，她就万分委屈地找杨玥哭诉，说自己其实什么也没做。

当然，被压迫过了头势必会反抗。三年之后，任彩怡终于鼓足勇气，拒绝了师兄毕业就领证，并一定要跟他离开 B 市，回南方老家做真正小媳妇儿的要求。

在一个风雨交加的夜晚，任彩怡忍痛和师兄分手，可就在这个时候，这位师兄还在怀疑她不肯跟他走，是因为有了别的男人。从此，任彩怡发誓，再也不会跟大男子主义、爱吃醋、占有欲强的人有交集。

任彩怡生命中的第二个男人，是在一个交友论坛上认识的，比她整整小了两岁，巧合的是，两人当时的办公地点只有一街之隔。

直到现在，任彩怡也说不上来是一种什么力量促使她与这位小网友见了面，并且一拍即合，一周内就建立了恋爱关系。

他帅气开朗，擅长哄人，把女孩儿惹生气后，总能用小伎俩哄其开心。与大学时跟师兄男友的校园恋相比，这位小男友带给她的主要是吃喝玩乐。现在回想起来，在这段仅仅维持了半年的恋情中，两人几乎没有真诚地聊过天。任彩怡唯独一次试着跟其交心，却得到了对方这样的回复："其实，我是不可能跟你结婚的，因为爸妈不会同意我娶一个比自己年龄大的女孩。"

一语惊醒梦中人，任彩怡这才反应过来，其实两人从未交心的原因是对方从未认真过。所以，她果断分手，结束了这段也许只是因为寂寞而开始的感情。而这也让任彩怡认定，比自己小的男人不可靠。

叶晨枫趴在温姐的办公桌上，翻看着她电脑里所有写真照的样片，想着也许这辈子他只能拍这种风格的写真。

温姐看出了他的心思，说："多帅啊！这是现在最迷人的禁欲系。"

叶晨枫低声道："我才多大！就让我禁欲！"

"这是为你好，弄些花里胡哨的你也不行啊……"

"知道，为我好。"叶晨枫面无表情地撩了一下自己的头发，"不就是装酷吗？我最擅长。"

"不是装……是无论什么采访被问到，你都要说自己从小就只喜欢黑白两种颜色，是个人喜好，不是装。"温姐的口气特别严肃。

叶晨枫一副不耐烦的样子，敷衍道："知道了，知道了，每天说一百遍！”

温姐拿他没办法，嘱咐他不要乱跑，不要乱翻她电脑里的文件，就去开会了。

叶晨枫继续翻看着照片，转眼就瞥见了电脑旁边的公司周年庆邀请函。他随手打开看了下邀请函的内容，又迅速合上，拿出手机拨通了温姐的电话。

“公司周年庆我也要参加。”叶晨枫开门见山地说。

“我还以为你有什么急事！我在开会！”

温姐刚想挂电话，又被叶晨枫的话拦住了。

叶晨枫略带撒娇地说：“明天就是周年庆，很急啊！邀请函上写着全公司都要参加，不得缺席，为什么不带我？”

“你从来不喜欢参加这种活动，这是哪根筋搭错了？”

“正好闲着，学着融入集体，学着 social（社交），这不是你教我的吗？我不管，反正我要参加。”叶晨枫振振有词，斩钉截铁。

“好！我让他们安排！我要开会了！”温姐挂断电话，摇摇头，“莫名其妙！”

电话那头的叶晨枫则抱着邀请函得意地傻笑着。

公司这次周年庆的主题是 DIY，每个人都要亲手烹制一份美食赠予他人，美食种类的选择由抽签决定。这对于家里从不开火的任彩怡来说简直就是个噩耗，更悲惨的是，她抽到的是饼干。

连烤箱都没有的人拿什么做饼干？烘焙就是她的死穴。

“随便找家超市或蛋糕店买一盒不就得了。”杨玥知道后，建议道。

任彩怡采纳了杨玥的建议，比起添置一台以后根本不会派上用场的烤箱来说，她宁愿昧着良心滥竽充数。

周年庆当天，任彩怡没有进行特别的打扮，她想低调低调再低调，低调到可以让别人忽略她的存在，同时也忽略她那份流水线出来的饼干。

只是，出家门前，杨玥一语道破天机：“哎哟喂，扎马尾，扮学生妹，真是女为悦己者容啊！”

任彩怡白了杨玥一眼，果然还是女人最了解女人。

宴会采取自助餐形式，现场特别开辟了一片DIY区，大家把自己做的美食陈列上去，供所有人品尝，食物上还要挂上写有自己姓名的牌子，孰优孰劣，立马与自己的颜面挂钩。

任彩怡把重新包装过的饼干盒藏在包里，没敢摆上去。

每年这个时候，任彩怡都觉得公司美女特别多，在五彩炫目的灯光下，个个花枝招展，香气扑鼻。她端着餐盘在餐点区游荡，注意力却不在食物上，时不时抬头四处张望，寻找着什么。出席今天宴会的艺人名单中明明有他，只是他到现在都没现身。

任彩怡驻足在DIY区，惊异地看着餐台上的各色食物，心里嘀咕着，谁知道他们都是在哪儿买的现成的，她打死也不相信公司里会有这么多贤惠的女人和会做美食的男人。

突然，一个熟悉又陌生的声音在任彩怡的耳边响起，把沉思中的她吓了一跳：“哪一个是你做的？”

任彩怡“啊”了一声，慌忙退后一步，差点把手里的餐盘甩出去。

“任老师，你总这么紧张。”一身休闲打扮的叶晨枫笑嘻嘻地站在对面。

任彩怡万万没想到那个让她在人群中偷偷寻找的人竟然就这样神不知鬼不觉地出现在眼前，她舒缓了一下情绪，说：“能不能不要总是搞突然袭击啊？我差点把盘子扔你脸上。”

“不突然啊，我都跟着你在餐点区转了两圈了。”

“你跟着我？我怎么没看见你？”任彩怡轻声说。

“我转了两圈也没看见你做的东西，任老师，是你没做，还是已经被别人拿走了？”

“当然做了，没摆上去而已，桌子上吃的东西太多了，我怕浪费。”任彩怡有些心虚。

“太好了，你那份我预定了，给我留着，走的时候我打包。”

叶晨枫轻描淡写的一句话又一次让任彩怡心跳加速，对于眼前这个帅哥再三的挑逗行为，她明显有些招架不住。怎么可以在一个小男孩面前露怯？任彩怡倔强地给自己打气。

她故作无所谓状，说：“别逗了，你知道我做的什么啊，你要打包？”

叶晨枫悄悄地靠近了一些，附在她耳边，用只有他们两个人能听见的声音说：“你做什么，应该都不会难吃。就这么定了，给我留着，我走的时候找你拿！”一句话的工夫，任彩怡的盘子里已经多了一块炸鸡翅，“我拿我最爱吃的鸡翅跟你换。”

说完这些话，叶晨枫又冲任彩怡眨了一下眼睛，并做出“嘘”的手势，然后转身走开了，像什么事情都没发生一样。

看着他走远，任彩怡慌慌张张地回到自己的位子上，盯着盘子里那块炸鸡翅，努力掩饰自己的紧张。她下意识地翻了一下自己的包，确认那盒饼干还在，又抬头偷偷看了一眼与自己隔了四张桌子的叶晨枫，发现人家早已跟没事人一样在谈笑风生了，只有她一个人还沉浸在刚才若有似无的那一幕中。

任彩怡开始觉得心烦意乱，再回想起之前杨玥的话，她慢慢有些气愤，也许这次她真的遇到高手了。

“他一定是个玩暧昧的高手！我最恨别人跟我玩暧昧，因为我知道我没那个把控力。”任彩怡拼命地给自己灌输“玩暧昧就是轻浮”的道理，生怕自己道行不深，定力不够。

“我也恨暧昧，因为从来没有人跟我玩过暧昧！”杨玥的心情也不灿烂。

“我们一共见过两次，我却已经被他挑逗了三次，我保证，再来两次，我肯定就范了。”

“听着都让人心痒痒，跟交换定情信物似的，换了我立刻就范！”

“弄得我整个晚上都没玩好吃好，跟做了亏心事一样。后怕！你说万一被公司哪个好事儿的听见或看见，还以为我跟叶晨枫搞地下情呢。”这几天任彩怡一直心有余悸。

“那你后来把饼干给他了吗？”

“当然没有，那种青春期小男孩，他随便一说，我还能当真啊？”

事实上，在宴会上，任彩怡一直在紧张地等着叶晨枫来跟她要这盒饼干。而一身黑衣的他好似夜游侠般来得突然，去得也突然，直到宴会结束，都没有再出现在她面前，甚至连条短信也没有。这样，任彩怡就坚定地认为叶晨枫是个暧昧高手的判断。

任彩怡就这样带着自己原封没动的饼干从会场一直游荡回家。

杨玥的心情不灿烂也是因为男人。

她跟裴志新在一起已经一年半了，因为公司严令制止办公室恋情，所以两人一直处于上班时间装陌生，下班时间偶尔约会的状态。

作为资深的网游玩家，一周七天，裴志新有一半的下班时间都在与其他玩家相约联机对战中度过。

任彩怡一直看不上裴志新，觉得这个男人根本没那么在乎杨玥，杨玥没什么上进心，却是个对家庭有渴望的女人，而裴志新恰好也是个胸无大志之人，他天天吵着将来要成为顶尖的游戏设计师，却从未为此努力过，也从未给过杨玥什么承诺。每次因为玩游戏跟杨玥闹矛盾时，他却总以玩游戏只是体验，目的是做市场调查，应该得到支持为由来给杨玥洗脑。

久而久之，不知是真的被洗脑了，还是已经习惯了，对于裴志新这种玩物丧志的行为，杨玥不再吵闹。但是，当她发觉自己在男人心目中的地位还不如一台冰冷的电脑时，心里还是不舒服。

杨玥总是说再给裴志新半年的时间，如果半年内两人的关系还无进展，她便全身而退，然后随便找个人嫁了，一了百了。

裴志新又一次因为游戏爽约了，而今天恰好是他们在一起两周年的纪念日。杨玥早早地买好了礼物，订好了餐厅，甚至天真地以为也许裴志新会突然向她求婚，结果人家忘得一干二净。

“这一次，我一定要等他上门给我道歉才原谅他。”杨玥气得撂狠话，只不过一觉醒来后，她又会像什么都没发生过一样，变回“二十四孝”女朋友。

作为演员，叶晨枫还算新人，拍了几部偶像剧，由于外形讨好，碰到的角色都是迷死人不偿命的高富帅，短时间内就吸引了大批死忠的粉丝。跟这种偶像级艺人打交道，随时都有可能被粉丝抓包，然后粉丝来个人肉搜索，最后用口水淹死你。所以，跟偶像玩暧昧，简直就是自寻死路。

但是，自寻死路总比坐以待毙强。一个主动，一个被动，跟小男生过招，还要被牵着鼻子走，让任彩怡很不甘心。

第二天早上，任彩怡给那个“马尾辫”的号码发了一条短信：“我做的饼干你还要吗？”

这个问题困扰了她一夜。

等待是最折磨人的，而且一等就是大半天。任彩怡开始后悔，觉得自己不应该主动，暗暗痛骂自己为老不尊，跟小男生有什么可认真的呢。

“原来你做的是饼干！”下班的路上，“马尾辫”回信了，“我当然要。”

看到这句话，任彩怡有些得意，谁撩谁还不一定呢。

“昨天没找我拿，以为你不要了，今天早上已经吃了半盒。”这句台词是提前设计好的。

“那你别吃了，说好是我的！昨天走得急，一周后回B市，一定跟你要回来！”

任彩怡盯着手机得意地一笑，没有回复对方。

然后他又发了一条过来：“乖，等我回来，别再偷吃我的‘老婆饼’了！”

跟高手过招，注定要败下阵来。“老婆饼”三个字，也太狠了吧！任彩怡瞬间傻了眼。

她一向最看不惯那些青春期的小孩子谈个恋爱动不动就“老公”“老婆”地叫，那些连证都不敢扯的人，有什么资格用这么神圣的称呼？

但是，此刻，面对自己的手机，看着叶晨枫的这一用词，任彩怡丝毫没有反感，反而有些享受。

“任彩怡，你清醒一点啊！”说完，任彩怡赶紧在心里默念了一万遍“阿弥陀佛”。

此刻，刚做完一天采访的叶晨枫正坐在家里的地板上，收拾着明天的行李。

温姐和随身造型师阿良，帮他把要带的衣服一件一件搭配好，贴上标签。

整理到一件绿色夹克的时候，温姐突然发了脾气，凶巴巴地对阿良说：“这是个什么东西？我说过多少次了，只要黑色夹克，你记不住吗？”

阿良拿着夹克怯怯地说：“这是今年的流行色……”

“流行什么就要穿什么吗？出了问题怎么办？别人心里没数，你跟了我们这么久，怎么也这么不谨慎？”温姐越说越气。

叶晨枫对这种状况好像已经司空见惯，并不参与，继续低头收拾自己的私人物品。

“我觉得问题不大啊……”阿良委屈地说，“我真觉得这衣服挺适合他的，而且我们每次会给他搭配好，不会出岔子的。”

“你又不是不了解小叶，他是那么听话的人吗？万一有看不住的时候，他自己又乱穿，又不是没出过问题……”

“喂！喂！喂！我还在这儿呢！”叶晨枫有点听不下去了，抬起头，对温姐说，“至于吗？我还不够听话吗？你看看我这屋里，哪一件东西不是你们给我置办的？不就一件绿色夹克吗？反正我的裤子、T恤、衬衣不是黑就是白，就算我要穿它，能有什么大问题？阿良又不是给我准备了一件女装，有什么可紧张的？”

叶晨枫的话把阿良逗乐了，他看着温姐生气的脸却又不敢大笑出来。然后，他拉了拉叶晨枫，安抚道：“我的错，我的错，还好是品牌赞助的衣服，我还回去就是了。”

“不要还！”叶晨枫抢过阿良手里的绿色夹克，说，“我喜欢，我要买下来！”

“任性！”温姐叹了口气，她知道叶晨枫是故意跟她怄气。

阿良被夹在中间，有些尴尬，不便再多说什么。

“我知道你在跟我怄气，怪我昨天晚上早早把你拉回了家。”温姐缓和了语气。

叶晨枫并没有回应，站起身，把刚才抢过来的那件绿色夹克挂在自己的衣柜里。

第三章
你为什么一直看我

其实，单身挺好的，去哪里玩，跟谁在一起吃饭都不需要解释。

李总也是个孤单的人，四十九岁，离异多年，一直洁身自好。任彩怡初到公司时，李总曾经明里暗里多次表示对她的喜欢，都被她挡了回去。李总为人很正派，从此之后再也没对任彩怡有任何非分之举，只是偶尔实在寂寞了，会找她一起吃个饭，聊个天。出于对方既是领导又是长辈的考虑，任彩怡也不再推辞。每次吃饭，李总都吃得很少，大部分时间看着任彩怡吃，他喝茶。

“你这个小丫头最近有点心不在焉啊？”姜还是老的辣，任彩怡刚动筷子，李总就提出了这么尖锐的问题。

“您这是批评我最近工作不认真吗？”任彩怡是从来不怕李总的，对上司不卑不亢是她的一贯宗旨。

李总只能进一步试探：“你要是交了男朋友，我允许你工作不认真，毕竟你年纪也不小了。”

“李老板，这个真没有，有的话我一定第一时间带他来见家长。”任彩怡总喜欢在李总面前放低一个辈分，既拉开距离，又不显得见外。

“你也该找了，总是挑来挑去，把自己都挑剩下了。”李总帮任彩怡夹了菜，继续喝茶。

“老板，我不找男朋友都是为了工作，您没看出来吗？我等着您培养我当大经纪人呢。”

李总品了一口手中的茶，淡然道：“经纪人你当不了。你性子太直，又不爱应酬，那些演员都贼着呢，跟他们动心眼，你肯定不行。”

“我可以以德服人！”任彩怡不肯松口。

“以德服人的那是佛祖，在圈里混靠的是狠！”此刻的李总，手指捏着精细的茶盅，神情严肃，有种深藏不露的黑社会老大的气质。

“对对对，天黑地滑，社会复杂，你给他送花，他骂你人渣！当面一套，背后一套，这些我都知道。其实我也不是什么好人，只不过是有坏不跟您使而已。”李总的这些教诲，这些年任彩怡听得太多了，她既感恩，又无奈。

“好啊，等哪天我看出你哪里坏，就培养你当经纪人。”李总笑得慈祥又诡异，继续绅士地给任彩怡夹菜。

李总常说，在公司是领导，在外是朋友，所以在这种场合，两人是平等的。

饭吃到一半，你想见的人和不想见的人同时出现在你面前，那一刻，应该用怎样的心情才能坚持把饭吃完？

“李总，您也在呢，看来我们今天的单有人买了。”

温姐的出现让任彩怡很尴尬，下班时间跟异性上司单独“约会”，多么不要脸的罪名啊。任彩怡整了整自己的头发，强装镇定，礼貌性地点了点头。

“阿温啊，什么时候回来的？”李总淡定地笑着。

“刚下飞机，先带队伍来填饱肚子，这么走运，碰到老板，我们可以敞开吃了。”

没想到B市的餐厅千千万，偶遇的概率却如此之大。

顺着温姐手指的方向，任彩怡回头，发现身后不远处的角落里坐着的正是温姐手下的宣传人员，当然还有叶晨枫。

叶晨枫穿着黑色的连帽衫，脑袋上的棒球帽压得很低，低得让人看不到眼睛。他没有过来寒暄，只是向李总挥了挥手。

“这餐厅人多，我就没让小叶过来跟您打招呼。”温姐解释。

李总也向对面招了招手，说：“明白，这些日子你们辛苦了，想吃什么尽管点，我买单。”

“我代小叶谢谢您。您接着吃，既然任彩怡陪着您，我们就不打扰了，明天到公司再跟您汇报工作。”

原本任彩怡心里是没鬼的，但这话听起来就是让人别扭。她勉强回了一个微笑，再也没敢回头多看一眼。

单身女下属跟离异男上司共进晚餐，的确是八卦的好素材，与温姐回公司后会怎么说相比，此刻任彩怡更担心的是身后的叶晨枫会怎么想。

本来想装高雅御姐的，现在估计她会被看作不要脸的“小蜜”吧。

回家后，任彩怡回想起自己今晚的表现，觉得逊爆了。

跟老板吃个饭而已，大大方方的事，非一副做贼心虚的样子，屁股像黏在椅子上一样，连站起来打个招呼的勇气都没有，没事都能让人看出点事来。她跟李总的绯闻之前也被公司那些八婆议论过，任彩怡从来没在乎过，谁人背后无人说，谁人背后不说人，想太多了就是难为自己。

都是因为叶晨枫，如果他不在场，任彩怡这次不会发挥失常。

他怎么这么快就回来了？为什么要这样遇见？还不知道温姐那些人会怎么在叶晨枫面前嚼她的舌根呢！

任彩怡歪倒在沙发上，摆弄着眼前这盒已经许了人家的饼干，一肚子无名火。但是转念一想，人家什么时候回来为什么要向你汇报？她跟什么人吃饭聊天又凭什么要跟他解释？本就是仅有几面之缘的两个人，言语间互相撩拨了一下而已，谁又真的在乎谁？

想到这儿，任彩怡腾地一下站了起来，拿着那盒饼干径直向厨房走去，没有片刻犹豫，把剩下的所有饼干扔到垃圾桶里，瞬间觉得心情舒畅了许多。

谁先认真谁完蛋，她绝对不要做那个先行者！

第二天下午，温姐带着叶晨枫又一次出现在任彩怡面前。

“彩怡，李总现在方便吗？我带叶晨枫来跟他汇报工作。”

“方便，直接进去跟他说吧。”任彩怡的眼神始终避开温姐身后的叶晨枫。

“好的，谢了。”温姐应道，又回头跟叶晨枫说，“小叶，我先进去跟李总说两句，一会儿叫你，你再进来。”

叶晨枫点点头，目送温姐进了李总办公室后，迅速转身面向任彩怡。

经过了昨晚的不期而遇，任彩怡突然有点不知该如何面对这么快又碰面的他。

叶晨枫站在任彩怡的办公桌对面，双手撑在桌子上，俯身向她靠近，轻声说：“嗨，我回来了。我的东西呢？”

任彩怡没有抬头看他，假装盯着自己面前的电脑，漫不经心地回了一句：“什么东西？”心里却在嘀咕着：我们不是昨晚就见过了吗？

“我的老婆饼啊！”

听到那三个字，任彩怡抬起头来，严肃地看着叶晨枫。他仍然穿着昨天那件黑色连帽衫，只是没戴帽子，他的脸看起来更瘦了些。

任彩怡轻叹一声，冷冷地说：“第一，我做的不是老婆饼，是饼干；第二，饼干放了好多天，变质了，我已经扔了。”

叶晨枫有点惊讶：“扔了？说好送给我的！”

“你还说好当天晚上找我拿呢，你还说好一周后才回来呢！”任彩怡脱口而出，刚说完又有些后悔。

“你的意思是嫌我回来得太早了？”叶晨枫有些不悦，话里有话。

昨天一定又被嚼舌根了，任彩怡深信不疑。

她平复了一下情绪，说：“没那个意思，我只是说，计划永远赶不上变化。”

叶晨枫愣了三秒，慢慢直起身来，叹了口气，没有再说话，气氛变得有些尴尬。

然后，他转身靠在任彩怡的办公桌上，任彩怡看着他的背影，莫名有些失落。

还好温姐适时打破了两人之间的沉默，叶晨枫被叫进了李总办公室。

他离开的时候并没有跟任彩怡打招呼，她也没有起身相送。

回到温姐的办公室，叶晨枫呆呆地坐在办公桌对面的沙发上，手里抓着明天的采访提纲，愣在那里，却不翻看。

温姐问：“怎么了？一副被打击了的样子。”

叶晨枫并不想回答她，只是自顾自地说：“太奇怪了，我一定要搞清楚。”

“搞清楚什么？不要乱来。”说着，温姐走到他身边，点了点他的脑袋。

叶晨枫放下手里的文件，推开温姐的手，说：“你又没看见，说了你也不懂。”

“谁说我没看见？我也有眼睛的。”

“你也看到了？”叶晨枫的心咯噔一下，小心翼翼地问，“你……你看到了什么？”

“看到你早上刚来公司时兴奋的样子，以及现在的失魂落魄。”

听了温姐的答案，叶晨枫有些失望，说：“我哪有？”

“把什么情绪都写在脸上，还怎么做个好演员？”

“我才不想当演员！”

温姐坐下来，把他放在一边的采访文件重新整理好，又递回他手里，说：“有些话我昨天晚上就想跟你说，看你吃饭时还算乖，就没说。”

“什么话？”

“我并不反对你谈恋爱，年轻人有感情生活很正常，现在的娱乐圈，偶像恋爱结婚也不是什么新鲜事。但是呢……”说到这里，温姐顿了一下。

“但是什么？”

“但是，有一种女人你最好不要碰！”

“哪一种？”

温姐指了指楼上，说：“老板的女人。”

叶晨枫大概知道她要说什么，却没想到她说得这么直接，这么入骨。他露出无奈的笑容，丢出一句：“太扯了。”

“不管你爱不爱听，不要作就好。”

“你要说的就是这些？”

“还不够吗？要我说得更明白些吗？”

“不用了！”叶晨枫起身朝门外走去。

“别忘了明天的采访！”温姐朝门外喊着。

“我心里有数！”叶晨枫头也不回地回答。

有时候，任彩怡觉得只要自己不跟自己较劲，现在这日子也算平平顺顺，过得去：回家有房——租的，出门有车——自行车，想聊天有女人——闺密杨玥，上班不远，工作不累，爹妈不催婚。

直到杨玥搬走，任彩怡才体会到什么叫作“有个伴儿真好”。

“你会不会觉得我重色轻友？”杨玥在卧室收拾着自己的家当，愧疚地看着任彩怡。

“会！而且我已经在心里诅咒你一千遍了！”任彩怡躺在客厅沙发上，大把大把地吃着薯片，看都不看杨玥一眼。

“太狠了吧，不说明白，我都以为你爱上我了！”

“我呸！杨小玥，以你的智商，永远无法理解我这个当家长的心，你根本不知道什么叫作恨铁不成钢。”任彩怡突然爆发，她从没想过这么依赖她的杨玥竟会先一步脱离自认为更加独立的她。

“任阿姨，我是干了多么大逆不道的事，让您老人家这么不舒心啊？我不就是跟男朋友住一起了吗？说好听点，这叫试婚。”杨玥没想到任彩怡会那么生气，立即放下手里的衣服，走到她面前。

看到杨玥理直气壮地站在面前，任彩怡提高了一个声调：“试婚？！你要试，也得先搞清楚对方要不要跟你结婚啊！”

杨玥也加大了音量：“为什么不结婚？是裴志新提出让我搬过去跟他住的，如果不是有往下走的打算，他干吗在自己身边塞个累赘呀？”

“那是因为他需要一个给他洗衣做饭，随时供他使唤的老妈子，好让他有更多的时间打怪升级！”任彩怡把自己心里的怨气一股脑儿地倒了出来。

“任彩怡！”杨玥被她的话气到，一把夺过她手里的薯片，“你不要总这么尖酸刻薄好不好？！裴志新是有点不争气，但至少这次他提出要和我同住是很真诚的。我跟他在一起两年多了，我是多么希望我们能再向前迈一步。也许一拍即合，也许头破血流，我都做好了心理准备。但目前来看，这是故事可能有的最好的发展。作为我最好的朋友，这个时候，一句含泪的祝福或一个不舍的拥抱，比那些打击我刺激我的话要强一百倍！”

杨玥的一席话让任彩怡哑口无言又万分羞愧。世人的通病就是，对外人往往能和颜悦色，对自己越亲的人却越容易出言伤害。

任彩怡缓缓地站起身来，温柔地拍了拍杨玥的肩膀，说：“我说话太重了，我就是有点舍不得你，我一直希望你们俩能有个好结果，我也能早一天当上你的伴娘，我一直是祝福你的。”

杨玥擦了擦已经到眼角的泪，无奈地笑了：“任彩怡永远是任彩怡，赔礼道歉都不能认个‘错’，只肯承认话说重了，也就我能忍你。我也舍不得你，这几天我总在想，我搬走了，你怎么办？大龄单身，平时不爱出门，回家也没人陪，你心理上会不会越来越变态？”

任彩怡扬了扬头，说：“那你就放心地去吧，你走了，正好给我空出地方来，在家约会各色男性。”

两人破涕为笑，互相为对方擦眼泪。

“你不打算再找个室友吗？分担房租也好啊！”

“不找了，你都说了，除了你，谁能忍得了我的性子？房租我还可以负担。最重要的是，你这个小媳妇儿，万一在裴志新那里受了什么委屈，想回娘家，我得给你留个地儿啊！”

任彩怡的话着实感动了杨玥，她一把抱住任彩怡，真情流露：“老任，我一定经常回来跟你诉苦，给你做好吃的。老任，你一定会比我幸福的！”

听到杨玥的话，任彩怡也没把持住，两个人一把眼泪一把鼻涕地大哭起来。

杨玥搬走后，任彩怡开始了独来独往的生活。虽然仍在同一座城市，但一东一西，想时常聚一下也没那么容易，B 市真的太大了。

自从上次因为“老婆饼”的事呛了叶晨枫之后，任彩怡几乎每天能在公司看到他，却始终以不认识、有多远躲多远的态度对待，但是，总有躲也躲不掉的时候。

叶晨枫的写真集终于出版了，作为公司力捧的艺人，每一步的动作都是公司的大事。温姐抱着几本热腾腾的写真集送入了李总的办公室，大约十分钟后，又笑得花枝乱颤，走到任彩怡的办公桌前。

“彩怡，今天晚上李总请大家唱歌，庆祝我们家小叶发写真，你也得来哈。”

“我就不去了吧。你们玩得高兴点。”李总与叶晨枫同时在，这种尴尬的局，她还是不露面的好。

“那可不行，你不来，谁顾着李总啊？这次写真拍摄，你也帮了忙，算团队成员之一，必须来，不来就是不给我面子，就这么定了！”温姐以她一向的霸气不容任彩怡再次说不，“晚上见哈，一定记得带上‘财神爷’李总。”

别人负责带小鲜肉去吃喝玩乐，任彩怡负责带老头子去付账。

就当加个班吧，反正也不是第一次了。

温姐预订了最大的KTV包房，在走廊的尽头，隐蔽又奢华。任彩怡跟着李总最晚一批到达，温姐团队的人和今天的主角叶晨枫早已开始嗨起来了。

接下来的情景可想而知，给李总敬酒的，玩骰子的，当麦霸的……叶晨枫身边也变换着不同的女孩儿，与他勾肩搭背，喝酒聊天，包房里一片欢腾的气氛。

不过是一个简单的聚会，大家的打扮也太隆重了吧，屋里的女孩们穿得五颜六色的，低胸，超短裙，亮片装……随便拎出一个来，都逃不开这些元素，像是把年会又搬到了KTV现场。

还是艺人团队最会玩。

主角叶晨枫却随意得多，只是白色T恤、牛仔裤，已经脱下的连帽衫随意放在角落的沙发上。

任彩怡很想融入进去，却怎么都像是个局外人。

她坐在与李总隔三个人的位置，叶晨枫坐在李总另一侧的不远处，除了刚进门时的寒暄，两人还没说上话。当然，今天的任彩怡也没想着叶晨枫会再跟她说话。

一边喝着手里的啤酒，一边刷着自己的朋友圈，任彩怡只希望大家早点把李总灌醉，早点结束今天的局。

也许是酒精的作用，也许是女人天生敏感，任彩怡隐约感觉这一圈人中，有双眼睛在盯着她。她想去找到这双眼睛，却总下意识地看到斜对面正与人把酒言欢的叶晨枫。

叶晨枫笑得很开心，也把身边的各色女孩哄得很开心。任彩怡觉得此时此刻，叶晨枫一定在跟她们开着各种暧昧的玩笑。

想到这些，她就火大，打开手机上的祈福软件，默默地输入了此刻自己的心愿："祝你写真集一本也卖不出去！"

心愿刚刚发送，就收到了"马尾辫"发来的信息。

"任老师，你为什么总是看我？"

看着这行字，任彩怡心里有种被"捉奸在床"的羞耻感！她握着手机定了定神，认为面对这种挑衅似的信息，最好的方法就是不回复。

任彩怡故作淡定地继续玩着手机，好像不曾收到任何信息。没想到她还没完全冷静，叶晨枫已经端着酒杯悄无声息地坐在了她的身边。

"为什么看到信息不回？"包房里的音乐声很大，叶晨枫贴近任彩怡的耳朵大声地发问。

任彩怡若无其事地稍稍往旁边坐了一下，与他保持着安全距离，淡定地说："什么信息？没收到。"

叶晨枫低头会心一笑，说："别总刷朋友圈了，加我微信吧。"说完便抢过任彩怡的手机添加了自己。

还没等任彩怡反应过来，手机已经回到了她的手上。

"你……"看着叶晨枫的笑脸，任彩怡一时语塞。

"这么爱刷朋友圈，给你发微信总不会看不到吧。"

"微信我也很少用！"任彩怡快速收起手机，幸亏他没看到她刚刚设定的诅咒。

"那我只能有话当面问，你也当面回我喽？"

"你随意。"任彩怡头也不抬。

叶晨枫放下酒杯，往她的耳边贴得更近了些，问："刚才你为什么一直偷看我？"

任彩怡略微一愣，歪头躲开一点，似笑非笑地回答："我？有吗？"

"你想否认吗？"叶晨枫则认真地看着任彩怡，继续发问。

"你不看我，怎么知道我在看你？"任彩怡抬起头，很想扳回一城。

“对啊，我就是一直在看你！”叶晨枫脱口而出，没有一秒犹豫。

任彩怡被这句话将了一军，她愣愣地看着叶晨枫，掩饰着自己莫名其妙的慌乱。

“叶晨枫！”任彩怡语气严肃，但压低了声音，“怎么说我也是你姐姐辈的人，你就不能跟我正经点说话吗？”

“我怎么不正经了？我哪句话不正经了？”叶晨枫一脸委屈的样子。

任彩怡拉下脸来，说：“你自己心里知道！”

“你想要正经是吧？”叶晨枫又喝了一口自己杯里的酒，说，“那我就问你两个正经的问题，不过我觉得你听了会生气。”

“怕我生气就不要问！”任彩怡拿起自己面前的啤酒，大口大口地喝着。

叶晨枫抢下她手里的酒杯，说：“我更怕你喝多了需要我送你回家！”

“我才不会让不正经的人送我回家呢！”任彩怡不甘示弱，又拿起叶晨枫的酒杯，喝了一大口不知道掺了什么的洋酒，“这屋子里多的是等着你送回家的人，你刚才肯定已经答应了无数人要送她回家，送得过来吗？”

“你吃醋啊？”叶晨枫贴着她的耳朵问。

任彩怡转头看了看他，叹了口气：“我看你根本不知道‘正经’两个字怎么写！”

如果不是温姐再次出现，任彩怡也许会忍不住将一杯酒泼在叶晨枫的脸上。女人的直觉告诉她，不远处的温姐肯定一直在监视他们，发现这边的气氛稍有不对，便借着去敬酒的名头把叶晨枫拉走了。

李总终于被灌倒，把李总稳妥地交给司机，又帮李总给大家买了单之后，任彩怡就偷偷叫了辆出租车，溜之大吉。

她的任务完成了，应该不会有人注意到她走没走吧。

一路上，叶晨枫的那句“我就是一直在看你”不停地闪现在她半醉的脑袋中，此刻她最想做的事情就是回家后再灌几杯，最好喝到断片儿，忘了那句魔咒。

任彩怡住的这个小区，是一个每天晚上十一点就会锁大门的神奇小区，若是晚归，要么你绕两里地去走后门，要么就翻爬围栏。很少晚回家的任彩怡选择了翻爬，虽然不太雅观。

“哇，任老师，身手敏捷啊！”

深夜里，这突然的一声“哇”着实把任彩怡吓到了。

“谁？谁说话呢？”任彩怡顺着声音的方向怯怯地看过去。

叶晨枫的身影慢慢地显现在小区围栏外的路灯下。

“你怎么在这儿？”任彩怡迅速四下张望了一下，确认真的只有叶晨枫一个人，“你跟踪我？”

他走近，双手抓着围栏，对她说道：“别说得那么难听好吧，这叫护送。哪能大半夜让一个喝醉的女人自己回家？说好要送你，我说到做到。”

“谁喝醉了？我什么时候说要你送我了？没经过别人同意就尾随，就是跟踪！”任彩怡还没从刚才的惊吓中缓过来，一股脑儿地说着。

“没喝醉为啥有门不走，偏要翻围栏？”

叶晨枫一定是看到了她翻墙的全过程，这么尴尬的画面让任彩怡汗颜。

“要你管！我锻炼身体不行啊！大半夜你跟着我，万一让温姐他们看到了怎么办？”

“放心，你溜得掉，我也溜得掉。”

“作为一个公众人物，在大街上莫名跟踪一位成年女性，就算不怕我报警，难道就不怕被媒体拍到？”

“是啊，说得有道理。”叶晨枫点了点头，然后以更敏捷的身手迅猛地翻过了围栏，进了小区，走到了任彩怡身边，“这样就不是在大街上了，隐蔽点。”

任彩怡站在原地，错愕地看着一步步向她靠近的叶晨枫，说不出话来。

“你不会害怕我吧？”

“有点。”任彩怡退后两步，与叶晨枫保持着安全距离。

叶晨枫停在她对面，与她保持着仅有一米的距离，说：“放心，小区的公共区域都是有摄像头的，我不会对你干什么坏事。我就是觉得必须把刚才没说完的话说完。”

“什么话？”任彩怡已经有点恍惚了。

“我那两个正经的问题还没问，你就跑了。”

“你问吧。”

“你能不生气吗？”

“我保证不生气。”

“那我都不敢问了。”

“你不问，我就回家睡觉了。”任彩怡扭头要走。

“别走，我问。”叶晨枫一把拉住任彩怡的手，急切地说。

头昏脑涨的任彩怡被他这么一拽，踉跄了一下，险些摔倒在地。叶晨枫迅速双手扶住她的肩膀，说：“小心！还说自己没喝多！”

这一拉一拽顿时让任彩怡清醒了很多，意识到叶晨枫此刻正搂着自己的肩膀，她迅速甩开他的双臂，连连往后退步。

“你有话快说，别动手。”任彩怡摸了摸自己已经被酒意肆虐的脸，小声地说。

“好。”叶晨枫定了定神，小心翼翼地开始发问，“第一个问题，你是不是……李总的女人？”

第一个问题果然激怒了任彩怡，她嚷嚷道：“呸！我就知道那帮女人背后没少嚼我的舌根子。她们应该庆幸我不是，我要是的话肯定让老头子分分钟把她们灭了，让她们再八卦！”

看着她发火的样子，叶晨枫反而露出了满意又得意的笑容。

“好，我知道答案了。还有一个问题，你是不是……”叶晨枫把声音压得更低，“那个？”

第二个问题让任彩怡哭笑不得：“你们的想象力能不能丰富点？不是‘小蜜’就一定是那个吗？我就不能是单身吗？我就不能一个人也高高兴兴的吗？”

其实，连叶晨枫自己都不知道为什么会问出这个问题，大概就是想看她的反应，想看她哭笑不得的样子。

听到她的回答，叶晨枫开怀地笑了，是那种得了便宜还卖乖的笑。他一直盯着任彩怡笑，盯得她有点尴尬。

“有这么好笑吗？”说完这句话，任彩怡竟然打了一个酒嗝，然后尴尬得红了脸。

看着眼前带着醉意，双颊红到耳根的任彩怡，叶晨枫实在没忍住，笑出了声音。

“不许笑！”任彩怡羞愧地大喊一声。

“不笑！一点也不好笑。”叶晨枫轻咳了两声，收起笑容，严肃了许多。

两个人都没有再说话，任彩怡一直回避着叶晨枫的目光，在酒精的刺激下，生怕一个四目相对，自己便会彻底沦陷。

“我要回去睡觉了。”一阵冷风突然吹来，任彩怡打了个寒战。

“你就不想……”

“不想……知道！”任彩怡大概知道他想说什么，仅存的一点理智让她决定终止这场对话，“我确实喝多了，我得回去了，你也快点走吧，真被人看见就死定了。拜拜！”说完，她便头也不回地冲进了单元门。

叶晨枫独自在楼下站了许久，并没有跟上去。

第四章
不速之客

本可以睡到自然醒，但在酒精和叶晨枫的双重折磨下，任彩怡睡了又醒，醒了又睡，如此翻来覆去，一直到天亮。

醒来以后，任彩怡一想到自己还在他面前打了个嗝，就恨不得一辈子钻到被窝里，再也不要出门见人。

还好是周末，不用让别人看到她水肿的脸与黝黑的眼圈。任彩怡无数次想给杨玥打电话，又无数次自我反省，就不能拿出点熟女泰然处之的风范来吗？

但这伪装的冷静，还是被“马尾辫”的来电打破了。

任彩怡看了看床头的闹钟，还不到七点。犹豫了一下之后，她还是战战兢兢地接了电话。

“任老师早！”对面传来叶晨枫充满活力的声音。

任彩怡有气无力地回答：“你这也太早了吧，又想要什么花样？”

“不早怎么抓得住你？在家的话就给我开门吧。”

“什么？”这小子竟然不打招呼就出现在她家门口，“你疯了吗？你怎么知道我家是哪一户？”

“能不能让我先进门啊？不怕我树大招风啊？”

把他放在门外绝对不是好事。任彩怡迅速起身，飞奔到门边，轻轻地开了一条门缝。

叶晨枫已经笑盈盈地站在她面前，一只手拿着手机，一只手拎着豆浆和油条，对她说：“我能进去了吗？我带早餐来了。”

还没等她反应过来，叶晨枫已经顺势挤进屋里，找到餐桌，摆好豆浆和油条，开吃了。

任彩怡站在原地，不可置信地看着叶晨枫一系列自然得不能再自然的动作。

“来吃啊，任老师。你们这小区看起来一般，没想到楼下早餐的种类倒是挺齐全的，比我那儿好多了……一起吃啊，任老师，凉了就不好吃了……”叶晨枫一边吃一边招呼着任彩怡，就像在自己家里一样。

“你一大早跑到我家来吃早餐？”任彩怡瞪大眼睛，气呼呼地问。

“当然不是。我可以先回答你刚才电话里的问题，我没疯，知道你住哪一户也不难，昨晚我一直看着你上楼，那时大半夜的，哪家灯亮了就是哪家呗。”

任彩怡坐到叶晨枫对面，有些无奈地说：“我发现你不但是跟踪狂，还是厚脸皮，我请你进门了吗？”

“我虽然不是跟踪狂，但我是天蝎座，我想做一件事情就必须把它完成，不然我会被自己折磨死的。”

看着他肆无忌惮的样子，任彩怡突然来了勇气，问：“你想在我家做什么事情？你不会想追我吧？”

说出这话的瞬间，任彩怡有些释然，变被动为主动才能占上风。

“是啊，我是在追你！你才看出来啊？你们女人不都是很敏感的吗？”叶晨枫毫不迟疑地回答，仿佛这是一件根本不需要说明白的事情。

这种不假思索的直白并没有让任彩怡感到意外，她反而有些无奈。她抬手指了指他，说：“幼稚！”

“怎么幼稚了？这是真诚，敢爱敢恨。”叶晨枫认真地说。

任彩怡转身坐到沙发上，昨晚的酒劲儿还没过，脚底下轻飘飘的，脑子里却昏沉沉的。她揉了揉太阳穴，拿起茶几上的水杯，用最快的速度喝下了满满一杯水。

“从昨晚到现在，你所问的问题、说的话最好都收回，而我就当没听见。”任彩怡严肃地说道。

闻言，叶晨枫放下手里的豆浆，坐到了任彩怡身边，她刚想起身躲开，却一把被他按住，又坐了下来。

叶晨枫伸手去摸她的额头，说：“不舒服吗？没有发烧吧？”

任彩怡向一旁侧身，推开他的手，说：“别闹！我没病。”

“我没闹！酒后空腹很难受的，所以我带了早点给你吃，你吃点就好了。”说这话的时候，叶晨枫的眼神中尽是温柔。

任彩怡被他盯得有些不知所措，试着慢慢抽回被他按在沙发背上的胳膊，然后深呼吸了一下，说：“好吧，既然今天我们把话挑明了，作为一个比你成熟很多的人，我也就不藏着掖着了。”

“好，你说！”叶晨枫站起来，拉过餐桌旁的一把椅子，坐在了任彩怡的正对面。

任彩怡稳定了一下情绪，严肃地说：“首先，谢谢你对我真诚以待，虽然那是以你自己的评价标准来定义的，但是自从我们认识到现在，你的一切行为在我眼里就是幼稚。想知道为什么吗，小朋友？”

“首先，别叫我小朋友，但我愿听其详。”叶晨枫也严肃起来。

“好！”任彩怡稍稍整理了一下思路，说道，“第一，看得出来你很会追姑娘，但是，我不是十七八岁的小女孩，也不是你的粉丝，不会随便听你几句调情的话就心花怒放；第二，我比你大至少六岁，这是什么概念，你清楚吗？三岁一个代沟，咱们之间就有两个代沟，等我四十岁被说成豆腐渣的时候，你才三十出头，正当年；第三，你是艺人，是明星，我就是普通上班族，我们根本不是一路人；第四，你是天蝎座，我是狮子座，咱俩天生相克，水火不容！”

一下子口吐莲花，任彩怡的自信心此刻恢复到了满格。

叶晨枫很认真地看着任彩怡，几乎没有眨眼睛。

“轮到我说了吗，任老师？”

“请！”

他挺直腰板，一脸严肃地说：“第一，你说我跟你调情，但是在我看来，我所做的事情都是真心实意的，如果你认为我把你当成小女孩了，那只能说明你没有自信；第二，三岁一个代沟，你怎么不说女大三抱金砖呢？我一下子就抱了两块，你很旺我啊。现在都什么年代了，年龄根本不是问题，你拿年龄说事，还是因为你不自信。第三，艺人也是人，咱俩怎么也算半个同行，你不是我的粉丝，我也不需要你捧着我，你干吗那么大压力？只能再一次说明你不自信；第四，不好意思，我上升星座是射手，狮子配射手简直是完美！”

说这些话的时候，叶晨枫不给任彩怡任何打断与插话的机会，而此刻任彩怡的脑子里只有“我去”这两个字。

“还有什么要赐教的吗，任老师？”叶晨枫似是挑衅道，双手合一，头顶似乎闪耀着胜利者的光环。

“不见棺材不掉泪是吧？总之，我没有精力跟你们这种小男生玩感情游戏，今天的对话就当没发生过，感谢你对姐姐我的厚爱，也感谢你给我带的早餐。不过，下次千万不要不请自来，万一被拍到了，我会被你的粉丝骂死。”任彩怡已经不知该如何招架，下逐客令是她最后的防线。

“这么绝情，你就不怕伤了我这颗真诚的心？你敢说你从来没对我动过心？”叶晨枫步步逼近。

“这种莫名的自信，是你们艺人的通病吧，是不是觉得身边所有女孩都会理所当然地为你们所倾倒？不好意思，我没有动过心，我是个神志清醒的成熟女性。”

“真是直接啊，还好我有心理准备！本来也没打算今天就能和你达成一致，我不逼你就范，那是小男生做的事。”叶晨枫再次倾身靠向任彩怡，“我会给你充足的时间迷上我。”

在叶晨枫的压迫下，任彩怡被逼进沙发的死角，他的眼神从容而坚定。

片刻的沉默后，任彩怡推开他，起身指了指大门，说：“好！那我祝福你！不送！”

“刚伤了我的心，还要把我赶出去，也太没人性了吧。”

“那你还想干吗？”

“我昨晚就没睡好，一大早又赶过来说了这么多肺腑之言，还被无情地拒绝，身心俱疲，能不能在你家沙发上补个觉啊？”

“你不能回自己家补觉吗？”

“这个点儿了，整个小区的人都起床了，你不怕我现在出去被拍到？一大早从一位女性家中走出去，这可就说不清了。”

这个理由，还真的说到了任彩怡最在意的点上。

看她若有所思地犹豫着，叶晨枫接着说：“我就在沙发上睡，不吵不闹，安分守己，你忙你的，都不用理我。”说着，他已经躺在了任彩怡家的沙发上，闭上眼睛，做睡眠状。

“你还真是会耍赖皮啊，幼稚！”

“别吵，任老师，我快睡着了。”叶晨枫闭着眼睛说。

“好，你随意，我也回卧室补觉。希望你有事没事都不要来敲我的门。”任彩怡无奈地向卧室走去。

“任老师，”叶晨枫突然坐起来，说，“其实今天我也不算一点收获都没有，至少我看到了你在家最自然的样子。好梦！”说完，他又迅速躺下，闭上了眼睛。

任彩怡这才意识到，从早上起床到现在，她脸也没洗，头也没梳，身上还穿着家里最欧巴桑的一件小碎花睡衣，最致命的是——她没穿内衣！

尴尬的她只想迅速躲进卧室里把自己藏起来，关门前，她扔给了叶晨枫两个字：“变态！”

回到卧室，任彩怡却毫无睡意。

只有一墙之隔，自家卧室门外躺了这样一个他，他刚刚还对她说了那样一番话，让她如何成眠……

她偷偷透过门缝看过去，叶晨枫似乎真的已经睡着了。

看着他在沙发上蜷成一团，似乎很冷的样子，任彩怡不由自主地想：要不要出去给他送床毯子？她犹豫着，想来想去，还是算了吧。

回到自己的床上，她依旧翻来覆去，难以入眠……

任彩怡不知自己是何时睡着的，醒来的时候，已经是傍晚了。叶晨枫已悄然离去，沙发上只留下了他蜷缩的痕迹和一张字条——

亲爱的任老师：

很高兴你没有赶我走，但我要赶晚上的飞机，不得不走了。这一次的通告要十天左右，我会每天都给你发短信报平安的，不要太想念我啊。希望下一次回来会得到你一个温暖的拥抱。

晨枫

“来的时候不打招呼，走的时候也不打招呼。”任彩怡嘀咕着，心里很不爽。

叶晨枫走后，任彩怡不争气地病了一场。

她强忍着，没给杨玥打电话，生生扛过了发烧之后，周一拖着虚弱的病体，以迟到的姿态出现在办公桌前。

李总的办公室紧闭着门，他的客人应该早就到了。

任彩怡仍然咳得厉害，拿起钱包，跑到楼下药店，想要买点止咳的糖浆。

药房的医生象征性地给她把了把脉，看了看她的喉咙，说：“止咳糖浆治标不治本，听你这咳嗽的声音，应该有炎症，应该先吃消炎药。”

“我不要，我不吃抗生素。”任彩怡咳着拒绝了。

“不吃抗生素，喝多少糖浆也治不好你的病。”医生严肃地说，还顺手拿出一盒消炎药摆在任彩怡面前。

任彩怡把药推回去，说：“我真的不吃，给我拿点糖浆就行。”

“你这个小姑娘怎么不听话啊？这样只会越来越严重。”

“你怎么强买强卖啊？我都说不需要了。”本来就头昏脑涨的任彩怡烦躁起来。

“小姑娘怎么这么说话呢？”药房医生一脸的不高兴。

任彩怡刚想反驳，一口气没顺好，又强烈地咳嗽起来。

突然，一只手从背后伸过来，把另一盒药放在柜台上，说：“给她换这个吧，也消炎，但是温和些。”

任彩怡循声转头，看到一位穿着灰色西装，戴着口罩的男人站在了她的身旁，完全是个陌生人。

“我不需要！”任彩怡边说边狐疑地看着他。

那个人并不理她，仍旧跟医生说：“结账吧，还有那瓶止咳糖浆，我来付。”

男人优雅又迅速地结了账，然后拿着所有的药和任彩怡的糖浆，走出了药店。

“你朋友？”药房医生问。

任彩怡还愣在原地，回答：“不认识。”然后，转身追了出去。

那人没有走远，就在药店门外十米处站着。任彩怡走过去，没好气地说：“为什么拿我的药？”

男人没说话，从自己的药袋里挑出了任彩怡的止咳糖浆，还有他选的那盒消炎药，递到她手上，说：“他推荐的那个有抗生素，确实不好，药性太烈。你吃这个温和些的吧，配合止咳糖浆最好，只吃三天即可。

这点抗生素不会对身体造成负担，强行拒绝的话，炎症会扩散到你身体的其他器官，就更严重了。不要跟不相关的人置气，耽误了自己的身体。”

他说得既有条理又温文尔雅，声音很柔和，再加上他穿着整洁合体，个子又高，让人有种拒绝不了，或者说是不好意思拒绝的架势。

任彩怡忍着咳嗽，不想再在这件事情上浪费时间，接过他手里的药，叹了一口气，说：“无所谓了，一共多少钱？我给你。”

“不用了，没多少钱。”

“那不行。”任彩怡哑着嗓子说，“我又不认识你。”

“你是这家公司的员工吧？”男人觉得来这里买药的应该都是这家公司的人。

“是的，你是哪位？”

“太好了，今天上午我约了你们李总，能麻烦你把我带进去吗？”男人摘下口罩，微笑着说。

“你是白知行？”任彩怡脱口而出。

“你认识我？”

“我是李总的助手，知道他上午约了谁。”

任彩怡这才注意到，虽然他的脸上挂着笑容，但是脸色苍白，眼窝深陷，薄薄的嘴唇也没什么血色，似乎是大病初愈的状态。不过，这些都没有掩盖他的优雅气质。

他的头发仍然整齐，两鬓的胡须也留下了刚刚剃过的痕迹，雪白的衬衫、合体的灰色格子西装，衬得他整个人很挺拔。而从他的身形也可以看出，虽然他现在面容消瘦，但应该保持着健身的习惯。

两人似乎忘记了关于抗生素的争论，任彩怡畅通无阻地把他带进了李总的办公室。她从白知行的口中得知，李总特别配合，她生病了，两人约定推迟了采访时间，而此刻李总还没出现，白知行手里的药是专门为李总买的。

白知行，《知行》杂志创始人、主编，知名媒体人，这次为了做李总的人物专题，亲自出马约谈，却先为李总及其助理当了一回私人医生。

采访进行得很愉快，结束后，不停打喷嚏的李总让不停咳嗽的任彩怡帮着送客，她便拿着钱包把白知行送到楼下。

“不好意思，难得生病，都让你赶上了。”

“李总只是普通的感冒，扛过去就好，你不一样，一定记得把刚才的药吃了。”白知行依旧微笑着，他的声音柔柔的，很好听。

“我会的，谢谢你，白先生。”任彩怡很客气地回答，然后从钱包里拿出一百元，说，“这是刚才的药钱，您一定得拿着。”

白知行没有接受，说：“真的要谢我，就请我吃饭吧，正好也到了午餐时间，我们可以到对面吃个简餐。如果你可以帮我一起整理一下刚才李总给我提供的个人信息，那就最好不过了。”

“吃饭？”

白知行的提议来得突然，任彩怡毫无准备。

“你有别的安排？”白知行问。

“那倒没有，只是我还病着，怕传染到你。”任彩怡还故意咳了几声。

“没关系啊，反正我已经被李总的喷嚏传染一上午了，实在不行，我还有这个。”他从口袋中掏出刚才摘掉的口罩，重新戴上，“这样行吗？”

看着他的样子，任彩怡忍不住笑了，也没有了拒绝的理由：“好吧，那我回去拿外套。”

“我在对面的咖啡厅等你。”

任彩怡来到咖啡厅时，白知行已经点好了两份套餐。任彩怡坐下来，环顾四周，发现餐厅里已经坐满了人，有一半都是公司里的熟面孔。

“为了节省时间，我已经帮你点好了，你看看是否合意。”

“可以，我都可以的。”

白知行将一杯白开水推到任彩怡面前，继续说：“如果不爱吃药，就要多喝水。饭前先喝掉这杯水，还可以增加饱腹感，减少食量，女孩子爱减肥，一举两得。”

任彩怡看着眼前的水杯，笑了笑，说：“你很懂女人？”

白知行微微一笑，说：“我懂病人。”

“你以前是医生？”

“与他们医学界颇有渊源。”

果然是个舞文弄字的人，任彩怡已经不好意思再追问下去，一个文化人懂得多一些是理所当然的。

“关于采访，我有什么能帮您的？”

“我们可以饭后再说吗？吃凉的食物不利于你的康复。”白知行语气很温和，也很坚定，不容反对。

任彩怡没有多说，乖乖地低头吃饭。

白知行为她点了西芹炒百合及清炖牛肉，大概是没有吃早餐的缘故，任彩怡真的有点饿了，又想快点结束这场莫名其妙的“约会”，就很快吃干净了盘子里的食物。

“我不知道我能帮您什么，李总能说的应该都说了，他不能说的，我也不应该透漏，所以估计我的作用不大。”任彩怡放下碗筷，开门见山。

“你为什么讨厌抗生素？”白知行并不接她的话。

“啊？”任彩怡被噎住，说，“这好像和李总没什么关系吧。”

“这是我们今天认识的契机，先于李总的采访。”

“这是您的职业病吗？总把别人当成采访对象。”任彩怡并不想回答他的问题，也没有退让。

“而且总给采访对象送药，我想我确实病得不轻。”

白知行的自我调侃逗乐了任彩怡，也让她放松了戒备。她解释道：“其实没什么，我向来喜欢温和一点的人和事，所谓吃软不吃硬，有话好好说，药也一样。我总觉得抗生素这个东西会把本来要散出来的东西强行压下去，而所有强行来的东西，我都不太喜欢。”

“你喜欢顺其自然，或者一切慢慢来。”

任彩怡点点头："嗯，世上所有的一切，本来该是什么样就该是什么样，强加的应该都不是好事情。"

白知行笑了笑，说："那我以后可不敢给你提前点餐了，强行让你吃我觉得健康的食物会招你讨厌吧。"

"啊？"任彩怡看着眼前干净的餐盘，不好意思起来，"不会啦，我没有这么不近人情。"

白知行微笑着说："那我就安心了。"

任彩怡稍稍放下了戒备，可是她仍不知白知行需要她做什么。

白知行看出了她的拘谨与疑惑，主动说："其实很简单，刚才的采访，李总确实已经说得很详尽了，只需要你在文字上帮我完善一下。你对李总的了解比我多，如果我写的有什么不中肯的，还需要你帮我把把关。"

"太客气了，这也是我的工作，自当尽职尽责。"任彩怡仍然保持着工作上该有的客气。

"那我就不多叨扰了，李总今天应该会提前下班，回家养病，我觉得你也需要早点回去，好好睡一觉，当然是在按时服药的状态下。希望下次见面的时候，你已经完全好了。"

白知行果然预料到了一切。事实上，午饭前任彩怡回去拿外套时，李总已经回家了，他似乎病得不太严重，但男人的抗击打力比女人差多了。于是，任彩怡也懒懒散散地早退了。

回到家，任彩怡晕乎乎地躺在床上，却毫无睡意。

有微信进来，是叶晨枫。

这几天过得浑浑噩噩，任彩怡此时才想起那晚在 KTV 里，她被他强行加了好友。

"已到厦门，昨晚梦见你病了，你发烧了，窝在被子里，我在旁边陪着你。虽然感觉很幸福，但仍然希望这只是梦，而你一切安好。"

看到这句话，任彩怡的眼睛竟然有些湿润，心里还有点委屈，她回复道："我很好，生龙活虎，谢关心。"

回复完，她擦了擦眼睛，深呼吸。

她不想讨他的关心，却又忍不住打开他的朋友圈。

全是黑白色的照片，天空，大海，食物，还有他未经沧桑的脸，统统是黑白色，没有任何文字，看不出主人的喜好与性格。如果不是真的认识，她实在无法把这些与叶晨枫本人联系起来。

他，到底是怎样的人？这么阳光的少年，为什么要为自己描绘出一个阴郁的世界？也许还是"为赋新词强说愁"的年纪吧。

一张张地翻看着，这些黑白照片竟然让任彩怡感到安宁与平静。不知不觉，她沉沉地睡着了，这一觉睡得特别安稳。

病去如抽丝，按照白知行的嘱托，任彩怡连着吃了三天的消炎药，终于不再走路轻飘飘的了。

叶晨枫不在的这些天，每天都会给任彩怡发很多微信，像写日记一样，向她报告自己的行踪和心情。他的朋友圈每天都会更新，却依旧都是没有生气的黑白色。

转眼已是第七天，任彩怡盘算着三天后再次见面，应该用什么态度来面对他。

第八天，任彩怡彻底康复，而叶晨枫却像失踪了一样，一天也没个动静。

"他的手段太不够分量了，以为欲擒故纵就能让我心乱如麻。"任彩怡大口大口地吃着不知道在冰箱里放了多久的冰激凌，气鼓鼓地跟杨玥吐槽。

"你生气了？"杨玥躺在床上，抱着手机。身边的裴志新抱着电脑，目不转睛地玩着游戏。

"开玩笑！"任彩怡突然提高了嗓门，一口冰激凌没来得及咽下，恰好卡在嗓子眼里，开始狂咳起来。

“激动什么？心虚了吧！”

杨玥说的话好像一下子戳中了任彩怡的心窝子，她辩解道：“我哪里激动了？我吃东西呛着了不行啊？”

然后，任彩怡愤愤地扔掉了手里的冰激凌，拿起手边那瓶喝了大半的止咳糖浆，熟练地吞了一大口。这些天，止咳糖浆几乎成了任彩怡的随身“下饭菜”。

“你这咳嗽怎么还没好啊？有没有按时吃药啊？你也不去医院看看，那个白什么又不是医生，你又不爱吃药，到底行不行啊？”杨玥担心地说。

“我好多了，就是还有一点咳，这破天气，咳个十天半个月的都正常。我止咳药一直吃着，你不用担心我。”

“我怎么能不担心？你自己在家估计连饭也懒得做，都不知道你每天吃什么。要不然我明天回去给你做点好吃的吧？”杨玥转头看了看，裴志新好似什么也没听见，她不由得叹了口气。

“算了，你别折腾，上次来我这儿聚聚，回去晚了会儿，你家小新就给你脸色看。咱家楼下想吃什么都有，你就安心吧。”

挂了电话，任彩怡看了看空荡荡的房间，心里有些失落。她又看了一下手机，看到叶晨枫仍旧没有更新的黑白色朋友圈，她竟然真的有点生气了。

这样突如其来的情绪，让任彩怡有些心慌。

第五章
论男人的第六感

任彩怡的病还没彻底好，李总的采访稿就已经完成了，比预想的还要顺利。

每天咳一路，从家里一直咳到办公室，任彩怡忍不住又去楼下药店买了一瓶止咳糖浆。回到办公室时，白知行已经带着杂志样刊出现在她的办公桌前。

“白先生，您还亲自跑一趟送过来，太客气了。”任彩怡还没来得及放下手里的糖浆，只得礼貌性地先接待白知行，并接过他手里的五本杂志。

“你还在咳嗽吗？”白知行看到了任彩怡手中的药，关心地问道。

“应该快好了，巩固一下。”任彩怡放下糖浆和杂志，要带白知行去李总办公室。

白知行没有回应，却伸手拿起桌上的那瓶糖浆，看了看瓶身上的标签，说：“你对抗生素这种东西这么抗拒，为何会迷信这种更容易让人上瘾的东西呢？”

“什么意思？”任彩怡问。

“难道你不知道，止咳糖浆喝过量会产生依赖？说它是轻微的毒品一点也不过分。”

毒品？自己吃了数日的药，竟然被说成是毒品？白知行这种总喜欢说教的态度让任彩怡有些不爽。

我们有这么熟吗？任彩怡在心里嘀咕。她一把夺过白知行手里的药瓶，生硬地说：“您太危言耸听了吧，好好的药怎么就成了毒品？”

白知行微微一笑，慢条斯理地说：“它本身并不是毒品，但该类药水中一般含有可待因、麻黄碱成分，可刺激中枢神经，从而达到镇痛、镇静、止咳的作用，过量服用后不但药效全无，还会导致精神异常兴奋。长期喝止咳糖浆，生理、心理就会对其产生依赖性，若成瘾之后突然停止，很多人就会出现头晕、精神萎靡等脑部缺氧的症状。另外，由于脑部对喝药的快感存有顽固的记忆，很多人在停药后还会感到烦躁不安，并出现失眠、浑身难受等各种不适。更为严重的，还会出现记忆力、体力及性功能下降的情况。近些年，国内出现了很多将止咳糖浆当作毒品服用的隐形瘾君子。”

白知行像是在念一本严肃的教科书，让人没有反驳的余地。

任彩怡开始回忆自己是否已经出现他说的那些上瘾症状，越想越觉得恍惚起来。

看着任彩怡已经出了神，白知行接着说：“不用过分担心，我说的只是最坏的状况，你现在应该还没有。今天开始别再吃这个就好，我会给你推荐更合适的止咳药。”

任彩怡虽然回过神来，却仍有被冒犯的感觉，她没有接受白知行的示好，冷冷地说：“不用了，我自己心里有数，多谢您。只不过，我开始有点搞不懂您的真实身份了，上次说自己跟医学界颇有渊源，怎么这次又成缉毒界的了？”她打开抽屉，把药瓶“砰”的一声扔进去后，头也不抬地坐在了自己的椅子上，“李总在里面呢，您进去吧！”

面对任彩怡的不客气，白知行并没有生气，也没有觉得尴尬，他仍旧保持着笑容，走进了李总的办公室。

李总邀请白知行共进晚餐，点名要任彩怡陪同。

“你必须去！”

“我咳嗽。”

“不影响。”

“我晚上有事。”

“这是工作。”

“我……”

“你什么你，两个大男人吃应酬饭，有个女人在没那么尴尬。”

“哦！”

任彩怡被强行拉到饭桌上，她看着对面坐着的白知行，想了想今天下午自己对人家的态度，尴尬的反而成了她自己。

李总和白知行则是越聊越有种相见恨晚的感觉，从“诗词歌赋”到“人生哲学”，生生把任彩怡聊成了一个不存在的人。

就这么推杯换盏的，一直到夜里十一点多，他们才各自散去。

临走时，已经微醺的李总还再三嘱咐任彩怡要多跟白知行聊天学习，她含糊地应和着，却始终没敢正眼瞧身边的白知行。

李总上车离开，白知行却没有要走的意思。

“需要我帮您叫车吗？”这是任彩怡今天晚上跟白知行说的第一句话。

“司机已经来接我了，我会先把你送回家。”白知行说，一副仍旧很清醒的样子。

“不用了，我自己叫车就好。”

“你就别拒绝了，这么晚不可能让女士单独行动的。”

话刚说完，白知行的司机就把车停在了任彩怡的面前。

白知行十分绅士地为任彩怡打开后座的车门，伸手示意她上车，没有多说话。

任彩怡慢慢移步，上了白知行的车。白知行却没有上来与她同坐，他跟前座的司机交代了几句后，对任彩怡说："我让小唐送你回家，我住的地方离这里很近，就不送你了。你放心，小唐人很好。"

还没等任彩怡拒绝，白知行就为她关上了车门，小唐也启动了车子。

"你们白总一向这么不给人说话的机会吗？"任彩怡问小唐。

"白总确实做事很干脆，从不拖泥带水。我们跟他也是有什么说什么，特别简单。"

"哦，挺好的。"

"白总确实很好，您接触久了就知道了。"

小唐说得特别真诚，真诚得让任彩怡更加为自己下午的小题大做而感到汗颜。

任彩怡心事满满地回家，却被门口的一幕惊住了。戴着帽子、墨镜的叶晨枫，竟然抱着行李箱昏睡在她家门口。

叶晨枫果然又一次不打招呼就出现在了她的面前。

他看起来很累的样子，睡得迷迷糊糊的。任彩怡轻轻靠近他，蹲下来拍了拍他的肩膀。

叶晨枫警觉地缩了一下身体，然后伸手压了压帽檐，接着揉了揉眼睛。

看到任彩怡的那一刻，他瞬间清醒了，摘了墨镜，猛地抓住任彩怡的手，撒娇似的说："你怎么才回来啊？我都在这儿等了你一晚上了！"

任彩怡先是挣脱他的手，确定周围没有别的人之后，才小声地说："你在我家门口干吗？"

"还用问，当然是等你呀。我一下飞机就奔过来了，结果吃了闭门羹，又累又饿，这都快十二点了。"叶晨枫仍旧瘫坐在地上，一脸委屈的样子。

"你下了飞机不回家，也不打招呼，就跑到我这儿来撒野，还理直气壮了。"任彩怡伸手抬了抬叶晨枫的帽子，他便顺势又抓住了她的手。

“我手机丢了啊，联系不到你啊，我还怕你担心我呢，所以第一时间来找你。”

听了叶晨枫的话，任彩怡一时语塞，两人四目相对，都不再多说，她连被抓着的手都忘了抽回。

原来这两天他失联是因为丢了手机，而他再次这样出现，又一身疲惫的样子，配上这张让人很难抗拒的脸，任彩怡心里还真有些许心疼的感觉。

任彩怡的眼神开始变得温柔起来，看着她的眼睛，叶晨枫的脑子一片空白。

他拉着她的手，慢慢让她靠近自己，嘴巴也不自觉地要凑上去……两人越来越接近，近得几乎能听到对方的心跳声。

就在两人鼻尖几乎要碰到的那一刻，任彩怡突然回过神来，猛地转了一下手腕，叶晨枫的手被狠狠地弄了一下，随即她又使劲拍了一下他的帽檐，帽子一下子遮住了他的眼和鼻。

叶晨枫大叫一声：“疼！”

任彩怡迅速用手堵住了他的嘴，谨慎地说：“别喊！小心招来群众！”

“我的手差点脱臼！”叶晨枫闷声道。

“活该！公共场合还想占便宜！”说着，任彩怡抬手想打叶晨枫的头。

叶晨枫本能地往墙边躲，说：“公共场合还想打人！”

任彩怡收回了手，看了看地上乱七八糟的行李和衣服，觉得又可气又可笑，只得无奈地起身开门，把叶晨枫拉进家门。

叶晨枫进门后，特别不见外，一下子瘫倒在沙发上，说：“任老师，赏口饭吃呗，我今天就吃了一顿飞机餐。”

叶晨枫摘了帽子，随便抓了抓自己的头发，还是那么清瘦，而黑眼圈更加明显了。

“只有方便面，你吃吗？”

"你煮我就吃！"

任彩怡没有拒绝，也没有拒绝他饭后再次在沙发上小憩的要求，总觉得这是她欠下的。

"不会明天早上我一睁眼，你又已经消失了吧？"任彩怡站在桌子对面，看着他大口大口地吃着，突然问。

"舍不得我？"叶晨枫狼吞虎咽的，毫无偶像做派。

任彩怡上下打量他略微邋遢的打扮，想想那些迷恋他的万千少女，偷偷地笑了起来。

"笑得那么甜，说到你心里去了？"叶晨枫迅速吃完，放下碗筷，走到任彩怡身边。

任彩怡稍稍后退一步，拿起桌子上的餐巾纸递给他，说："说话这么油，快擦擦你的嘴吧。我只是不喜欢别人在我家肆无忌惮地进进出出。"

叶晨枫乖乖地接过纸巾，一本正经地说："哦，那报告一下，天亮之前我就得走，温姐一早会到家里接我，上午有采访。"

只有几个小时的空闲，他竟然第一时间来看自己，任彩怡有些感动。

她拿起叶晨枫用过的碗筷，走进厨房。

过了许久，任彩怡习惯性地抛出了一句生硬的话："那我就不送了，晚安吧。"

话说出去的那一刻，她暗暗捶胸，鄙视自己。叶晨枫则像什么都没听到一样，已经舒舒服服地躺到了沙发上。

收拾完碗筷，回头看到沙发上叶晨枫四仰八叉的样子，任彩怡更加无奈。他似乎已经睡着了，任彩怡轻手轻脚地从沙发后往自己的卧室走去。

"任老师，你是不是还欠我一个爱的抱抱啊？"叶晨枫突然坐起来，张开双臂做拥抱状。

任彩怡吓了一跳，站在卧室门边，说："做梦吧你！"

"那我可真做梦了，梦里可不一定只有抱抱哦。"

“别把我拉进你那变态的梦里。晚安！”

说完，任彩怡“砰”的一声关上了门，却心跳加速，靠着门平复了许久才平静下来。

叶晨枫看着卧室的门，笑得很灿烂，大声地回道：“晚安啦！”

说完，他又躺下来，用沙发上的毯子蒙住头。

大概是太累了，叶晨枫迅速睡去。

虽然他只是第二次留宿，任彩怡却好像已经很习惯屋外睡了这么一个男人。

第二天一早，叶晨枫就悄悄离开了，任彩怡听到了他离开的声音，却没有出去打招呼。

叶晨枫第一次约任彩怡出来吃饭，地点选在了胡同深处的一家日本料理店——如果不是他带她来，也许她永远不会知道有这么一家店铺的存在。任彩怡还在咳嗽，叶晨枫觉得日本料理清淡些。

整家店里只有五张桌子，且都用屏风隔开，墨绿色的墙壁上没有多余的装饰。老板是一个旅居日本多年后回国的中年男人，个子不高，长相普通，待人很亲切。

叶晨枫应该经常来这里吃饭，老板很识趣，帮叶晨枫预留了靠近角落的位置。

对于这个邀约，任彩怡一开始是拒绝的，叶晨枫却威胁她：“你不跟我一起吃饭，我就下班在公司大门口堵你。”

任彩怡担心叶晨枫说到做到，无奈之下答应了他。

她临时到楼下药店买了一个新的医用口罩，又跟同事借了一顶特别不适合自己的帽子，才小心谨慎地出现在约好的店里。

看到任彩怡特别不搭的一身装扮，早早等在位子上的叶晨枫捂着嘴笑个不停。

任彩怡没有摘下口罩和帽子，说：“你再笑我就走了！”

她刚要起身离开，却被叶晨枫一把拉住。他清了清喉咙，忍住了笑，抬手帮任彩怡摘掉了帽子，又想伸手去摘她的口罩。任彩怡往后一躲，闷声闷气地说："干吗？我不摘！"

"不摘，你怎么吃饭？"

任彩怡不回答，也没有摘口罩的意思。

"你也太谨慎了，真的要戴口罩的人，也应该是我啊。"

"你懂什么！你被拍了也就被拍了，你的样子大家都知道，万一带上我，不让群众看清我的样子，人肉不到我，是我唯一能做的。"

任彩怡言之凿凿的样子让叶晨枫哭笑不得，他十分耐心地为任彩怡讲解了这家日料店的隐蔽性，并说自己与老板私交极深。慢慢地，任彩怡放下了戒心。

任彩怡真的来赴约，也出乎叶晨枫的意料。不过，到公司去堵人这件事，他倒是真的干得出来。

任彩怡闷头吃饭，不说话。叶晨枫主动打开话匣子："我以为你今天不会来。"

"我怕有些人太幼稚，跟小学生劫道一样去劫我。"

"任老师，你怎么就不能诚实点，说其实你也喜欢我，所以才来的？"叶晨枫靠近任彩怡，把说话的声音压得很低。

任彩怡放下手里夹菜的筷子，抬头看着他说："你这是哪来的自信心啊？"

"这叫男人的第六感。"说着，叶晨枫非常绅士地帮任彩怡夹菜。

"那你的第六感可够差劲的。"

"真正差劲的是你的胆量。"

"你有胆量！约在这么个不见人的地方？"

话一说出口，任彩怡就有点后悔了，难道还要他约在大庭广众之下？那她就真的没有胆量去了。

"那我们来一次正大光明的约会，你敢吗？"叶晨枫挑衅问。

任彩怡叹了口气，说："我不敢！也求你以后千万别去公司堵我。今天这顿饭算是散伙饭，我就想过太平日子，风口浪尖上的生活不适合我。"

店里陆陆续续有客人进来，任彩怡十分警觉，说话的声音压得更低。

"凭什么是散伙饭？我不同意。明天陪我看场电影吧？"叶晨枫倒是轻松得很，继续嬉皮笑脸地跟任彩怡套近乎。

"不去，太暧昧。"

"那咱俩合个影吧。"说着，叶晨枫举起手机，靠近任彩怡做自拍状。

任彩怡本能地用双手遮住脸，大喊："不要，你疯了！"

这是两人的第一张合影，任彩怡根本没露脸，而叶晨枫依旧很得意。

"删掉！"任彩怡立刻伸手去抢手机。

"不要！"叶晨枫躲开，把手机装进口袋。

"万一你手机又丢了怎么办？我会被人肉的。"

"不要咒我！为了这张照片，我也得看好手机。安啦，任老师，吃饭！"叶晨枫像什么事都没发生过一样，继续给任彩怡夹菜。

任彩怡依旧不安心，问："你不会发朋友圈吧？"

"不发！"叶晨枫的回答让任彩怡稍稍放松下来，但他又接着说，"等下次拍到你不遮脸的照片再发。"说着还露出了坏坏的笑。

"你不会拍到的！"任彩怡笃定地说。

"为什么？"

"你朋友圈里都是些莫名其妙的风景照，从没见你发过与别人的合影，我都怀疑你根本没朋友。"任彩怡轻描淡写地说。

似乎是这句话激起了叶晨枫的兴趣，他眼睛一亮，小声却兴奋地说："你翻看我的朋友圈了！还不承认你也有点喜欢我！"

任彩怡这才意识到自己好像说错了什么，叶晨枫死死地盯着她，把她盯得心跳加速。她一时不知如何回答，只得迎难而上："我看了，怎样？看了你朋友圈就是喜欢你，那我喜欢的人太多了。看了你朋友圈才更觉得你幼稚，一个小屁孩，每天发的都是些死气沉沉的黑白图片，一点生机都没有。”

对于任彩怡的话，叶晨枫没有生气，反而更加认真起来。他收了收自己的笑容，严肃又深情地说：“对啊，我以前的世界就是黑白色的，不过，现在有你了，你是彩色的！”

叶晨枫的话又一次让任彩怡红了脸，心跳加速。于是，她慢慢低下头来，躲开他的目光。

叶晨枫也突然有些害羞起来，他抓了抓头发，收回自己肆意的目光，不再多言。两人各自低头吃着盘中的食物，空气如凝结了一般。

“那个……”任彩怡想说点什么化解这种尴尬，却又不知从何说起。

“什么？”

“哦，我是想说，温姐这个经纪人也太不尽职了，不把你的工作排满就算了，也不看好你的行踪，让你总有闲工夫到处乱跑。”

“温姐？！她现在估计正四处找我丢了的手机呢。”

“她是怕你手机里的照片被人翻出来，怕你变成下一个‘陈老师’吧。”任彩怡调侃。

“拜托，现在都什么年代了，大家用的都是智能手机。我早就第一时间把手机里的所有资料通过电脑联网删除了。”叶晨枫傲娇地说，“你们女人啊，都是电子白痴。”

“哎哟，竟然没有否认自己手机里有不良照片，怪不得温姐那么着急呢。”

“丢了什么我都不急，我只怕丢了手机，你找不到我会着急。”

“那你放心吧，我一点也不急，因为我根本没找你。”

听了任彩怡的话，叶晨枫露出了委屈的表情——她说的都是事实，他离开的这些日子，她从来没有主动联系过他。

“那我消失多少天，你会着急，会找我？”叶晨枫问她，眼神中带着渴求。

看着他的眼神，任彩怡有点不忍毒舌下去。她给叶晨枫夹了一块鸡翅，平和地说："又不是小孩子了，消失有什么好玩的？"

"你还记得我爱吃鸡翅？"叶晨枫的脸上又露出了笑容。

任彩怡迅速放下手里的筷子，恢复了冷冷的调子："记得什么！菜都是你点的！喜欢吃就多吃点，堵上你的嘴。"

叶晨枫甜甜地笑了，不再多问。

饭后，任彩怡迅速逃离了现场，拒绝了叶晨枫送她回家的要求。

路上，叶晨枫发来微信："我后天要进组了，这次要走一个多月。"

任彩怡："那我祝你拍摄顺利，新剧收视长虹。"

叶晨枫："那我就祝你天天想我想得睡不着。"

任彩怡："我争取。"

到了家，任彩怡什么都不想做，就这么懒懒地躺在沙发上。

她睡不着，也不想睡。

白知行忽然发来了微信："在家吗？在的话下楼一趟吧，有东西带给你。我让小唐在楼下等你。"

任彩怡从沙发上蹦起来，从窗口向楼下看，白知行的车果然就停在楼下。

任彩怡回复："有什么事吗？"

白知行："给你可替换的药，那个糖浆可停用。"

白知行竟然来给自己送药，任彩怡刚刚要忘掉那天的尴尬，以为以后不会与他有交集了，而他竟然找上了门。

任彩怡："不用了，多谢，我已经好了。"

白知行没有再回复，而他的车就这么一直停在楼下，一动不动。

二十分钟过去，从窗口望下去，车子还在，任彩怡只好拿起钥匙和手机下了楼。

走到车旁边，她敲了敲车窗，窗户摇下，车里只有小唐一个人。

小唐开门下了车，手里还提着一袋东西，说：“任小姐，这是白总给您的药，让您按照说明服用。白总说这个药不会让人产生依赖性。”

“白总他……还说什么了？”

“没别的了，就是让我把药给您后，马上离开，别逗留。”小唐把药递到任彩怡手里，马上转身上了车，重新发动了车子，“您快上去吧，我走了。”

任彩怡不知说什么好，表示了感谢后，目送小唐离开。

回到家里，任彩怡给白知行发了微信：“谢谢您的药，同时也为我上次的不礼貌道歉。不过我真的快好了，不用麻烦小唐再跑了。”

白知行没有回复。

叶晨枫走了，他的“诅咒”也开始发挥功效。

夜深人静的时候，任彩怡总觉得有个人睡在客厅的沙发上，想多了就觉得汗毛直竖，不敢熟睡。而那个沙发客这次一走，又似人间蒸发一般，没了音信，微博、朋友圈都没有任何更新。

“真的跟姐姐我玩消失啊，幼稚！”任彩怡心里这么想，又忍不住从同事的某些工作汇报中去探知他的动向。

战争戏，戏份多，条件艰苦！挺好，让这种不知天高地厚的少年去吃点苦，就不会总想着风花雪月了。

叶晨枫有张天生的艺人脸，却没有艺人心，他真的不喜欢拍戏，每次进组都让他有种莫名的恐惧。阿良是温姐唯一信得过的人，作为造型师，他常年陪在叶晨枫身边，照顾他的起居，帮他进行日常穿搭。

有戏就出工，没戏就在酒店睡觉，是叶晨枫的常规生活。阿良总说能使叶晨枫出门的除了工作，可能就剩下遇到火灾时的逃生本能了。

“出去吃饭吧？”

阿良每天都会试探性地问问他，而得到的答案基本是“你去吃吧，帮我打包回来”。

“今天是导演组织的饭局，去一下吧，都在呢。”

“不去了，都不熟。”叶晨枫瘫坐在床上，翻着手机。

“导演都叫你多少次了？去一次不就熟了？”

“温姐让我不要跟别人走太近，我这样不是挺好？”

阿良说：“让你跟别人保持距离，是怕……哎，但也没让你闭关啊，还是得接触。”

每次剧组人员的邀约，叶晨枫都要他出面回绝，理由都用得差不多了，这个差事也真是不好做。阿良暗自吐槽。

叶晨枫仍然赖在床上，拒绝出门。

“你最近状态可有点不对啊，也该更新个微博、朋友圈、Ins 什么的了，得给粉丝一点盼头啊。”

“不想发！有人说我发的东西是装成熟，为赋新词强说愁。”

“谁说的？这么说的人肯定不懂你。”

“懂我？粉丝懂我吗？我发什么，他们都喜欢，可是他们知道的也不是真正的我。”

“没必要让他们知道真正的你，生活和工作还是要分开。”

“不行，我得让她知道真正的我。”叶晨枫自言自语。

“她是谁？你在说谁啊？”阿良追问。

叶晨枫觉得自己说得太多了，赶紧转换了话题：“没有谁，安啦！阿良，你怎么都不交女朋友啊？”

阿良苦涩地一笑，挠了挠头，不好意思地说：“交过，分了。”

“为什么？”

“唉，不提也罢，都过去了。”一丝悲伤掠过阿良的脸庞，他双眼低垂，摆弄着手里的水杯，不愿多说。

叶晨枫也没有再多问，大家都是有故事的人，如果不是情非得已，谁又不想守在爱的人身边，寸步不离呢？

第六章
咳嗽、穷困和爱

自从被表白以后，从官方的宣传稿到小道消息，任彩怡总是不自觉地翻找叶晨枫的新闻看。但是娱乐圈的事最多有百分之五十的可信度，所以每次看完这些新闻，任彩怡都要在心里骂自己白痴。

叶晨枫已经“消失”半个月了，每每意识到自己在盘算着日子的时候，任彩怡有点害怕。

她始终遵守着自己甩下的诺言，不去找他。只是，半个月后，她听到的第一条有关叶晨枫的信息就让她慌了神。

叶晨枫在拍摄中受伤，吊威亚时从高空坠落，致使小腿骨裂，剧组紧急停工，叶晨枫也被送回 B 市治疗。

这个消息迅速登上了各大媒体的头条，果然，没有消息才是最好的消息。

公司一下炸开了锅，连一向淡定的李总也紧张起来。叶晨枫绝对是公司的宝贝和摇钱树，回来后立刻成了重点保护对象，无论是在医院还是在家里，都有一大堆工作人员围着，家门口还时常有记者埋伏着。

任彩怡终于忍不住了，偷偷地给叶晨枫发了微信：“还活着吗？”

发出这四个字后，她又觉得自己过于刻薄了，于是追加了一句：“知道你年轻力壮，应该很快就会生龙活虎，趁此机会好好修身养性吧，有什么需求可以呼唤我，保重！”

不知过了多久，任彩怡收到了他的回复：“我很想你！”

这四个字太柔软，任彩怡突然湿了眼眶，很努力才没让眼泪流下来。

她回复他：“我可以去看你吗？”

他回答：“晚上九点半左右？那个时候温姐他们应该走了。”

“好，晚点见。”

显然，这次见面比想象的更困难。

温姐等人的离开比预计的要晚些，叶晨枫家楼下又有些神神秘秘的身影，不知是敬业的媒体人还是神通广大的粉丝。按时到达的任彩怡在附近转悠了快一个小时，才找到机会偷偷摸摸地上了楼，她总算体会到什么叫做贼心虚。

按照叶晨枫的指示，任彩怡翻出藏在他家门口地垫下的备用钥匙，自己开了门，迎接她的是一屋子的药味，与乖乖躺坐在床上的那个“残疾人”。

两个人都没有说话，叶晨枫微笑着看着站在门边略显局促的任彩怡，拍拍床边，示意她坐到身边来。

任彩怡转身轻轻地关上门，慢慢走到他身旁，在床边坐下。看着脸上还带着些许擦伤的叶晨枫，她说：“晒黑了，气色还不错，还疼吗？”

叶晨枫没有回答，突然拉了一下她的胳膊，顺势紧紧抱住了毫无防备的任彩怡。

“我真的很想你！”

这个拥抱来得突然又自然，任彩怡没有挣脱，只是打趣道：“力气还挺大，看来伤得不算重。”

他撒娇道：“是不是我不受伤，你就不会联系我？”

任彩怡说：“你也没有联系我啊！”

“我联系你，你也不会搭理我，我就是想看看你到底要伤我多深！”

“好酸的话，现在伤你的可不是我。”

“你要是今天不来看我，我会伤得更深！”说完这句话，叶晨枫把任彩怡抱得更紧了。

“那我来了，你能不能先放开我一下，这么抱着其实……不太舒服。”

叶晨枫并没有放开她，悠悠地说：“任老师，我有需求……”

任彩怡猛地挣脱，双手交叉在胸前，做防备状，警告道：“你想干吗？不要得寸进尺！”

“你怎么这么紧张，你觉得我想干吗？”叶晨枫露出一个坏坏的表情，“任老师，你脑子里整天都在想什么……我就是想让你扶我上厕所！是你说有需求呼唤你的。”

任彩怡白了他一眼，胸前的双手慢慢放下来。她长舒了一口气，说：“你都半身不遂了还跟我耍嘴皮子，我就不该搭理你！”

“别嘛，人家真的尿急嘛，帮帮忙。”

叶晨枫又一次得逞了，活了近三十年，任彩怡还是第一次搀扶一个男人上厕所。

把他送进卫生间后，还没等叶晨枫开口说话，任彩怡就迅速抽身出来，并顺手关上了门。

在卫生间门外等候的她分外尴尬，叶晨枫倒是自在得很，还时不时向任彩怡发出呼喊：“你别走开啊，我马上就出来了！”

片刻后，叶晨枫推开了卫生间的门，单脚站着，出现在任彩怡面前。看见她果然乖乖话地守着门口寸步不离，他脸上露出得意又狡猾的笑，说：“任老师，我一会儿可能还要洗个澡，你能不能也帮帮我啊？”

任彩怡无奈地白了他一眼，转身要走，被叶晨枫一把拉住。他继续撒娇：“我开玩笑的！别走嘛。”

“都生活不能自理了，还开玩笑！”任彩怡回过身来，无奈地说。

叶晨枫仍然紧紧地拉着她，笑而不语，深情的眼神把任彩怡盯得无处躲藏。 任彩怡小心翼翼地把叶晨枫搀扶到床上后，想离开床边，却又被他拉住，脱不了身。

“别走，留下来陪我，这一句不是玩笑。”叶晨枫认真地看着任彩怡，眼神中带着渴求。

任彩怡看着他的脸，特别想用手去摸摸他脸上的伤。她一只手在背后握成拳，努力地紧了紧，说：“好！”

任彩怡答应了他的要求，好像根本没有拒绝的理由。

叶晨枫刚要说些什么，就被任彩怡强行堵了回去，她说：“我睡沙发，你有什么事情随时叫我。”

“好。”叶晨枫没有再说别的，慢慢放开任彩怡的手臂，露出满足的笑容。

这一夜，任彩怡做了叶晨枫家的沙发客。

叶晨枫住的是公司帮他租下的高级公寓，一个六十平方米左右的大开间，房间里的装饰十分简单，大大的落地窗，开放式厨房，墙角衣橱的推拉门半开着，露出叶晨枫的各种黑白色衣服，衣服多得几乎要跑出来。

衣橱旁边的地上堆着无数礼物盒子，与扔在地上的那些要换洗的衣物混成一团，分分钟可以逼死处女座与强迫症患者。这些乱糟糟的东西让本来就不算大的房间显得更加狭小，而沙发与床的距离也只不过两米。

任彩怡在别人家的沙发上睡得特别不踏实，时刻注意听着身后床上叶晨枫的动静，却又不好意思起身看他。叶晨枫也没有跟任彩怡多说话，乖乖地躺着，睁着眼睛，动也不动地听着她一个人在沙发上翻来覆去的动静。

任彩怡不知自己是几点才真正睡着的，一睁眼就发现天已大亮。

她定了定神，想抬手揉揉眼睛，却发现自己的手被紧紧握住。转头一看，叶晨枫趴在沙发上，头靠在她的肩膀旁，紧紧地握着她的一只手，睡着了。

他什么时候过来的？就这样睡了一夜吗？任彩怡竟然完全没有察觉到。

叶晨枫就这么趴着，没有盖任何东西，打着石膏的腿直直地摆放在地上。任彩怡伸手摸了摸他的脸和胳膊，好像除了握着她手的那只手，他整个人都是冰凉的。

是叫醒他，还是给他盖上毯子让他多睡会儿？

任彩怡想去给他拿床毯子，可是她的手正被他死死地抓着，根本抽不出。

她的目光转移到他的脸上，这也是她第一次这么近距离认真地看他——虽然他脸上的伤还很明显，却让人无法忽视他真的长得很好看这个事实。

任彩怡不自觉地用手去触摸他消瘦的脸颊和高高的鼻子，心里念道，希望老天爷保佑，不要让这些伤在他脸上留下疤痕。

“我好看吗？”叶晨枫突然睁开眼睛，把任彩怡吓了一跳。

她迅速抽回自己的手，说：“装睡！”

“哪有！明明是被你摸醒的。”

好尴尬，任彩怡只能转过头去，不再看他，并趁机抽回还被他握紧的手，问：“你不是动不了吗，怎么走到我沙发边上的？”

“你睡得像猪一样，我费了那么大的力气，一步一步跳过来的，你都没听到！”

任彩怡红了脸，明明睡得不踏实，为什么就没听到他的动静呢？太丢人了。也不知道他已经在旁边多长时间了，也不知道自己有没有流口水、打呼噜这种丢人的表现。

“我看你行动灵活，根本不需要人照顾，我走了。”此刻，任彩怡只想马上找个地洞藏起来。

“谁说我不需要？”叶晨枫拦住欲从沙发上起身的任彩怡，却因为腿脚不便，重重跌倒在地。

任彩怡连忙去扶他，却被他顺势带倒，还不小心踢到了他受伤的腿。“哎呀！”叶晨枫大叫一声，皱起了眉头。

“对不起，对不起，你没事吧？”任彩怡俯身看着他的腿，根本顾不得自己摔痛的屁股，心急地问。

“我说有事，你是不是就不走了？”叶晨枫坐在地上恳切地问。

任彩怡没有回答，一直盯着他的腿。

“别走！”叶晨枫从背后轻轻地抱住她，柔柔地说。

这一抱好像让时间静止了，任彩怡可以清清楚楚地听到叶晨枫紧贴她后背的心跳声，而她的身体也像麻了一样，根本动弹不得。

“我不走。”任彩怡轻轻地说，“我扶你去床上躺着吧。”

叶晨枫仍旧不放开抱着她的手。

“我真的不走，我们弄早餐吃吧，我饿了。”任彩怡保证道。

听到她这么说，叶晨枫才慢慢放开了手臂。

任彩怡小心翼翼地把叶晨枫扶到床上躺下，帮他盖上被子，说：“好好的床不睡，非要睡在地上，还不盖被子，感冒了又要给别人添麻烦。”

“你一直在沙发上翻来覆去，睡不着，我又不敢过去看你，直到听不见你的动静了，才敢过去看看你睡得好不好，过去就懒得回来了。”叶晨枫无奈地说。

任彩怡心里暖暖的，想来这一夜他也一定没睡安稳，也一定是费了很大的力气才走到她的身边。她悄悄掩饰住自己泛红的眼睛，说：“我去做早餐，你再睡会儿吧。还有，我不是故意要走，陪你吃完早餐，我要上班去了。”

“那你……”叶晨枫又拉了拉她的手。

“我晚上再过来。”任彩怡知道他要问什么，而她也决定了要做什么。

听了她的话，叶晨枫没有再强行留她，笑着放开了她的手。

任彩怡转身向厨房走去，叶晨枫又叫她：“彩怡！”

“嗯？”任彩怡有些疑惑地回头看着他。

“你知道吗？只要有你在，我的整个世界都亮了，五颜六色的。”叶晨枫满足地笑了，此刻，他的眼睛里只有任彩怡，房间里的一切物品好像都不存在了。

任彩怡也笑了，笑得很甜，她害羞地点点头，然后转身进了厨房。

看着她走进厨房后，叶晨枫心满意足地蒙头盖上了被子，放心地睡着了。

这一觉，他一直睡到太阳快下山，把在剧组欠下的睡眠一次性补全了。

从被子里钻出来的时候，家里已经没有了任彩怡的身影，床头柜上还放着她为他准备的早餐，餐盘下压着一张字条。

我上班去了，早餐凉了就不要吃了。我下班会晚一点，等你这边没人了，我再来看你。

怡

叶晨枫小心翼翼地收好字条，放在自己的枕头下，然后毫不犹豫地吃掉了床边已经凉透的早餐。

伤筋动骨一百天，叶晨枫这一歇就是两个月，除了一些简单的采访和活动，其他工作一概拒绝，这可急坏了李总及一众团队的工作人员。

他们不断用各种理由劝叶晨枫复出，他倒是对前途一副满不在乎的样子，乐得享受这难得的病假。当然，这一切都以任彩怡偷偷摸摸地陪伴着他为前提。

白天上班，晚上如特务接头般相聚，倒也刺激得很。

任彩怡大部分时间待在叶晨枫的家里，两人像老夫老妻般相处着——叶晨枫会很自然地躺靠在任彩怡的腿上，一起看电视，一起八卦着屏幕里的那些同行。

叶晨枫还时常撒娇，每一次都拖住任彩怡想要离开的脚步。她也越来越习惯这种不清不楚的暧昧关系，不过睡觉时，两人一直保持着沙发与床的距离，没有越雷池半步。

任彩怡从未如此每天盼着下班，更为此推了数次跟杨玥的聚会。这种“重色轻友”且偷偷摸摸的行径，连任彩怡自己都为之不齿，她生怕杨玥知道了会嘲笑她又一次栽倒在小男生的手里，而这正是她自己这几年来最忌讳的事情。

前男友的教训还历历在目，一个比她小两岁的普通男人都不会跟她认真，更何况是这个无论身份还是年龄都跟她不匹配的叶晨枫。

每每想到这些，任彩怡都想马上冲到叶晨枫面前，跟他说“一切到此为止，你当你的大明星，我做我的小白领，从此告别风花雪月，两不相欠”，可是最终，她还是没有办法说出口。

为了方便自己两边跑，任彩怡总是随身带着各种洗漱用品。叶晨枫劝她干脆留一套在他家里，用起来也方便。

“不要，我们又没同居。”任彩怡拒绝得很干脆。

“那我们同居吧！”叶晨枫扶着她的双肩，认真地说。

任彩怡瞪大了眼睛，慢慢地推开他的双手，说：“你发烧了吧，说胡话。”

叶晨枫知道会被回绝，却忍不住解释道：“不是胡话，还不是心疼你两边跑？”

任彩怡伸手轻轻拍了拍他的脸颊，像哄孩子一样，说：“那你就乖乖地好好养伤，早点好起来，我就不用这样跑了。”

“那我情愿永远好不了。”叶晨枫幽幽地说。

“呸！”

看着叶晨枫一脸委屈的样子，她突然无言以对，似乎感觉到这段似梦似真的日子好像真的快要结束了。

“对了……”任彩怡突然转身走进厨房，拿起水池边的两条毛巾，送到叶晨枫眼前，“你怎么又弄错了？我说过多少次了，黄色这条是擦手的，蓝色这条是擦碗筷的。不要混用，多不卫生。”

叶晨枫一脸错愕，接过她手上的毛巾，为难地说：“哦哦，我……下次……”

看着他无辜的脸，任彩怡接过话来：“下次注意了！”然后用手指轻点了一下他的脑袋，“我走了，上班去了。”

任彩怡拿起自己的包，准备出门。

“彩怡！”

“嗯？”

“我有事想跟你说。”

任彩怡抬手看了看时间，说：“很急吗？要说很久吗？我要迟到了，等我回来说来得及吗？”

叶晨枫舒了一口气，说：“好，等你回来再说。”

任彩怡匆忙地出了门，留下叶晨枫仍旧痴痴地站在原地，手里还握着刚才的那两条毛巾。只是，他已经分不清到底哪条是黄色的、哪条是蓝色的，它们如同他周围的所有物品一样，都是黑白色的。

要不是李总的电话打来，心不在焉的任彩怡不会连李总到了中午还没来上班都没发现。

太不在工作状态了，任彩怡鄙视自己。

“公司没什么事吧？”

“一切都好，您今天还来公司吗？”

“唉，我来不了，早上起床摔了一跤，把腰扭到了。”电话里李总的声音明显很虚弱。

任彩怡清醒过来，跟自己走得比较近的两个男人竟然接连倒下，到底是他们的不幸，还是她的不幸……得知李总已经在司机的帮助下顺利就医，并已返回家中休息后，任彩怡才稍稍安下心来。

“您就好好休息吧，公司有事，我随时汇报。”

“你下午如果没有什么事的话，能不能来我家帮我啊？”

任彩怡好像早就预料到李总会有这样的要求，能有什么事呢？能有什么拒绝的理由呢？无论从工作的角度还是情分的角度，任彩怡都应该义无反顾地去照顾这个对她还不错的独居男人。

一个月内突然有两个男人需要自己照顾，她还真是“受宠若惊”。

任彩怡很自然地答应了李总的要求，比答应叶晨枫时还要自然——也许她可以借这个机会拉开一下两人的距离，给自己时间扫清脑袋里的糨糊。

收拾了一下包包，任彩怡准备奔赴老板家继续上班，白知行却先一步出现在了她的办公桌前。

“今天这么早下班？”白知行问。

努力回忆了一下，确定今天没有任何安排与白知行有关。

“您……您约了李总？”

“没有，只是经过，顺路送几本杂志给李总。他不在？出了什么事吗？”看到李总的办公室大门紧闭，任彩怡也是一副匆匆忙忙要溜之大吉的样子，白知行问道。

“那您来得不巧了，李总摔了一跤，腰伤了，我现在打算去他家看看他。”

“严重吗？需要我做些什么吗？”

“应该不用吧，听说已经去医院看过了，可能需要休息几天。”说着，任彩怡背起包，准备离开。

“那我送你过去吧，小唐在下面等着呢。”白知行把手里的杂志轻轻放在任彩怡的办公桌上，说，“走吧，我也去李总家认认门。”

白知行说话总有种让人无法说“不”的气势，任彩怡有点怕他。

她跟着他出了办公室，上了小唐的车，两人并排坐在车的后座，都没有说话。

自从那天夜里收了小唐送来的药，白知行再也没有联络过她。

气氛略显尴尬，任彩怡看着窗外，总想说点什么化解一下。

“你已经不咳嗽了。”白知行首先打破沉默。

“啊……好了……感谢您的药……上次……”任彩怡突然紧张起来。

“好了就行，李总身边事多，少不了你。”白知行看着前方，缓缓地说。

“其实我一直想跟您道歉，上次……”

“上次的采访已经出刊了，你看了吗？”白知行并不接她的话。

任彩怡一愣，马上顺着他说：“看了，特别好，公司同事都说白大师一出手，绝对有！我们李总都快被您捧成网红了。”

白知行哈哈地笑了起来，说：“网红……原来我的文章还有这个功效啊。”

车上的气氛逐渐放松下来，任彩怡也不再紧张。

车子开到了李总家楼下，任彩怡和白知行都下了车。任彩怡说：“李总家在十九楼，我带您上去。”

白知行走到她身边，拿出手机，发送了一个号码到她手机上，说：“我就不上去了，不请自来不太好。我今天的任务就是把你送到，也算替李总出了份力。”

任彩怡看了看手机上的号码，不明所以。

“这个号码是我一个老中医朋友的，如果需要，可以找他给李总推拿针灸。我这个朋友医术高明，但已经退隐江湖，可不轻易替人看诊，报我名字管用。”白知行说话像个侠客。

任彩怡看看他，又看看手机，笑了，然后双手抱拳，铿锵有力地说：“多谢大侠！”

听见她这么称呼自己，白知行也笑了，也双手抱拳，算是回应，之后便上车离开。

虽然跟李总一起工作了三年多，但任彩怡还是第一次来他家里。

李总应该是个有点洁癖的男人，偌大的三居室，装修基本以灰色调打底，且没有一件多余的家具，显得更加空旷。所有衣物、装饰摆放整齐，仿佛稍微移动一件物品，就能分分钟气死强迫症患者。

家里面没有普通单身男人的臭气，反而有淡淡的洗发水或是沐浴露的味道，当然还夹杂着今天才有的药膏味。最重要的是，这所房子里果然看不出任何女人相关的痕迹。

想想叶晨枫的家里，简直就是灾难，到处堆放着穿过与没穿过的衣服，随手都能拿到各种零食，散落一地的都是粉丝送的小礼物以及毛绒玩具。对，就是毛绒玩具！男人家里竟然有比女人家里还多的毛绒玩具。

……

李总的腰伤不算严重，依旧可以绅士地在自己家里招呼任彩怡，当然也不需要她扶他去上厕所，他需要的只是万不得已时有人可以搭把手，或者是脆弱的时候有人陪伴。

“老大，你其实应该找个伴儿。”

“你是不是想说‘老伴儿’，我真的有那么老吗？”

李总其实也算不上老，加上爱打扮，有品位，且对自己身材要求一直很严格，吃饭从来只吃七分饱，言谈举止都彰显着大叔级帅哥的精致，以他在圈里的资历和地位，被纳入黄金单身汉的行列也不足为怪。

“您可不老，您要是想找女朋友，肯定一大堆女明星贴过来。”

“我可不敢招惹女明星，太麻烦。跟演员什么的谈恋爱就得随时准备把自己曝光在镜头下，还得随时准备挨骂。”

这句话在任彩怡心上落下重重一击。

“呃……那就找个普通人，还必须温柔贤惠。”

“哪那么容易？如果真的能碰上个愿意跟我谈谈恋爱的倒也好，就怕没谈多久就要跟我结婚，我这辈子是不想再结婚了。”

“为什么？”

“我都是知天命的年纪了，难道还要再找个人来分我的财产吗？”

果然是个精明的老男人。任彩怡想。

为什么无论老男人还是小男人，她碰到的都是不想结婚的男人？

不想结婚的人与想结婚的人，到底哪个是异类？不知从何时起，这成了困扰任彩怡的问题。

大学时的结婚狂男友，后来碰到的肯定不会娶自己的小男友，眼前这位明确不会再婚的成熟男人，如果人生可以再来一次，任彩怡情愿都不要遇到。她宁愿像杨玥一样，既目标明确，又随遇而安。可是偏偏她遇到了叶晨枫这个可能让她更不安分的人。

想到这里，任彩怡给叶晨枫发微信：“今天我有工作要忙，就不去找你了，照顾好自己吧。”

这还是叶晨枫摔伤后，任彩怡第一天不去他家报到。

叶晨枫：“明天你来吗？”

任彩怡：“我可能要忙个两三天，你自己好好吃饭。”

叶晨枫没有回复。

连着三天，任彩怡几乎把办公室搬到了李总家里。李总不喜欢别的员工来打扰，她只能公司公寓两边跑，果然，忙起来的人是没有时间想心事的。叶晨枫似乎也很忙，没有再问她“明天你来吗”这种问题。

一直在照顾别人，任彩怡都不记得有多长时间没有彻底打扫一下自己的家了。

又是晚上九点多了，她拖着疲惫的身体，强打着精神回家去，想着今天大扫除的计划又落空了，心里有点烦躁。更倒霉的是，还碰上小区停电，她一步一步爬上十二楼，腿都要废掉了。

楼道里很昏暗，她只能借着手机上的微弱光线摸索着开门。突然，一个身影出现在她身边，拉住了她的胳膊。任彩怡“啊”了一声，吓得把钥匙都弄掉了，忙问：“谁……”

话未说完，她已经被拉进墙角，一股力量把她的两只手重重地压在墙上。任彩怡还没反应过来，已经被狠狠地封住了唇，容不得她有半点反抗。

他的唇肆意地在她的唇上游走，她想挣脱却又被他吻住脸颊。他的吻这么强烈，似乎夹杂着愤怒与占有欲。这突如其来的意乱情迷，让任彩怡失去了力气，但她还是从他强烈又熟悉的气息中认出了他。

“叶晨枫！”清醒了一点的任彩怡几乎要喊出声来，但残存的理智还是让她压低了声音。

听到她说出自己的名字，叶晨枫的吻停在了她的颈上，手上却没有放松按着她的力量。他慢慢地把头靠在她的肩膀上，她可以很清楚地听到他急促的呼吸声。

“你疯了吗？”任彩怡轻声问。

叶晨枫慢慢地抬起头，借着黑暗中微弱的光束死死地盯着她的脸，眼神中充满压抑不住的怒火：“对，我疯了，我就是疯了才会觉得你对我像我对你一样用心！”

任彩怡看着他的眼睛，有点害怕，却没有再挣扎：“我不知道你为什么说出这样的话，能不能先放开我的手？”

叶晨枫反而抓得更紧了些：“放开？放你去哪儿？放你回那个老男人身边吗？”

原来他知道了她去照顾李总的事情，一定是从那些爱八卦的同事口中听到了不太光彩的版本。

“你想听我的解释吗？”其实可以不解释的，任彩怡从来不屑于向无谓的人解释她和李总的关系。

叶晨枫稍稍一愣，慢慢地放松了手上的力气，他想听。

任彩怡小心翼翼地挣开他的手，捡起地上的钥匙开门，然后把仍旧愣在原地的叶晨枫拉进门。

她借着手机的光亮，翻出储藏柜里的应急灯，打开后放在茶几上，这才看清眼前这个愤怒的男人。叶晨枫的脸憋得通红，始终紧握着拳头站在门边，不肯往里面走半步。两人就这样面对面站着，许久都没有说话。

任彩怡不知道该怎么说，这本就是一件不需要解释的事情。她本来就疲惫的身体，被他这么折腾后变得更加酸痛。

“要一直这样站着吗？”任彩怡仍旧害怕，第一次见到他如此气愤，总觉得万一说错话，他的拳头会落在她身上。

“我在等你的解释。”叶晨枫看出她害怕，舒了一口气，放松了拳头。

“我说的话你还相信吗？”

“我想我是真的疯了。”叶晨枫叹了口气，“接下来不管你说什么，我可能都会相信。”

任彩怡走近他，说：“好，那我再说最后一次。就像我第一次回答你的一样，我跟你嘴里的那个老男人什么都没有，我不是他的女人，以前不是，现在不是，以后也不会是。”

然后，她把这几天和李总在一起的事情简简单单地告诉了叶晨枫。

“无论你从哪里听到的，是什么版本，但事情就是这么简单。”

叶晨枫稍稍平静下来，问：“为什么不一开始就说明白，而只是说要工作？”

“因为我真的只是在工作，照顾老板也是我的工作。”任彩怡说得特别急切又特别恳切，这一刻，她希望得到他的信任。

叶晨枫没有说话，他开始为自己刚才的鲁莽而感到后悔。

“而且，我有必要跟你说明白吗？”任彩怡开始有些生气，气他刚才的行为，气他对自己的质问。

叶晨枫慢慢地走近她，拉起她的手，这一次是轻轻地拉起。他的眼神变得温柔起来，愧疚与怜惜取代了刚才的怒火。

“是的，没必要解释的。”他伸手去抚摸任彩怡的脸和脖子，“刚才……我是不是弄疼你了？”

任彩怡这才反应过来，发现自己的肩膀、手臂与脖颈都有些火辣辣地疼，再想到自己可能又被人泼了脏水，顿时一股委屈袭上心头，眼泪不自觉地流了出来。

“你应该相信我的，我不会欺骗你，也许我只会欺骗我自己。”任彩怡的身体很痛，心也很痛，她知道自己彻底陷进去了，而这个让她深陷的男人竟然跟别人一样怀疑她。

任彩怡的眼泪让叶晨枫慌了神，他还是第一次看到她哭。

他把她揽入怀里，也是轻轻地，不敢再用一点力气。

“对不起，对不起，我错了，我不该听别人的，我就应该听你的。”想到自己刚才过激又狼狈的行为，叶晨枫万分悔恨，“我吃醋了，我嫉妒了，我是真的嫉妒得快疯了才会对你那样！我不想你待在他的身边，我想你留在我的身边。”

虽然可以很轻松地摆脱他的拥抱，但这一次，任彩怡没有任何反抗。在他的怀抱里，她释放了自己所有的委屈，还有对他的思念。

任彩怡的回抱让叶晨枫又惊又喜，也让他更痛恨自己刚才的行为。他轻柔地抚摸着她的头发，安抚着她，直到又激动又委屈的任彩怡慢慢停止了哭泣。

“你打算几天不来看我呢？”叶晨枫一直抱着她，不愿意放开。

“不知道，我打算好好想想跟你的关系。”任彩怡没有回避。

“那你想好了吗？”

“还没来得及。”

“就这样不好吗？”

“我怕不能一直这样。”任彩怡抬起头看着他，手指不自觉地抚上他的脸颊，她输了，彻底输给了眼前这个不太真实的人与一切。

“我可以信你，你为什么不能信我一次？”说完，叶晨枫握住了她放在他脸颊上的手，俯身下去又一次吻住她的双唇，温柔地，不想再伤她一丝一毫。

任彩怡无法思考，也不想去思考，仅有的一点理智已经完全随着叶晨枫的吻而流走。

她用心回应着他，这一次，她决定勇敢一点。

第七章
谢谢你走进我的世界

还好天气不算热，可以用围巾遮住叶晨枫霸道地留在她脖子上的点点红痕。

“我肯定也是疯了，才会允许你在我的脖子上耍流氓。”任彩怡盯着镜子里的自己，总觉得那些痕迹过于刺眼。

叶晨枫从背后抱住她，欣赏着镜子里自己的杰作，说：“盖了章，就是我的了，不许单方面违约。”

“为什么不会是你先违约呢？”

“抓住你那么不容易，我怎么会放手呢？说好要信我的。”说完，叶晨枫轻轻吻了下任彩怡的耳朵。

“说到信你，我倒是想起一件事来。”任彩怡突然回过头来，认真地看着叶晨枫，“你的腿好像早就好了，为什么还一直让我扶你上厕所啊？”

“谁说我好了？我这是为了抱你才强撑着站了这么久。”叶晨枫瞬间又恢复了死皮赖脸的风格，“哎哟，哎哟！”

“有力气抱女人，那你一定有力气自力更生，以后也不需要我天天伺候你了。”

“不需要了，以后换我伺候你。”叶晨枫逗乐了任彩怡，“女王大人，能不能赏脸陪我看场暧昧的电影啊？”

“这么晚？”

“越晚越暧昧！”

顾不得这一天的疲惫，也忘了应该打扫一下房间，任彩怡换上像夜行衣一样低调的衣服，被叶晨枫拉去看夜场电影。这应该是两人第一次正式约会，一次仍然需要偷偷摸摸的约会。

怕被拍到的两个人一前一后来到影院，任彩怡去买电影票，选了影院最后一排的角落位置，叶晨枫躲在远处看着她。任彩怡先走进影厅，叶晨枫把帽子压得低低的，跟在她的身后。一直等到影片开演，厅内灯光全暗下来，两人才真的坐到一起。

昏暗的灯光下，叶晨枫始终紧紧握着任彩怡的手。也许是真的太累了，也许是排在午夜场的电影都太无趣了，不知何时，任彩怡靠在叶晨枫的肩膀上睡着了。叶晨枫一动不动地支撑着身边熟睡的她，直到电影散场，而他被压着的肩膀和胳膊早已没了知觉。

任彩怡尴尬极了，怎么这么不争气呢？难道是因为年纪大了，熬不了夜？难道第一次约会就要给他留下一个无趣老女人的印象？

两人分头出了电影院，一直走到没有人群的地方才会合。

“你怎么不早点叫醒我啊？”想想刚才自己的样子，任彩怡就很懊恼，坐着睡着一般睡相都不会太好看。

“为什么要叫醒你？我还挺喜欢看你睡觉的样子。”叶晨枫依旧牵着她的手，找了一条僻静的小路散步。

“浪费电影票。”任彩怡很羞愧。

“那倒是，早知道你要睡觉，我就直接拖你去我家，让你睡在我床上，睡在我旁边。”

“我才不要，你家乱得像狗窝。”

“那我去你家，我睡你床上，你还睡我旁边。”说着，叶晨枫又一次抱住了任彩怡。

“又抱，小心被拍到。”

叶晨枫甜甜地笑着，小心地问：“那……去你家还是去我家？”

“各回各家。”

叶晨枫早就猜到她会这么说。

“我还有一个问题需要你解答。”任彩怡推开他，认真地说。

“什么？”

“你喜欢我什么？”

叶晨枫挑衅道：“喜欢你哪一点，你要改吗？”

“当然不，我只是给你个机会赞美我，顺便发掘一下也许我自己都不知道的优点。”

叶晨枫“哈”了一声，傲娇地说：“死了这条心吧，我不会告诉你的，不会给你机会去吸引别的男人。我要把这些烂在肚子里，让你一直好奇地追着。”

任彩怡也傲娇地扬起头，用手指点了点他的额头，说：“那你也死了这条心吧，随便一问而已，自己的魅力我自然知道。”

叶晨枫微笑地看着任彩怡，顺势双手捧住她的脸，轻轻吻上她的额头：“谢谢你走进我的生活，任彩怡。”

看着任彩怡的背影消失在楼道里，叶晨枫掏出口袋里的手机看了看——二十七个未接来电，八个来自温姐，十九个来自阿良。

叶晨枫先是拨通了阿良的电话，电话迅速接通，那一头传来了阿良的尖叫声：“我的少爷，你终于回电了！我们都要报警了。”

“至于吗？我又不是小孩子。”

“你在哪儿啊？赶紧给温姐回个电话吧。”

“我在外面，回什么电话？明天再说吧。我今天心情好，不想听她唠叨！”叶晨枫站在楼下，傻笑着盯着任彩怡家的窗口，看着她家里的灯开了又关，“阿良，世界上有色彩真好。”

“你到底在哪儿？要不要我去接你……喂？喂……”

叶晨枫挂断了电话，没有再理会任何找他的人。

叶晨枫回到自己家时天已大亮，不出他所料，温姐已经等在了那里，正襟危坐。

看到一脸怒气的她，叶晨枫非常淡定，脱下外套随手扔在床上，用不耐烦的口气说：“能不能打个招呼再进门？看来我得把钥匙收回来了。”

温姐并没有发作，冷静地说：“看来你的伤都好了，可以回去拍戏了吧，我得让公司尽快安排了。”

“要不要这么狠啊？那部戏不是已经换人了吗？还拍什么？”叶晨枫歪躺在床上，他不想回剧组。

“找你的戏多了，最近都推了，让你好好养伤。你既然都好了，自然该去工作，省得你闲下来就给我找事。”

“我没有给你找事！”叶晨枫正经地坐好，认真地说，“我找人而已！”

“找什么人，大半夜的……”

还没等温姐说出质问的话，叶晨枫就抢着说：“我想，我应该找到她了。”

闻言，温姐愣住了，她盯着叶晨枫，好似从来没见过他这样子。他的眼神中透着光，执着而坚定。

“你确定？”

“我确定！”

“那你打算怎么办？”

“你都不问我是谁吗？”

温姐叹了口气，走到叶晨枫身边，帮他把他乱扔的衣服重新叠好，说："我们认识这么多年了，从你的一个动作，一个眼神，我都能摸索出个八九分。我不问你，因为有些话我已经对你说过了，你执意要去，我也管不住。但不说，不代表默许。"

"这应该不需要任何人的许可吧。"叶晨枫躲避着温姐的眼神。

"是！执意从英国跑回来，你妈妈都管不住你，我只是你的经纪人，当然也没权力限制你太多。不过，接下来，你打算怎么办？"

"我……"叶晨枫欲言又止。

"打算什么都告诉她？"

"应该告诉她。"叶晨枫低着头说。

"告诉她你就是当年那个小孩？"温姐终于开始质问。

叶晨枫仍然沉默。

是的，他还没有准备好，有些话好几次都要脱口而出，又咽了回去。

温姐继续追问："你跟她说了多少？"

"什么也没说。"叶晨枫无奈地笑了，突然有点瞧不起自己，觉得自己很懦弱。

温姐长舒一口气，庆幸自己质问得正是时候。

"所以，她连你眼睛的问题也不知道？"

叶晨枫点点头。

"怪不得最近这段时间你房间里多出了这么多五颜六色的生活用品，她竟然没察觉，也是个粗心的人。你也藏得很辛苦吧。"温姐点了点他的头。

"这些我并不想隐瞒，我的眼睛……这事又不丢人。"

"坦白这点之后呢？万一她追问你是天生的还是后天造成的，你要怎么回答？是坦白到底，还是说谎骗她？"温姐的话总是一针见血。

叶晨枫的脑子一片空白："我不知道。"

"唉！"温姐也不知道一切是否还来得及，总觉得自己该做点什么，却又感到无能为力，"那一年你从英国跑回来，你妈妈托我看好你，可我怎么可能看得住？只是没想到事情发生得那么快。世界还真是小，怎么就遇见了呢？好像还是我一手促成的。”说到这里，温姐苦笑了一下，大概这就是所谓的墨菲定律吧。

突然间，她想起了什么，问他：“既然你都没有提起过，凭什么笃定是她？”

叶晨枫笑了，笑得甜蜜又满足，他的眼前浮现出任彩怡的样子——淡黄色针织外套，米色围巾，浅蓝色牛仔裤，还有高高扎起的马尾辫。任彩怡站在楼顶的天台上，微风吹过她的脸庞，散落的发丝在脸颊摩挲。

“我知道是她，因为她是彩色的。”

叶晨枫的伤好了，这一点大概全公司都会很快知道，温姐一定会尽快把他的工作日程排满。

想到这里，叶晨枫在朋友圈写道：“不想做的事情，去做；不想去的地方，出发，难道这就是成长？”

大家踊跃点赞，他却不知道他们在赞什么。

想给任彩怡发个微信，却突然不知道该怎么措辞了，叶晨枫自嘲般笑了，想约她，怕她不回，怕她拒绝，也不知道自己到底在怕些什么。

任彩怡却主动发来微信：“晚上一起吃饭吗？”

叶晨枫激动得从床上弹跳起来，迅速回复：“吃！”

好像生怕回晚了，任彩怡会撤回邀约。

任彩怡：“我带个朋友去可以吗？我的闺密，我想介绍你给她认识。”

叶晨枫：“可以，十分乐意。”

任彩怡：“真的吗？好怕让你做了你不想做的事情，见了不想见的人，让你成长。”

叶晨枫：“哈哈，可是我想做的事情谁也拦不住。”

按了发送键，叶晨枫会心一笑，她在意他的心情，这是今天最好的礼物吧。

任彩怡已经准备好了要面对杨玥，难道会比面对这份看似不真实的感情更难吗？

杨玥已经很生气了，气到几乎要跟任彩怡绝交，约不出任彩怡，给她打电话，她也是支支吾吾的。这一次，杨玥发誓一定要搞清楚任彩怡到底在搞什么，顺便把她吃垮。

已经打算和盘托出的任彩怡，把杨玥带到了那家胡同深处的日本料理店。

叶晨枫已经提前订好了位子，这次招待她们的是老板的太太，一个非常漂亮精致的日本女人，刚刚从日本探亲回来。平时这家店只有老板和太太看管，太太负责招呼客人，老板负责料理食材。

比起老板的羞涩与含蓄，老板娘则活泼很多。在老板的示意下，老板娘把任彩怡和杨玥带到了那个早就预留好的隐蔽位子，还特地送了自己刚从日本带回来的樱花酒。

任彩怡跟老板与老板娘如此熟稔，让杨玥更加坚信她一定隐瞒了自己很多事。

“什么意思啊？明知道我最不喜欢这种华而不实的东西，还请我吃日料，两个月不见，你投资了这家店？”

“你太看得起我了，我哪有钱投资？只是想带您吃点新鲜的，让您消消气。”任彩怡帮杨玥倒满酒，自己先干为敬。

“糖衣炮弹！在我被你灌醉之前，你最好赶紧给我认错。”

“岂敢，随时申请坦白从宽。”任彩怡难得在杨玥面前温柔地低声说话。

“你果然做了对不起我的事。”杨玥放下还没喝的酒杯，“快点说出来，让我看看是否真的需要跟你绝交。”

“淡定，淡定。”任彩怡看看手表，又看了看门口的方向，然后露出了甜蜜的笑容，“你马上就知道了。”

刚才还一脸愧疚的任彩怡竟然笑了，杨玥顺着她的视线看去，发现一个帅气的男生戴着帽子和墨镜从外面走了进来。他径直走到任彩怡身边坐下，摘下墨镜和帽子后又很自然地帮她把散落在脸颊的头发拢在耳后，两人相视一笑。

这一系列的动作让毫无准备的杨玥看呆了，嘴巴里还没咽下的北极贝差点掉了出来。

叶晨枫主动伸手向杨玥问好："你好，我是叶晨枫。"

杨玥失语了，惊到忘了与他握手问候。这还是她第一次跟一个明星面对面坐着，而且这个明星跟自己最好的朋友如此亲密。

任彩怡知道叶晨枫的出现会惊到杨玥，只是没想到她会如此目瞪口呆。

"玥！玥！"任彩怡的手在杨玥眼前晃了晃，"怎么了你？"

杨玥终于缓过神来，她目不转睛地看着叶晨枫，问："什么情况啊？"

任彩怡指了指身边的叶晨枫，非常羞涩地从嘴里挤出了三个字："男朋友。"

听到这三个字，叶晨枫开心地笑了，附和着说："是我。"然后再次伸出手，"你好，杨玥姐。"

"你好。"杨玥呆呆地和叶晨枫握手，如果不是在这种情况下见面，她肯定会疯狂地抓住他的手不放，"你们……什么时候的事？"

"刚刚开始。"任彩怡如释重负。

"这就是你要跟我坦白的事？"

"是啊，我已经招了，你还生气吗？"

杨玥突然大声说："我为什么要生气？"

任彩怡示意她小声点，叶晨枫一直在旁边笑。杨玥压低了声音接着说："你又没抢我男朋友，我生什么气？我最好的朋友谈恋爱，我高兴还来不及呢。"很明显，杨玥很兴奋。

叶晨枫趁机恭维杨玥："我就说嘛，杨玥姐才不是小气的人。"

杨玥笑逐颜开："当然不是。快说说，谁追的谁？"

“当然是我追她，费了很大的力气才追到。彩怡说你是她最亲的人，所以我一定要来见见你。”

叶晨枫真的很会哄人，几句话就把杨玥哄得眉开眼笑，早就忘了任彩怡屡次爽约的事。

“当然要见啊，早就该见了。”杨玥依旧兴奋着，连她自己都搞不清这么兴奋，到底是因为好朋友恋爱了，还是因为好朋友的男朋友是个明星。

他俩你一言我一语，聊得火热，任彩怡就这么看着他们。

“今天我请客，杨玥姐你随便点。”叶晨枫一副主人的姿态。

“等等！你能不能别总是叫我姐啊？”杨玥不好意思地说，“我跟任彩怡同岁，你叫她名字，叫我姐，不合适吧？”

“不合适，绝对不合适！”叶晨枫今天显然是要将好好先生扮演到底了，“其实平时我叫她任老师，要不然我叫你杨老师吧？”

“别了，还是叫姐吧。快讲讲，你们是怎么走到一起的？”这还是杨玥第一次不把吃饭的事放在第一位，“必须有一说一！”

叶晨枫殷勤地给杨玥倒酒夹菜，添油加醋地讲述着追求任彩怡的艰苦历程，杨玥听得非常入戏，并且很给面子，没有打听娱乐圈的八卦。任彩怡觉得好笑，有些无奈看着这两个目前跟自己最亲密的人。

这样的两个人，这样的相处让她觉得好踏实。

送走了杨玥，摘了墨镜，只戴着帽子的叶晨枫牵着任彩怡走在回家的小路上。借着路灯昏暗的光线，任彩怡时不时抬头偷瞄身边的这个男人。

“今天的我是不是特别帅？”叶晨枫问。

“还不错，八十五分。”

“那十五分为什么扣了？”

“因为你太会哄女孩儿了，我的朋友被你哄得眼睛都笑没了。”

“我可不是什么人都愿意哄的。”叶晨枫很认真地说，“我很高兴，你有这样的朋友，她把我当作你男朋友来聊天，而不是当作一个演员或者外星人。”

叶晨枫很喜欢任彩怡这个闺中密友——艺人的身份让他走到哪里都被当作异类，身边的人不是工作伙伴就是合作伙伴，在圈子里想交到真朋友很难。

任彩怡偷笑，也许只有她才看得出杨玥费了多大的力气才收敛住自己的激动与好奇，也感谢这个朋友为自己留足了面子。

“那你喜欢我是不是也是因为我没有拿你当外星人？”任彩怡问他。

叶晨枫故作神秘地说：“不告诉你！”

任彩怡也不再追问，生怕再问下去会逼出“恋姐情结”甚至“恋母情结”来。

叶晨枫送她到楼下，陪她一起爬过小区的围栏。任彩怡没有邀请他上楼，他也没有要求上楼——两人有了默契，觉得一段恋爱关系的开始应该是这样的。

“明天晚上我来接你。”

“你不回剧组拍戏了吗？”

叶晨枫贴在她的耳边轻声地说：“我的‘腿伤’还可以拖一下。”

任彩怡还不知道她已经上了温姐的“黑名单”。

虽然答应了叶晨枫，暂时不干涉他的恋情，但温姐还是忍不住对任彩怡多看了两眼。

“最近可好，任老师？”在茶水间不期而遇，温姐一声“任老师”瞬间让气氛紧张起来——除了叶晨枫，还没有人这么称呼过她。

任彩怡心虚地问：“很好啊，有事吗？”

“没事啊，听说你最近工作很忙，还要照顾病号，怕你身体吃不消。”

听了这话，任彩怡差点一口咖啡喷出来。温姐抱着茶杯，上下打量着她，把她看得有点发毛。

这个“病号”应该是说李总吧，任彩怡定了定心跳，咽下了口中的咖啡，镇静地说：“多谢温姐，李总的腰已经无大碍了。老大不在的那些日子，如果我工作对接上有什么做得不对的，还请温姐多多指导。”

温姐笑了笑，接着说：“任老师客气了，李总康复得挺快，不像我们小叶，这一伤就奔着几个月去，照顾起来更是费劲。关键是他自己也不争气，好像也不希望自己很快就好一样。”提到叶晨枫的时候，温姐故意提高了音调。

察觉到温姐应该知道了什么，任彩怡反而放松了下来。她放下咖啡杯，微笑着看着温姐，不卑不亢地说：“伤得重自然好得慢，他也不是小孩子，好了就是好了，没好就是没好，温姐别着急，谁替他急也没用。”

温姐似笑非笑地点了点头：“说得对，谁着急也没用，只有他自己想明白才行。”

“还有事吗，姐？我要回去工作了。”

温姐侧身让了让，任彩怡点头致意后径直走出了茶水间。

有什么话直说不好吗，非要拐弯抹角？任彩怡不悦地返回了自己的位子，想着如果刚才温姐直接盘问她，她肯定认了。

天黑了，叶晨枫叫了一辆专车来接任彩怡，司机把她带到了一家品牌车 4S 专卖店。

任彩怡在店门口下了车，透过店里的玻璃窗，她看到戴着口罩、墨镜，全副武装的叶晨枫已经早早等在了店里。昏暗的灯光下，他跟店里的工作人员站在一辆全新的红色汽车前攀谈着。

任彩怡没有进去，她拨通了叶晨枫的电话。看到来电，叶晨枫警觉地拿着手机走到角落里才接，小声地问：“你到哪儿了？快到了吗？”

“你让我来这儿干吗？来买车吗？”任彩怡看着店里的叶晨枫，也小声地说。

听得出她已经到了这里，却没看到她的身影，叶晨枫四处张望：“你在哪儿？怎么不进来？”

“你在里面干吗？”

“就是买车啊，快进来看看你喜不喜欢。”

“大晚上你神神秘秘地来买车？”

“对啊，给你买。”叶晨枫说得十分轻松。

闻言，任彩怡惊讶地张大了嘴巴。叶晨枫恰好回头看到了站在店外不远处已经一脸震惊的她，随即挂了电话，走出店，来到她身边。

“怎么不进去啊？”

任彩怡一把拉起他，走到更隐蔽的地方，说：“你疯了，干吗突然给我买车？要包养我吗？接下来要送房子吗？”

叶晨枫嘀咕着：“你乐意的话，我倒是想包养你。”

“你说什么？”任彩怡并没听清他说什么。

“没什么，就买辆车，有什么大不了的？我只是觉得我们以后约会见面有辆车比较方便，也比较私密。”

任彩怡觉得叶晨枫说得好像有道理，但好像又有什么不对劲的地方。

“你买车可以啊，你自己买就好，干吗给我买？”

“我……”叶晨枫有点支支吾吾，“我……不会开车。”

“啊？”

仔细想想，任彩怡认识他这么长时间了，好像确实没见他自己开过车，大概是平时一切出行都是公司安排，所以并不怎么在意吧。只是……

“不会你可以学啊，你们男人不是都一满十八岁就吵着要拿驾照的吗？”她又道。

“哎呀，人家没时间学嘛。我买车，你会开，你就开，我坐车不就好了，分那么清楚干吗？”说着，叶晨枫竟然噘起了嘴，一副“我有理我怕什么”的样子。

“你好奇怪啊。”任彩怡狐疑地看着他，“哪有男人自己不愿意开车，还要女人给他当司机的？”

“我……我可不是一般的男人。嗯……”叶晨枫有点语塞，又接着撒起娇来，“哎呀，我就是不会开，不想学嘛，你就迁就一下。咱进去挑辆车，以后出门你开着，自己方便，我也方便，好不好？”

“不好！”任彩怡严肃地说。

“为什么？”

“因为……我……我也不会开车。”

“啊？”

“啊什么？女人不会开车很正常。”

“那你可以学啊，咱们先买车，然后你抓紧学。”

“我不要！我不想学。”任彩怡拒绝得特别坚定。

“为什么？”

“我……我胆子小行不行啊？”任彩怡心里实在接受不了这么贵重的礼物，却也想不出更好的拒绝理由。

叶晨枫会心一笑，拉起她的手温柔地说：“好，我也胆子小，我们都不学。”说完便拥她入怀。

“你胆子可不小，约我来这种地方，还敢在大街上搂搂抱抱的。”任彩怡轻轻地揽住他的腰，任他抱得紧紧的。

“那你现在有没有胆子跟我去另一个地方？”叶晨枫问。

任彩怡回答：“去啊！我又不怕你。”

两人来到一个看上去很老旧的小区，径直去了一个地下室，室内堆放着几把吉他和一套架子鼓。

地下室的主人是叶晨枫圈里唯一的好朋友林超。

林超一身标准的摇滚青年打扮——做旧的黑 T 恤，破洞的牛仔裤，齐肩的长发配上他白净纤瘦的脸和圆圆的大眼睛，如果不是胳膊上的文身太过刺眼，倒还有几分黄磊老师年轻时的感觉。

“这就是弟妹啊！终于见着了。”林超迎上来说。

“怎么样？赞不赞？”

说着，两人击了一下掌，撞了一下肩膀，江湖范十足。

“赞得很！人家终于同意收下你了，当然赞。”

两人又很默契地交换了一下眼神。

林超比叶晨枫大四岁，出道也比他早两年，酷爱摇滚乐，也曾经出过自己的专辑，却没有取得好的成绩。公司让他改变风格，走情歌路线，被他固执地拒绝了，慢慢地，他便遭到了公司的雪藏。林超不肯放弃自己的摇滚梦，用所有的积蓄建了这个录音棚，专心做一个地下音乐人。

这个地下室是他们常常聚会的地方，任彩怡是叶晨枫带来这里的第一个女孩。林超很热情，不停地夸赞着自己的好兄弟多么重情重义，好像少说一个优点，任彩怡就会跑掉一样。任彩怡认真地听着，几乎没有插话的空隙。

林超和叶晨枫不停地交换着眼神，好像在悄悄地计划着什么。两人用他们特有的击掌方式达成了某种协议后，叶晨枫安排任彩怡坐在收音间玻璃墙对面的沙发上，林超则坐到了操控台。

“想不想听听这个棚的音效如何？”叶晨枫问。

任彩怡点点头。

叶晨枫把准备好的耳机给她戴上后，走进了收音间。

片刻的安静后，林超打开了收音间的灯，叶晨枫已经站在了玻璃墙后的一架钢琴旁边，还换了一件涂满五颜六色油彩的白衬衣。

这是任彩怡第一次看到叶晨枫的身上出现色彩。她也从不知道他会唱歌，无论电视里的他，还是生活中的他。

“任彩怡，我的任老师，”叶晨枫刚刚开口，任彩怡已经心跳加速，“昨天你问我为什么喜欢你，回家后我想了一晚上，还是不知道怎么说，但是，我写了一首歌送给你，我知道你听了，会懂。”

叶晨枫微笑着坐到了钢琴前，示意林超开始。他的手优雅地轻触着一个又一个琴键，美妙的旋律从他的指尖流出，钻入任彩怡的耳朵，也钻入了她的心。

黑白是我的世界
直到看见你出现
才发现小小改变
无意中我红了眼

这些年好久不见
原来一切还没变
是我怕让你看见
我已不再如从前

遇见你花光我这辈子所有运气
是你让我渐渐学会了不放弃
雨过后的晴天
不会再说再见
我们笑得很甜

拥有你等于拥有全世界
请闭上眼让我再用力爱一遍
雨过后的晴天
不会再说再见
紧紧拥抱你
亲吻你微笑的脸
愿付出一切

叶晨枫弹着钢琴，认真地唱着这首献给任彩怡一个人的歌。只是，不知为何，任彩怡总觉得歌词中有着淡淡的忧伤。

这是第一次有人为她写歌，此刻，看着钢琴前的他，甜蜜早已填满她的心，她的心里已经没有多余的空间去承载这种忧伤。

走进他的世界，认识他的朋友，享受他的惊喜，今天的任彩怡开心得像是拿到糖果的小女孩。也许这就是幸福吧。

第八章
游戏规则

叶晨枫给自己放了两个月的假，一个月用来养伤，一个月用来谈恋爱。

任彩怡每天都在掰着指头数，开始倒计时，好像到了叶晨枫回组拍戏的那天，这刚刚开始的幸福就要结束一样。

这段时间，任彩怡照常上班，叶晨枫偶尔参加活动，只要一有空闲时间，两人就腻在一起，吃饭，看电影，散步，做着一切情侣做的事情。任彩怡渐渐地习惯了这种“偷偷摸摸”的约会方式，时刻学习着如何做一个公众人物背后的女人，甚至还会帮叶晨枫搭配出门时最不容易被认出的装扮。

跟叶晨枫外出时，遇到路人可疑的目光，任彩怡会十分警觉地甩开他拉着的手，看电影时也习惯买最后一排最边上的位子，吃饭时如果碰到粉丝或媒体偷拍，她会第一时间选择消失。

叶晨枫回剧组前的最后一天，又被敏感警觉的任彩怡丢在了餐厅，这让他哭笑不得。两人默契地在家里重聚，任彩怡开门时还会小心翼翼地确认下是否有人尾随。

叶晨枫一进门就抱住了她，开始跟她撒娇：“任老师，你怎么又把我丢下了？”

“我们被服务员盯上了！”

“你的胆子越来越小了。”

“我可不希望在最后一天出乱子。”任彩怡大义凛然地说。

“什么最后一天，不吉利！这是咒我回不来吗？”

“你这才叫不吉利，你要是不按时回来，我就去剧组把你拖回来，再给你两个大嘴巴，问你是不是把我忘了。”

“真想带你一起走。”听到她这么说，叶晨枫把她抱得更紧了些，“我特别不想让你跟我在一起时这么狼狈，特别想跟你正大光明地在一起，但我不确定这样做会给你带来什么。也许你现在还不能理解，但只要有这种不确定在，我就不敢赌上你跟我的将来。”

做地下女友的感觉有时候的确不太好，但她也确实没准备好迎接所谓的正大光明将要给她的生活带来的一切。任彩怡抬头看着他，安慰道：“这样已经很好了，你说的那些我懂，我觉得现在的状态让我觉得很踏实。顺其自然就好，我们慢慢来。”

“可是我不踏实，这不是我想要的生活。”叶晨枫双手托起任彩怡的脸，认真地说，“相信我，我不会永远是现在的状态，等我足够强大了，我一定要告诉全世界——你是我女朋友。”

任彩怡笑了，笑得很苦涩。

她愿意去等，但又不知道自己是否等得起。眼前的叶晨枫是真实的，触手可及，可他明天走后又会变成银幕里的那个人，虚无缥缈。

“我有更好的主意。”任彩怡的沉默激发了叶晨枫的任性，“不如你辞职来做我的贴身助理吧。这样，我走到哪里都可以把你带在身边。”

“不要！”任彩怡立刻挣脱了他的怀抱，躲得远远的。

“为什么？”

“我不想辞职，也不想每天看你跟别人拍激情戏。”

“什么激情戏？我又不拍限制级的片。”

“你想拍吗？”

“跟你拍，我愿意。”叶晨枫坏坏地向她靠近。

“我不愿意！”

任彩怡转身要躲，被叶晨枫紧紧拉住。

“算了，反正也不是最好的时间。总之，我走了，你一定要想我，不许不接我电话、不回我信息。我如果没有回你的电话或信息，一定是在拍摄中。”叶晨枫特别怕距离带来的不确定感，比任彩怡更怕。

“我如果没有回你的电话或信息，一定是在开会或者——不方便。”任彩怡逗他。

“总之，不许不联络！”叶晨枫霸道地说，“还有，我刚才说的话都是认真的。”

任彩怡点点头。

叶晨枫伸手要跟她拉钩，刚刚钩住小指，任彩怡便被他猛地拉入怀中。

叶晨枫进了组，任彩怡结束了近两个月梦一般的生活。还好这段时间，新的电影、新签的艺人，让李总分外忙碌，任彩怡也跟着忙了起来。

李总的腰伤，在白知行中医朋友的治疗下，快速恢复了。经过这些日子，李总觉得任彩怡还是有能力帮他处理很多事情的，便开始让她帮忙审看各个部门提交上来的策划案。任彩怡很努力地学习着，碰到跟叶晨枫有关的文件更是格外认真。

一份又一份通告表，都在告诉任彩怡，接下来的日子叶晨枫将要有多忙多辛苦。

“彩怡，你去白主编那里跑一趟，他有东西要带给我，顺便帮我把这包今年的新茶叶带给他。”

李总很少让任彩怡做这些跑腿的事，她狐疑地问：“什么东西这么重要？叫个快递或闪送不行吗？”

“当然不行，不是东西重要，是人，白主编那么重要的人，叫个快递多不尊重。”李总的语气极其夸张，说完，他就把一包包装精美的茶叶递到任彩怡手上。

“李总，这哪是新茶叶啊？这包茶叶在你柜子里都放了两年了！”任彩怡看着自己手上的茶叶，脱口而出。

“怎么这么多话？让你去你就去嘛！”被拆穿的李总并没有生气，反而有些小慌张。

“老大，是不是有什么特别的事啊？”任彩怡坚信李总有问题，“您不会……”任彩怡掂着手里的茶叶，坏坏地笑着。

“什么？”

“您不会突然间开始喜欢男人了吧？”任彩怡小声地说。

“瞎说什么！”李总一脸无奈。

“不然干吗搞得那么暧昧和神秘。您跟那个白主编才见几回啊，聊得投契不说，今天还互送‘信物’，最重要的是，让您最信任的我亲自出马，三个字——有问题！”

“臭丫头，嘴巴学坏了！上班时间调侃老板，扣你工资。”

“别！我去，我现在就去。”

任彩怡坏笑着走出李总的办公室，穿上外套，准备出发。李总却走了出来，说：“你去送了东西，就不用回来了，放你半天假。”

“为什么？”

“放假还不高兴？看你最近表现好，正好我下午也有事，你就不用回来了。”

说完，李总便头也不回地下班了。任彩怡手里还抱着茶叶，坐在位子上，一脸不解。

《知行》杂志社在市中心的一处四合院里，宁静安逸，白知行打开了任彩怡带来的茶叶，认真地烹煮着。

从色泽上应该也看得出这不是好茶叶吧，任彩怡尴尬地坐在他对面，心里嘀咕着。

白知行帮她倒上一杯茶，说：“其实我并没有东西要带给李总。”

“我就知道，你们是有什么特别的事吧？”任彩怡端起茶杯，并不感到惊讶。

白知行也端起茶杯，闻着茶香，幽幽地说：“他想把你介绍给我做女朋友。”

听到这句话，任彩怡刚刚喝下的一口茶一下子喷了出来，还有数滴直接溅到了白知行脸上。她连忙尴尬地放下茶杯，拿起桌边的纸巾，送到白知行的脸边：“不好意思，不好意思……”

白知行笑着接过纸巾，清理了已被喷湿的桌子，却并没有擦自己的脸。

任彩怡羞愧死了，她千想万想也绝对想不到李总动了这个心思，而白知行那么轻松且直接地说了出来。

“那个……老大一定是在开玩笑，您可千万别介意。”此刻，任彩怡觉得自己变成了被父母强行安排相亲的问题剩女。

“为什么介意？相反，我觉得他这个提议不错。”白知行放下手里的纸巾，淡定地说，“可以试试。”

任彩怡有点蒙，颤颤巍巍地问：“试……试什么？”

白知行微微一笑，起身，离开茶桌，走到离任彩怡稍微远一点的地方，说：“试试，相处看看。”

这下真的尴尬了，原来这是李总和白知行给她设下的一个局。

“这是要把我卖了吗？”任彩怡嘀咕着。

“不过不着急，就按你说的，慢慢来。我们有很多时间，是吧？彩怡……彩怡！”

“啊！”任彩怡还没缓过劲儿来，出了一身冷汗，“我没着急啊。”她嘴上这么说，心里说的却是“着急的是你们吧”。

“好了，今天也没有别的事，我送你回去吧。”在这尴尬的气氛中，白知行突然下了“逐客令”。

任彩怡一脸不解地看着白知行，难道他刚才不是在借着李总表白吗？还是他也只是强行被李总安排了，又不得不给个面子，所以现在是要把别人安排的但自己又没看上的相亲对象送走？这真是太丢人了。

“不用了，我自己走就可以了。”

任彩怡也不想多说什么，拿起包，低着头就往门外冲，却被白知行伸手拦住。

“我让小唐送你。”

“不用，不用。”任彩怡坚持要自己走。

白知行看她尴尬得都要钻到地缝里了，也不再多拦。

逃出来的任彩怡立刻拨打了李总的电话，连拨几次却都被挂断了。

做贼心虚，典型的做贼心虚！就这么被摆了一道，任彩怡真想立刻奔到李总家里，砸破他的大门，好好地质问一下。

任彩怡狼狈地回到家，虽然白知行看起来不是坏人，她却总有种惊魂未定的感觉。

叶晨枫定时发来了微信：“干吗呢？”

任彩怡：“刚从一个局上逃回来。”

叶晨枫：“什么局？”

任彩怡：“相亲局！”

这三个字发出去还没有两秒钟，叶晨枫的电话就打过来了，任彩怡迅速接了。

“相什么亲？跟谁相亲？”叶晨枫大声问道。

“急什么！”任彩怡有点后悔说出这事了。

“当然急，我才刚走！”

“没没没，我开玩笑呢。”为了避免解释自己也不知道怎么解释的事，任彩怡只好咽下了已经到嘴边的话和人名。

“真的没有？”

“没有，我刚下班回家。你收工了？”任彩怡赶紧转换话题。

“没收工，还有夜戏。就是想你了，这会儿没我的戏份，跟你聊会儿天。彩怡，你学坏了，学会拿话刺激我，明知道我醋意大。”叶晨枫酸酸地说。

“逗逗你而已，还吃醋，小心眼。”

“我就是心眼小，你可千万别吓唬我。”

叶晨枫说得任性，任彩怡却听得嘴角禁不住上扬，说：“知道了，我的小少爷，快去拍戏吧，别耽误正事。”

“不要嘛，你还没说是不是也想我。”叶晨枫撒起娇来。

任彩怡小声地说：“我也想你。”

闻言，叶晨枫满足地挂了电话，静静地坐在角落里自己的专用座椅上。阿良就坐在他旁边看着他撒娇的整个过程，幸好温姐此刻不在现场，不然肯定又是一顿大吵。

第二天，李总出现在他办公室的一刹那，任彩怡便冲了进去。她双手撑在李总的桌子上，用质问的口气说：“老大，聊聊。”

“我知道你要聊什么。”李总依旧很淡定。

“所以，一包茶叶就想给我当嫁妆啊？”

“那不能，你要是真嫁出去了，我肯定给你大红包。”

任彩怡双手抱拳：“老大，求放过！很尴尬啊！我不要面子啊？”

“人家可是白知行，多有面子啊。”

“那我也不能自己送上门啊，而且是在一无所知、任人宰割的情况下。”

“多少姑娘想送上门，人家白知行还不一定开门呢。他对你有意思，我看得出来。”

此刻“他对你有意思”这几个字根本入不了任彩怡的耳朵，她无奈地看着李总，做祈求状：“那你也得问问我是不是有意思啊，强买强卖，旧社会才这么干。”

李总看着任彩怡，摇了摇头，说：“唉！管不了你了，你就慢慢变成老姑娘吧。”

“老大，你这样说话特别像我妈。”

“看来，你也不是什么听话的女儿。”

“当然不是，要不然我干吗跑到离家这么远的地方来。看来，我该考虑一下是不是也要离您远一点了。”

“那么说，你不喜欢白知行？”李总突然直白地问。

任彩怡干脆地回答：“不喜欢。”

李总无奈地笑了，伸出手指，点了点任彩怡的额头。任彩怡也笑了，笑得有点心虚：“不好意思，老大，又让你失望了。”

“好吧，出去工作吧。”李总像家长一样站起身来，把看起来已经红了脸的任彩怡送出了办公室，最后还补了一句，“看来我又得请白知行吃顿饭了。”

听到这句话，看到李总家长般的态度，任彩怡差点冲动地说“我有喜欢的人了”，但是，话到嘴边又咽了下去。

回到座位上，有一份特殊的艺人策划案吸引了任彩怡的注意。

公司签约的新人演员，Milky，二十一岁，看起来清纯漂亮，很有眼缘。公司在未来的一年为她量身定制了很多戏。

为她打造的推广计划中有一条显得特别扎眼，公司有意将她与叶晨枫打造成情侣档，借着与叶晨枫的绯闻助其上位。这也算是圈里常用的宣传手段了，这种捆绑式销售大多事半功倍，如果操作得当，艺人配合，舆论又控制得好，就是一件双赢的事。

工作了这么久，这种营销手段任彩怡也见怪不怪了，慢慢地也对各种八卦绯闻产生了免疫力。只是，这次轮到与自己相关的人和事上，任彩怡噘起了嘴。

应该可以适应吧。任彩怡在心里这么对自己说，又不免有酸酸的感觉。

策划案顺利地得到了李总的同意，公司用自己的资源把Milky推荐进了叶晨枫正在拍的戏中，扮演情侣。

那个女孩怎么样？相处得怎么样？算起来，Milky进组应该有十天了吧。只是在每天的联络中，叶晨枫没有提，任彩怡也没有问。

然后，第一波绯闻攻势如期而来。

几张剧组闲暇时的偷拍照出现在网上，叶晨枫和Milky亲密互动，举止暧昧。

几天下来，各大媒体的热点新闻都充斥着“金童玉女”“假戏真做”等字眼。再看看两人的照片，多么般配的一对儿，连双方的粉丝都难得持支持态度。

随着一波又一波宣传的展开，新闻看多了，话题听多了，任彩怡有点恍惚，那个每天跟自己通电话，说着甜言蜜语的人，跟媒体口中那个因戏生情的人，究竟是不是同一个人？

她恍恍惚惚地回到家，今天特别想跟他通电话。

“你看到最近关于我的新闻了吗？”叶晨枫先她一步提起了这个话题，以为她还不知道这件事。

“哪一个？”任彩怡故作镇静。

“那个可笑的绯闻，你可别当真啊。”叶晨枫看到事态愈演愈烈，特别不愿意配合的他也开始烦躁，“我一直反对公司的这个计划，我可不想被牵扯进这种无聊的炒作里。没想到他们这么快就操作了，我真是很生气。”

听到他急着剖白，任彩怡抱着手机，甜甜地笑了。

“公司的计划我都知道，目前都在朝好的方面发展，这是好事。”任彩怡觉得这才是自己应该有的态度。

“我不管，我不想做的事情，他们不能逼我。”叶晨枫说得特别肯定。

“偶尔配合下也没什么，你的粉丝也都很支持，说你们很般配。”任彩怡阴阳怪气地说，心里却在犯嘀咕，如果有一天自己跟他的感情被曝光出来，不知是否也能得到这样的支持，瞬间又转念，还是不要曝出来好。

“你吃醋了？”叶晨枫紧抱着手机问。

这句话问到了任彩怡的心里。她故意拔高了声调：“开玩笑！我又不是小女孩，有什么可吃醋的！”

这不是叶晨枫想听到的回答，他问：“你觉得我该配合？以后再有更过分的新闻，你也不介意？”

任彩怡紧咬着牙齿，她知道叶晨枫想让她说什么。

“没什么可介意的，你们有你们的游戏规则。”

电话中任彩怡的声音平静又冰冷，让叶晨枫特别失望。

“好的，我知道了。”

挂断电话的叶晨枫坐在酒店的床上，点了一支烟，呆呆地看着天花板。

这是他们在一起后分开的第十七天，她说过的话，叶晨枫几乎每天都会想一遍，跟她有关的事情一幕幕地在眼前闪过。剧组的生活枯燥又乏味，入行这些年，叶晨枫早已适应，每天结束拍摄后跟任彩怡通电话成了唯一的抚慰，每一天，他都在倒计时。如果不是靠密集地赶戏麻痹自己，叶晨枫大概会被思念折磨得疯掉。

她应该也这样思念我吧，她应该会疯狂地为我吃醋吧，叶晨枫想。

而她好像并没有。

Milky进组前，叶晨枫就接到了温姐的通知，要把他们凑成“一对”，还要他在组里多多照顾这个小师妹。叶晨枫特别不想参与这些事情，他现在只想赶紧杀青回家。

Milky 倒是配合得很，初出茅庐的小女生，从进组的第一天开始，就成了叶晨枫的跟屁虫。拍摄间隙，公司跟组的同事会安排他们坐在一起，让他们共用一个助理，让同一辆车接送，然后再偷偷安排媒体跟拍。

嗲声嗲气的 Milky 也特别会为自己找新闻点，与叶晨枫靠近时，总时不时做出一些会让人误会的暧昧举动，生怕媒体拍不到。

Milky 活泼漂亮，但是有些娇气，刚出道就被公司上下捧着，除了对导演以及叶晨枫亲昵，从来不正眼看剧组其他工作人员。她的举动让叶晨枫很不舒服，她的目的，他也心知肚明。

Milky 一口一个“晨枫哥”地叫着，对他表现出了极大的热情，但直觉告诉他：这个女孩不好惹。

叶晨枫伤后复出，温姐便一直跟在剧组里，叶晨枫的表现，她全看在眼里。

“你最近有些不对劲。”温姐支开阿良，偷偷地问叶晨枫，“有什么事情不开心吗？”

叶晨枫瘫坐在自己的椅子上，眼睛盯着剧本，冷冷地回道：“没事啊！我的事情不都是你们安排的吗？”

“话里有话！”温姐看出了他在赌气。

“不敢！”

温姐叹了口气，拿开叶晨枫手里的剧本，坐到他对面，说：“我知道你心里在想什么！休息了近两个月，你的动态我多少也是了解的。我不问你，是因为我觉得你自己能想清楚。”

看着对面严肃的温姐，叶晨枫也没有退让：“我很清楚！我想要什么，不要什么，没有人比我更清楚。”

“不要任性！我提醒过你，不是你的不要碰！”

“是不是我的，我说了算！”叶晨枫看着温姐斩钉截铁地说，不留一丝余地。

叶晨枫眼中的坚定让温姐很是意外，平静了一下，她换了温和的语气说：“好吧，你的生活，我们以后再讨论。但这次的安排是工作，你就得听我的，你得配合。”

又是配合，所有人都要他配合！连任彩怡也要他配合！

“好啊，我可以工作。但是，我的生活，不希望跟别人讨论。”叶晨枫站起来，苦笑了一声，“你们都要我配合，我就配合给你们看！”

第九章
他的即兴表演

已是金秋十月，但影视基地的天气依旧火热。今天是剧组的媒体探班日，组里上下早已装扮好，等着大批媒体的到来。Milky依旧坐在叶晨枫的边上，一遍又一遍地补着妆。

叶晨枫心里憋闷，很想抽烟。但只要一面对镜头，他就要马上打起精神来，为了工作，也为了今天的“配合”。

叶晨枫和Milky的出现立刻吸引了媒体的注意。叶晨枫很职业化地隐藏了自己所有的不开心，很亲密地与Milky站在一起，任由媒体拍照。

做戏要做足，叶晨枫把手搭在Milky的肩上，还时不时上演暧昧的互动。

一向对自己很冷漠的叶晨枫，竟然如此主动，这让Milky倍感意外，她自然也乐得回应这求之不得的主动。

记者的问题自然也都围绕着两人的绯闻展开。

“上次被拍到的照片是真的吗？”

“跟叶晨枫第一次合作感觉怎样？”

“Milky是你喜欢的类型吗？”

“两个人有没有发展的可能？”

“听说你们因戏生情，是真的吗？”

……

一波又一波的问题抛过来，叶晨枫和 Milky 总是微笑不语，不肯定也不否定，Milky 更是扮起了默认羞涩状。

记者再三的追问下，叶晨枫终于开了口。他笑着说：“Milky 是个很可爱的女孩，很希望能和她再次合作……因为一直在同一个剧组，又在同一家公司，接触的机会很多，至于未来嘛，看缘分。”他说得特别云淡风轻。

这样的回答让 Milky 和身后的工作人员都很惊讶，Milky 更是从心底乐开了花，一旁的温姐也不明白到底是什么让他转变了态度。

采访结束，送走记者，叶晨枫一分钟都不想多待，直接回了酒店。

工作上，他清楚地知道明天将要面对的是什么，但他只想知道明天任彩怡看到这些新闻会有怎样的反应。

叶晨枫坐在窗前的沙发上，默默抽着烟。温姐追到房间来，伸手抢过他手里的烟，说：“最近烟瘾见长啊。”

叶晨枫看了她一眼，叹了口气，又点了一支大口地吸着。

“抽烟也要拉上窗帘，万一被偷拍了怎么办？”温姐走到窗前，把窗帘拉上。

“偷拍有什么可怕的？偷拍的也有可能是自己人。”

“这件事就让你这么不爽吗？”温姐知道他对上次不打招呼的安排很不满，却很少见他这么跟自己说话，“你今天的表现很好，虽然我还不知道是什么让你突然对记者转了态度。”

叶晨枫扭过头去，不看她，也不回答。

大概觉得不是什么合适的时机，温姐也不再多言，叹了口气，走出了叶晨枫的房间。

身边的手机响了，是 Milky 打来的。

响了很久，叶晨枫才接听。

“喂。”他的声音很低沉，与采访时的状态判若两人。

“是我，晨枫哥。”

“什么事？”

“谢谢你刚才对我的照顾，没有你在，我真的不知道怎么应付那些记者。”Milky嗲声嗲气地说着，她应该还没有听出电话那头的不爽。

“不用了，都是工作。”叶晨枫很冷淡。

“晚上我请你吃饭吧，就我们两个人。或者……”Milky停了一下，然后轻声娇柔地说，“我买好吃的去你房间？”

叶晨枫皱了下眉头，Milky的暗示让他开始后悔——刚才不应该跟记者说那些话。

“不需要，我很累了。”直接拒绝是最好的补救方法。

Milky仍然不知深浅地试探他：“你累了，那我去你房间看看你吧。”

“我说不需要！”叶晨枫突然大声地吼道，“该配合你的我都做了，该说的我也说了，难道还需要让他们拍到你来我房间幽会吗？”

没想到自己主动示好，竟然换来这样一句嘲讽，而且这话出自那个一小时前还对自己温柔体贴的男人，Milky受不了了，生气地挂断电话，从小被人前呼后拥，娇生惯养的她，哪受过这样的气？

她发誓，将来有机会，她一定要让这个男人好看。

叶晨枫说的话，第二天果然成了各大媒体的新闻头条。

——叶晨枫赞Milky可爱，承认有发展机会

——叶晨枫和Milky因戏生情

——叶晨枫默认恋情，大赞绯闻女友Milky

……

任彩怡坐在办公桌前，浏览着他的消息，看着一张张亲密的照片，然后一遍遍地安抚自己：都是假的，都是做给别人看的。不要介意，不

要生气。

可是，心情就是不跟着理智走。

经纪部的莹莹送来已经整理好的新闻汇总，她特别高兴地跟任彩怡说："这次的宣传效果特别好，李总看了我们的汇总一定高兴。"

八卦消息果然比正经消息好推广，新人 Milky 就这么跟着叶晨枫一起上了热搜。

"怎么这么好？"

"两个小朋友特别配合，连我们在现场的工作人员都有点分不清真假了。"

任彩怡看着手上厚厚的一摞图文总结，配合着点赞。

突然，莹莹推了推她，问："怎么愣神了？"

"啊！没有。"任彩怡回过神来，"只是觉得 Milky 命真好。"

有些人拼命拍戏也未必会红，有些人随便炒个绯闻就能少奋斗几年，真不公平，任彩怡苦笑。

"可不是吗？难得的是叶晨枫那么给面子，我们都在议论，也许这两人真的在一起了也不一定。"

"会吗？"

"这可说不定。本来就是般配的一对，互相看对眼也不奇怪。"

是啊，同样的职业，相近的年纪，他们才是公认的般配。

任彩怡回到家，没开电脑，不看电视，面前只有一碗泡面和一部手机。

叶晨枫进组后，每天晚上都会给任彩怡打电话。任彩怡怕打扰他拍戏，想联系他时，总会先发一条微信，如果他收到微信时不在拍摄中，便会打给她，聊很久很久。

已经是晚上十一点了，她还没有接到叶晨枫的电话。应该是在拍夜戏吧，任彩怡想。

如果一会儿接到他的电话，要不要问他那些事？

问他说的话是真是假？问他今天上了热点头条高不高兴？或者只是问他累不累，想不想自己？

任彩怡一只手搅拌着碗里的面，一只手拿着手机，翻看着这些日子两人互发的信息。

叶晨枫早早地结束了今天的拍摄，一个人闷在酒店房间，面前只有一盒烟、一部手机，还有剧本。

他在等她的反应。

他勉强定下心来看了会儿剧本，手机"嘀嘀"地响起，已经快十二点了，终于等来了任彩怡的信息。

"睡了吗？"

她刚刚拨了下他的号码，但没等对方接听，就立刻挂断了。

叶晨枫看着她发来的三个字，手指顿了顿，回复道："马上就睡。"

这还是叶晨枫第一次收到她的短信后没有回拨，他明明闲着，却没有打给她。任彩怡回复："拍戏太累了？"

"还好。"叶晨枫只回了这两个字，又觉得自己过于冷漠了，于是追加了一条信息，"有特别的事情吗？没有的话，我想早点休息。"

这个提示够明显了吧，不能每次都是我先开口说那些，叶晨枫想。

任彩怡抱着手机，愣了神。

大概他是真的累了吧，那就不要打扰他吧，任彩怡抓了抓自己的头发，回复："没什么特别的事，早点休息吧，别太累了。"

没有！她居然只字不提！

叶晨枫没有回复，他关了手机，眼睛盯着剧本，却一个字也看不进去。

他真的睡了吗？不会再打来了吗？任彩怡仍然抱着手机，面前的泡面早已无味。

很久没有睡前不跟他聊电话了，她躺在床上，翻来覆去，那些刺眼的新闻标题总在眼前浮现。

任彩怡特别想对他说“很想你”。

她再次拿起手机，拨了他的号码，就算把他从梦中吵醒，也想听到他说“我想你”。

可是，叶晨枫的手机已经关机。

任彩怡有点蒙，脑子里开始出现一些莫名其妙的画面。她摇了摇脑袋，定了定神，深呼一口气，又吃了一大口已经泡烂的面，安抚自己道：“小屁孩，又跟姐姐我玩猫鼠游戏。”

但此刻，她知道自己在游戏里输了。

叶晨枫和 Milky 的绯闻保持着热度，两人的情侣档形象也越来越深入人心，他们合作的剧集还没拍完就已经成了话题，这自然是公司想要的。

叶晨枫完全沉浸在密如麻的拍摄通告中，除了镜头前的“配合”，根本不理会事情的进展。他仍然每天给任彩怡打电话，却再也没有问她是否介意。

自从那个老中医治好了李总的腰，自从上次那不明不白的“相亲”之后，李总和白知行的关系越走越近，白知行出现在公司的频率也越来越高。两人喝喝茶，聊聊天，谈谈合作，仿佛已经成了莫逆之交。

李总应该跟白知行说了“相亲”的事就这么算了吧，白知行大概不会关心娱乐圈的这些小打小闹吧，任彩怡看着这位“世外高人”的身影，若有所思。

隔天，她却看到新一期的《知行》杂志官网上破天荒地转载了叶晨枫与 Milky 的新闻。

“《知行》也发这种消息吗？不像你们的作风。”任彩怡问白知行。

“《知行》也要跟上时代啊。”白知行从容地说。

“《知行》不是一向只做行业精英吗？”

“李总要我捧一下，我愿意配合。”

“哦。”任彩怡已经没有继续问下去的理由。

“配合你们宣传，你好像不太高兴？”白知行笑着说。

“怎么会？感谢还来不及呢。”任彩怡马上解释，“难得大家都配合，多好。”

白知行看着她，也不再多说，对于上次相亲未果的事也只字未提。

杨玥把任彩怡拉来自己的家里，这是她和裴志新在公司附近租下的两居室。

杨玥把屋子收拾得一尘不染，她和任彩怡在卧室聊天，裴志新依旧在另一个房间打着游戏。

杨玥把任彩怡当作客人一样招待，煮好咖啡，放好零食，俨然已经完全适应了同居生活。

“我开始有点羡慕你们这种老夫老妻的状态了。”任彩怡盘腿坐在沙发上，手里端着咖啡杯。

“我才羡慕你，一把年纪了还能碰到这么浪漫的一个人、一段情。”杨玥坐在沙发的另一边，“我的生活也就这样了，你还有无限的可能。”

“可能很快就梦醒了。”任彩怡若有所思地搅动着手里的咖啡。

“其实你是在乎那些绯闻的。”

“但我知道那是假的。”

“假的也会变成真的。”

任彩怡叹了口气：“如果真的有那么一天，我又能怎样？最可怕的是，连我自己都认为他们很般配。”

“这可不像你说的话。”

“我应该怎么说？”

其实，杨玥自己也不知道是否该鼓励任彩怡。知道他们在一起之前，叶晨枫就是那个活在电视里的人，离她的生活好远。即使现在他走进了自己好朋友的生活，杨玥也依旧觉得不真实。

“你还需要我教你怎么说吗？你的男朋友，你应该看紧点，除非你真的觉得无所谓。”

怎么会无所谓呢？明明紧张得要死。任彩怡不愿意多想跟那些绯闻有关的一切，可那一幅幅亲密的画面总会出现在眼前。

“别说我了，说说你自己，就准备一直这样试婚下去？”

“唉，走一步算一步吧。难道要我去跟他求婚吗？”杨玥看了一眼正在对面那个房间里专心打怪的裴志新，无奈地摇了摇头。

任彩怡说：“我们都一样，劝别人容易，劝自己难。”

两人相视一笑，碰了碰咖啡杯，品着手里的苦滋味，各怀心事。

带着一身的新闻点，叶晨枫杀青回来了。

按照约定的时间，任彩怡小心翼翼地来到叶晨枫家门口。她依旧从门口的垫子下翻出钥匙，但她还没来得及把钥匙插进锁孔，叶晨枫已经把门打开，微笑着站在她面前。

一个多月未见，任彩怡有些紧张。

她指了指门里，示意要进去。叶晨枫笑着点点头，让她进去，然后很快关上门，转身背靠门站着，笑而不语地看着她。任彩怡被他看得有些羞涩，一时间不知该做什么。

看着她局促的样子，叶晨枫张开双臂，说：“过来！让我抱抱！”

任彩怡慢慢地走近他，钻进他已张开的怀抱里，紧紧地抱住了他。

这种触得到的感觉真好。

“想我吗？”叶晨枫亲吻着她的头发问。

“不想。”

“可是我想你。”

任彩怡把头埋进他的胸口，偷偷地笑着。

“饿吗？”叶晨枫温柔地问。

“饿！”

“去吃饭？”

“好啊！”

然后，两人异口同声地说：“日料店！”

两人分头来到店里已经是晚上十点多了，叶晨枫提前跟老板打好了招呼，老板延迟了关门的时间，还为他们留了那个最隐蔽的位置。

老板娘依旧热情地招待他们：“以后没有地方约会就来我这里，我可以随时为你们清场，而且二十四小时开放。”

“你救过老板的命啊？”任彩怡惊讶于老板和老板娘的慷慨与热情。

“你太现实了，难道就不能因为我招人喜欢吗。”叶晨枫骄傲地说。

“自恋！”任彩怡虽然嘴上这么说，心里却也觉得他所说的有道理。

“难道不是吗？估计也就你不把我当回事。”叶晨枫酸酸地说。

任彩怡知道他话里有话，只能故意沉默，低头吃自己盘里的东西。

叶晨枫也没有再多说什么，仍为任彩怡夹着菜。总有那么一根敏感的神经，两个人都不想主动去碰触，却又总是回避不了。

回家的路上，叶晨枫牵着任彩怡的手，两个人都没有多少话。走到任彩怡家的时候，已经是凌晨两点钟了。

“你想让我留下吗？”叶晨枫站在门口，等着任彩怡开口。

“你明天早上有工作吗？”一路上有些尴尬的气氛让任彩怡不知该怎么回答。

“这有关系吗？”

“我怕耽误你的工作。”

“你想得真周到。”叶晨枫苦笑着说，“我明天确实有工作，要跟Milky一起录节目。”叶晨枫故意提起那个名字。

任彩怡赌气道：“哦，那你还是回去休息吧。”

“你吃醋了？”叶晨枫盯着任彩怡，期待她说出他想听的回答。

任彩怡不看他，倔强地说：“你工作，我干吗吃醋？姐姐我又不是不懂事的小孩。”

叶晨枫上前一步抓住她的胳膊：“我闹了那么大的桃色新闻，你都不问问我是真是假吗，小姐姐？”

任彩怡故作平静地说：“我也算半个圈里人，我没那么幼稚。”

“这么大方，那不管我跟Milky怎样，你都不生气？”叶晨枫步步紧逼。

“这不是你要的信任吗？”任彩怡抬头认真地看着他，手臂被他抓得生疼。

“是真的信任，还是根本不在乎？”叶晨枫好像根本没有意识到自己手上的力气越来越大。

“疼！”任彩怡用力甩开他的手，“你希望我怎么样？跟你哭闹，让你给我一个交代？”

看到任彩怡手臂上有些红肿，叶晨枫才意识到自己又冲动了，他深深地吸了口气，舒缓了一下情绪，说：“我只希望你能适当地告诉我你心里的真实想法，哪怕是一点点醋意，都能让我感受到你在乎我。”

任彩怡按着自己的手臂，提着一口气，说：“这就是我真实的想法。我向来不是你想的那种小女生！”

是啊，她从来不是那种“小女生”，叶晨枫一直知道。

他没有送她上楼，久别后的小聚以不欢而散收场。

第十章
无论在哪儿，我都不怕

艺人不拍戏的时候，公司总会比平常忙碌，忙着接待他们，忙着照顾他们，忙着把他们的日程排满。

叶晨枫和Milky像约好了一样，第一次同时出现在公司里，出现在任彩怡的面前。

从两人的打扮上看，应该是刚刚下了通告，还没来得及卸妆。

这也是任彩怡第一次看见Milky真人，瘦瘦小小的她穿着白色的卫衣，配着粉色的长裙，中分的长直发，巴掌大的脸天生为镜头而生，大大的眼睛，小巧的鼻子，有几分《红楼梦》里香菱那种让人我见犹怜的感觉，只是那不经意间高高抬起的下巴让人觉得她又冷又傲。旁边的叶晨枫穿着合体的白色衬衣和九分浅灰色牛仔裤，两人看起来分外登对。

经过任彩怡的面前时，叶晨枫毫不避讳地狠狠盯着她，让她避之不及又心跳加速。

这一对“银幕情侣”是来跟李总开会的，李总让任彩怡一起参与会议的讨论。这段时间，除了帮李总审看各个部门提交的文件，任彩怡也开始学着帮艺人看剧本、选剧本。今天开的会一定是关于剧本的吧，任彩怡这么想。

她跟着李总走进会议室的那一刻，看到了对面已经在等待的叶晨枫和Milky，当然还有主动上来迎接的温姐。

第一次真正地和叶晨枫的工作有了联系，任彩怡感觉有些奇怪。对于任彩怡的出现，叶晨枫似乎也没做好心理准备。

简单地寒暄之后，温姐便先开腔，大力称赞叶晨枫和Milky近期的努力和成绩，自然也少不了肯定一下两人情侣形象的成功打造，把李总要说的话都说得差不多了，老头子有点尴尬。于是，任彩怡把手里提前准备好的几个剧本梗概往李总面前一推，提示他可以进入下一个议题了。

叶晨枫坐在对面，一直毫无顾忌地盯着面前的任彩怡。看着她跟着李总进来，又坐在他身边，各种事情都帮他打点得那么周到，叶晨枫心里有点憋火。

温姐看出了叶晨枫的不对劲，咳了一声，说："小叶，还有Milky，你们俩应该谢谢公司，谢谢李总对你们的栽培，公司把最好的资源都给了你们俩。"说完，她用胳膊肘顶了顶身边的叶晨枫。

叶晨枫没有刻意转移视线，仍然看着对面，眼神在李总和任彩怡两人之间游走。

"当然要谢，我一定会好好配合公司的安排，不能让你们白费心。谢谢李总，也谢谢任老师，现在是不是得叫任总了？"叶晨枫的语气冷冷的。

"任总"两个字一出口，在场的人都惊住了。任彩怡知道他是故意的，却也瞬间红了脸，心里想，这个幼稚鬼，又想出状况了。

温姐皱了皱眉，打岔道："永远这么没正经！"

"早就想来正式谢谢李总了，一直没有机会，找一天我请大家吃饭吧。"Milky好像还没有感觉出气氛有什么不对，她看着李总，轻声细语地说着。至于任彩怡，她根本不放在眼里。

任彩怡不说话，也不回应叶晨枫的眼神。

李总这个老江湖也不是被人拍拍马屁就会得意忘形的，他顺着两位小朋友的话说道："要请客也是我来请啊，大家都是在为公司出力，小叶还为工作受了伤。有这么好的成绩，我高兴得很。你们整个团队都很棒，下一步我们要做的就是让你们两个人都再往上走一走。最近我们发现了几个不错的剧本，演员嘛，还是要靠作品说话的，营销宣传只能是锦上添花。"

听了李总的话，任彩怡在心里为他点了一个大大的赞。这次换成温姐尴尬了，她最为骄傲的一笔业绩，在老板那儿却只是无关紧要的点缀品，瞬间，她的气势减了大半。

李总手里拿着的几个剧本梗概，基本是任彩怡帮着挑出来的，自然都是为叶晨枫挑选的。温姐大概翻了几页，脸上流露出不太满意的神情，叶晨枫也随意翻了一下，然后继续盯着任彩怡。

"这几个本子都不错，制作班底也好，大家看完了都说说意见。"李总说。

"我听公司的。"叶晨枫率先表态。

"我也相信李总的眼光。"Milky 附和道。

"这几个都是现代题材啊，我觉得不能总让小叶演这种太完美的角色，会造成审美疲劳的。"温姐首先提出了反对意见。

"我不这么认为。"任彩怡认真地说，"叶晨枫出道才短短几年，还没到转型的时候，而是应该巩固他现在的形象，做到极致。"

"哎哟，彩怡也懂业务了。"温姐略带讽刺地说。

"近朱者赤，跟李总学习多年，听得多了，略懂一二！我做不了什么大计划，但至少懂得一步一个台阶，贪多嚼不烂的道理。"任彩怡毫不示弱地回答。

叶晨枫偷偷笑了，他还是第一次看到公司里有人敢跟温姐这么说话。

"演员确实不该急着转型，这些都是水到渠成的事，阿温，让彩怡把话说完。"

李总站出来力挺任彩怡，又让叶晨枫心里有点酸酸的。

“叶晨枫现在在观众心中的形象是阳光、时尚，又有点酷的，粉丝就喜欢他不苟言笑的样子。我觉得这几年我们首先要把他的这个银幕形象做到极致，甚至连一些宣传照都要避免露齿大笑，等这个形象真的深入人心之后，再让他慢慢地‘笑’，才会给观众惊喜——原来他还有不为人知的一面。先做外在，再引导观众去发觉内在，到那时，转型就是事半功倍的事了。现在强行转，什么类型的角色都接，只会让观众对他的定位觉得模糊，没有认同感。”

任彩怡一股脑地把自己的想法说完了，整个会议室一片寂静，没有人接话。

叶晨枫依旧执着地盯着任彩怡，她的话说得有理有据，却也有些冷，有些陌生，但不得不承认，他从心里认可她说的话。

温姐依旧沉默，也不再碰任彩怡递过来的剧本。任彩怡知道，她今天算是把温姐得罪了，但又忍不住说出来。她偷偷地回看了一眼对面的叶晨枫，轻咳一声，然后低头整理自己手上的文件。

“怎么都不说话了？”李总深谙职场文化，知道温姐不发声，她团队里的人谁也不敢出来表态，而这恰好是他最讨厌的，“都不说话是因为都同意了吗？”

大家都不由自主地看了看温姐，温姐没有回应。李总有些怒了：“公司付钱不是让你们来沉默的！”

叶晨枫摆出一副看热闹的姿态，Milky 在一旁像只受了惊吓的小白兔。

看到李总真的生气了，温姐象征性地又翻了翻手上的几个剧本，笑着说：“名师出高徒，彩怡跟了李总几年还真没少学东西。”

“是啊，彩怡说得特别有道理。”她手下的人附和道。

“您别着急，老大。”温姐对李总说，“他们不是不说话，等我们回去好好看看这几个剧本，一定好好地回复意见。我们都是为了艺人好，不能信口开河，说话得负责任。”

温姐反击，任彩怡低头苦笑，李总也没有再多说。他自然知道过于维护任彩怡，只会给她树敌。

回到办公桌前，想着温姐说的话，还有她一直臭臭的脸，任彩怡只觉得无奈，并不生气。有一点她从未怀疑过，温姐一直很重视叶晨枫，对叶晨枫的用心程度绝对不会低于她。

算一算，她在这个公司已经做了快四年了，一直在李总的手下，没出过什么头，也没吃过什么亏，但这种状态偶尔会让她觉得窒息。她动过几次辞职的念头，却始终没有提出来。

李总看起来拥有一切，却也算是独自在B市打拼的人，对任彩怡来说，是亦师亦友，他时常向她倾吐心事，又偶尔像个父辈那样保护她。这些都成为任彩怡决定离开的心理屏障。

温姐是两年前来到公司的，带着她的资源、她的人脉，还有她的团队，很快就树立了自己的威望。叶晨枫在她手上，李总起初是一点也不担心的，但受伤、绯闻炒作等一系列事情发生之后，再加上公司内部其他艺人组对于温姐把宣传资源全给了叶晨枫再三表示不满，李总觉得是时候出面平衡一下局面了。

“帮我扛扛枪吧！”开会前，李总对任彩怡说。

被领导当枪使，并没有让任彩怡产生任何抵触感。也许换个领导就会不一样吧，如果不是为了叶晨枫应该也会不一样吧。

“出来一下，我在楼后面的过道等你。”叶晨枫发来信息，是问询，是命令。

任彩怡犹豫了一下，回复他：“好。”然后，她穿上外套，像贼一样地偷偷溜出办公室。

确认没人跟着，任彩怡才钻进办公楼后面只有一米左右宽的过道里。

叶晨枫早已等在那里。他脱下了刚才开会时穿的白衬衫，换上了纯黑色的帽衫，帽子戴在头上，低着头背靠墙面站着。任彩怡走近了，才发现他在抽烟。

她走到他旁边，也贴墙站着，没有说话。一阵冷风吹过来，把叶晨枫手里的烟灰吹到她面前，她轻咳两声。叶晨枫马上把烟熄灭，转身走到过道口的垃圾桶旁，把剩余的大半支烟扔了进去。

然后，他走回来，站到了任彩怡的对面。过道狭长，两人之间的距离还不到半米。

“原来你也会抽烟。”任彩怡说。

“不喜欢我抽烟？不喜欢就说出来！”

“还好，只是第一次知道。”任彩怡闻得到他身上的烟味，这应该不是今天第一支了。

“你不知道的还有很多，希望以后不会让你太惊讶。”叶晨枫淡淡地说。

“你叫我出来就是为了说这个？”

“我是来恭喜你的！我也是第一次知道你那么能辩论，看起来马上就要升职了。”叶晨枫向前探了探身子，靠任彩怡更近了些，“果然是李老大的好助手。”

“幼稚！”任彩怡一动不动。

“我特别不喜欢你说这两个字！”叶晨枫又靠近些，用自己的额头抵住任彩怡的额头。

任彩怡看到他眼睛里有怒火，她向后贴紧墙壁，说：“这是在公司。”

叶晨枫没有要退回去的意思：“刚才在会议室，我也没有害怕。”

“我们晚上再说吧，下班我去找你。”任彩怡说着，慢慢把身子从他的压迫中抽离出来。

叶晨枫没有阻拦她，而是冷冷地说：“不用了，晚上我有事。”紧接着，他转头就走，与任彩怡擦身而过，径直向过道口走去。

此刻，任彩怡觉得自己特别无趣，可是不能又这样不欢而散，她怯怯地问："你生气了？"

叶晨枫停住脚步，却没有回头。

"晚上我打电话给你？"任彩怡看着他的背影，追问。

而他一直沉默，最终消失在过道的尽头。

这一次，他应该真的要走掉了吧，一定是她在会上说得太多了，却没跟他提前打招呼，他应该不会预料到原来她对他的工作有这么多意见。

任彩怡做了李总的枪，打中的却是叶晨枫的心。

已经是晚上十点了，任彩怡给叶晨枫打了六个电话，他都没有应答，应该还在忙吧，或者还在生气。

她随手拿起身边的一支笔叼在嘴里，学着他抽烟的样子。其实他抽烟的时候挺帅的，想到这些，任彩怡竟然笑了。

然后，她放下笔，跑进厨房，从柜子里翻出一瓶不知放了多久的气泡酒，给自己倒了满满的一杯——酒壮人胆，她想试试。

酒已经没有气泡了，只剩下酸涩的味道。不知不觉已经两杯下肚，却没有任何醉的感觉，原来酒跟人一样，时间长了就会变得无味又无趣。如果现在身边真的有烟，任彩怡应该也愿意点一支尝尝吧，这个胆量她还是有的。

盯着空空的酒杯，叶晨枫抽烟的样子又浮现在眼前，只是这一次，他突然间抬头，张开双臂，对任彩怡温柔地笑着。任彩怡也笑了，慢慢向他的怀抱走去……

"叮咚……叮咚……"

急促的门铃声让任彩怡瞬间回过神来，下意识地看了下墙上的钟表。

已经接近午夜十二点了，一定是叶晨枫，从不打招呼，是他的作风。

任彩怡迅速起身，整了整自己凌乱的头发，冲去开门。但站在她眼前的并不是叶晨枫，而是林超。

“他果然没记错你家地址。”林超脱口而出。

“怎么是你？”

林超的出现让任彩怡很惊讶，自从上次在录音棚相识后，她与他的接触并不多，也没有存他的电话号码。

“你也太大胆了，大半夜的，也不确认下门外是谁，就敢开门啊。”

“我以为……”

“以为是小叶！”林超无奈地摇了摇头，“我还真把他给你送来了。”说完，他指了指门外的墙角。

披着厚厚黑色外套的叶晨枫瘫坐在地上，帽子遮住了半张脸。任彩怡这才意识到整个走廊里已经满是酒精的味道。

她走出门，一步跨到叶晨枫面前，用手抬了抬遮在他脸上的帽檐。叶晨枫已经是昏睡状态，脸颊通红，呼吸沉重，一身的酒味。

“本来想把他拖回我家，可他死活不让，迷迷糊糊地给我指路，我猜他肯定是要来找你，果然没错。醉成这样，地址倒是记得清楚。”林超似乎很清醒，站在任彩怡的身后，坏笑着看着两人。

“你们胆子也太大了，本来就扎眼的两个人，还公然醉在大街上，也不怕被盯上。”任彩怡又气又无奈，转头小声地对林超说。

“我可没醉，你家这位我是实在拉不住。为了掩护藏他，我连自己的外套都给他穿上了。”林超急着撇清。

任彩怡也觉得自己所说的有些不妥，再看看地上不省人事的叶晨枫，身上果然穿着两件外套，而身后的林超已经冻得在搓手了。

“不好意思，话说重了。”任彩怡示意林超帮忙把叶晨枫扶进门，“外面冷，进屋吧，你们都别冻着。”

林超把叶晨枫扛进门，重重地扔在沙发上，等任彩怡关上门后提高嗓门说：“你小子赶紧醒醒，吵着闹着来找人家，现在又只知道睡，快起来，该干吗干吗。”

“他现在还能干吗？”任彩怡帮林超倒了杯热水，说，“抽烟、喝酒，就差打架了。”

“抽烟、喝酒不可怕，抽闷烟、喝闷酒才可怕，我的意思你懂。”

林超的话说进了任彩怡的心里，看着那个蜷缩在沙发里，脸色已经由通红慢慢变白的男人，她说：“我懂！”

此刻，任彩怡只说得出这两个字。

“那我就再多说点，我这兄弟一根筋，认定了的事就一定会坚持，除非对方是浑蛋。不过，如果真遇上浑蛋，他要打架，我也不会拦着他。”林超说得斩钉截铁，眼睛直勾勾地盯着任彩怡。

任彩怡没有回避——看来她已经被当成浑蛋了，却一点也不觉得冤，心里反而对林超多了一份感激，感激他给她当头一棒，把她从浑蛋的行列中拉了回来。

“我知道了，我不会让浑蛋近他的身，你放心吧。”

听了任彩怡的话，林超放松下来，脸上又露出了笑容：“我话说重了，你也别介意。不早了，人送到了，我走了！你们俩本来就聚少离多，人在的时候就多腻一会儿，我就不当电灯泡了。”

任彩怡没有留他，把叶晨枫身上的黑色外套脱下来还给了他。

送林超出了门，任彩怡马上找了一条毯子给叶晨枫盖上。他身上的酒味特别冲，任彩怡把他的外衣都脱了下来，扔进洗衣机，又拿了一条温热的毛巾，细心地把他的脸和手都擦干净。

叶晨枫的脸色渐渐变得正常，呼吸也缓了下来。任彩怡帮他整理好身上的毯子后，就贴着沙发坐在地上。

已经不记得这是叶晨枫第几次睡在她家的沙发上了。他总是不请自来，每次来都像带着一盆火，那么炽热，又那么耀眼，让人躲也躲不掉。上一次看到他的睡脸还是在他的公寓里，不得不承认，他真的好看，好看到让任彩怡不敢正视他太久。

“难得回来，喝酒也不叫上我，换我等了你一晚上，不过，我知道我活该。”任彩怡背对着他自言自语，“我知道林超什么意思，我不是浑蛋，但是我最近的表现挺像浑蛋的。我知道你生气，我也知道你要什么，我其实都知道，我就是不想承认而已，我就是这么没用！而且我比你想象的没用多了！”

叶晨枫继续昏睡，这一觉应该会到天亮吧，应该不会像以前一样又偷偷走掉。任彩怡拿起刚才打开的气泡酒喝了起来，继续给自己壮胆。

“我不喜欢喝酒，不是怕醉，是怕自己喝了酒之后就不胆怯了，怕自己胆子大了就干出一些不是我这个年龄该干的事。我已经快三十岁了，我比你大那么多，这个差距不是你一句不在乎就能抹去的，至少在我心里抹不去。”

任彩怡大口大口地喝着，却依然喝不出酒的味道。

“年龄越大，胆子就越小，小到做事情必须要提前计划，而你的出现并不在我的计划里，超出我所有的想象，所以我怕了，觉得好多事情都要失控了。我开始变得不自信，患得患失，怕自己稍有不对就会失去本来就不属于我的东西。想说的忍回去，想要的不敢抢。你不在的时候，我觉得抓不住你，在的时候，我又不敢抓得太紧。明明很想你，明明吃醋，明明很介意，非要装清高，特别怕自己表现得像不成熟的小女孩一样，特别怕成不了你心里的那个我，我真是窝囊透了！”

任彩怡越说越生气，气自己不争气，气手里的酒没有作用，总觉得心里还有好多话，却不知要如何说。她索性拿起酒瓶子仰头直接喝，能跟他一样醉倒才好。

突然，一只手从背后伸出来，强行夺下了她手里的酒瓶。任彩怡吃惊地回头，叶晨枫已经镇定自若地坐在了她身后的沙发上，一副完全清醒的样子。

“我不允许你醉酒！”叶晨枫命令道，“你以为这样就不窝囊了吗？”

任彩怡愣了许久，缓过神来，转身站起来，喊道：“你要我！”

喊完，她只觉得眼前一黑，头一晕，瘫软在地上。这种后知后觉的酒劲来得毫无预兆，让她无处可逃。

叶晨枫连忙从沙发上跳起来，用手臂护住任彩怡的后脑勺，防止她碰到桌角。任彩怡推开他的手臂，说：“你又耍我，你根本没醉！”

“我醉了，只不过刚才林超把我扔沙发上的时候醒了。这小子出手太重，我脑袋现在还嗡嗡响呢。”叶晨枫装腔作势地揉了揉自己的脑袋，可怜巴巴地说。

任彩怡问：“那……我刚才说的话你都听见了？”

叶晨枫低头偷笑，默认。

“啊！”任彩怡瞬间红了脸，她抱住双腿，把脸埋在膝盖里，“丢死人了，丢死人了！”

叶晨枫拉起任彩怡的双手，坐在她的对面，说：“不丢人，你不是本来就要说给我听的吗？”

任彩怡把脸撇向一边，仍然不看他：“谁要说给你听啊？我以为你睡着了。”

叶晨枫双手托起任彩怡的脸颊，强行把她的视线转向自己，看着她夹杂着醉意与害羞的脸，说：“我要你说给我听！这是我最想听你说的话！我以为我根本没机会听到，我甚至以为你根本不在乎我，你无法想象我现在有多高兴。”

任彩怡红着脸看着叶晨枫，他的眼睛闪着光，放在她双颊上的手也是滚烫的。她拉起他的手放在自己的嘴边，低声说：“对不起，是我太没用了，太差劲了。”

“我会让你勇敢起来的，只要你不放开我。”叶晨枫把任彩怡拥进怀中，紧紧地抱着。她也紧紧地回抱他，把脸埋在他的胸口。

任彩怡似乎有话要说，叶晨枫听到了胸前嘟嘟囔囔的声音，便问：“你在说话吗？”

“我想问……”任彩怡慢慢抬起头，轻轻地说，“你跟那个 Milky 真的……”

“真的是假的！”叶晨枫举起右手做发誓状。

“哦。”任彩怡不看他，故意做出一副“你说什么就是什么”的样子。

“哦什么哦？你明明知道我是故意气你的。”

“你现在成功了，是不是特别开心？”

“有那么一丝丝吧！”叶晨枫摸着自己的下巴，坏坏地笑着，“你吃醋的样子，深得朕的心意。”

“有什么用，你们那么般配，说不定哪天就假戏真做了。”

“她也许会真的爱上我，谁让我这么有魅力。但我绝对不会喜欢她！她在我眼里是没有……”

叶晨枫还没说完，就被任彩怡抢了话。

“那可说不定！”任彩怡做出傲娇的样子，酸酸地说，“你们演员都有两副面孔，说的话也不知道哪句是真，哪句是假！”

闻言，叶晨枫眼睛一亮，他贴紧任彩怡，把她从地上抱起来，不留一丝让她挣脱的余地，说：“那我就不说话！”

“你想干吗？”任彩怡挣扎了两下，却一点也动弹不得。

“我要让你知道什么是真的！”

叶晨枫把任彩怡抱进卧室，轻轻放在床上，侧躺在她的身边。任彩怡没有动，只是看着他。

“你不反抗？”叶晨枫温柔地问。他深情的眼神充满渴望，他在等她的许可。

“我为什么要反抗？”任彩怡能感觉到他在发抖，自己的呼吸也跟着急促起来，“我也想知道什么是真的！”

叶晨枫沉默不语，他没想到她会这样回答。定了定神，大概是压抑了太久，叶晨枫一时间乱了方寸，不知如何应对。

任彩怡看出了他的紧张，轻轻转头，亲吻他的脸，说：“我也是真的！”

叶晨枫的热情被这一吻彻底点燃，他像得到许可的猛兽，覆压在她身上，野蛮地将她身上的纽扣全部解开，唇舌霸道又温柔地攻占着她的全部。任彩怡彻底沦陷在他的烈焰之中，体会着他努力想要给她的真。

这一夜，任彩怡满足了他的心，也满足了他的人。

第十一章
你被扫地出门了

睁开眼睛，天已经大亮，任彩怡习惯性地伸了个懒腰，才意识到身边的叶晨枫仍在沉睡中。他侧着身，脸颊贴着她的额头，一只胳膊放在她的脖颈下，另一只紧紧圈住她的身体。

任彩怡不敢大动，也享受这样被他抱住的感觉。她仰头看了看他的睡脸，眼前浮现出昨晚所有的缠绵，她害羞得想钻进被窝里。

叶晨枫也慢慢地睁开了眼睛，他没有抽回自己被压着的胳膊，只是拉开一点距离，眼睛盯着任彩怡看。他的睫毛浓密而纤长，像把小扇子，眸子里笼罩着一层雾气，湿漉漉的。

任彩怡的脸不由得红了，低头说了声："早。"

叶晨枫又紧紧搂着她，沉默半晌，才说："早。"

任彩怡伏在他的胸口，仿佛听到了他"扑通扑通"如擂鼓一般的心跳声。

能一直这样，真好。

"不想工作了，好想退出娱乐圈啊。"叶晨枫懒懒地说。

"驳回！"任彩怡揪起他的耳朵，霸道地说，"我男朋友是个明星，我还没享受到特殊待遇呢，不许退出。"

叶晨枫笑了，摸摸任彩怡的头，说：“乖，你等着，等我变成巨星的那一天，我就告诉全世界，你就是我的女人，让你有十足的面子。”

“好好好，我等着。”任彩怡甜笑着，伸手拍了拍他的脸，无奈地摇了摇头。

叶晨枫的手机闪个不停，他不情愿地拿起它，果然有无数条信息和多个未接来电。

看到他的表情慢慢沉下来，任彩怡缓缓地从他怀抱里退出来，耸了耸肩，说：“快回去吧，他们一定找你找疯了，再找不到估计要开发布会了。”

叶晨枫没有再说什么，收起手机，起身准备穿衣服。任彩怡则不好意思地用被子蒙住眼睛，不去看他。

整装完毕，叶晨枫回头拽开任彩怡脸上的遮挡物，狠狠地覆上她的唇，霸道地亲吻着她。许久后，他才不舍地分开，留下一句：“等我回来。”

“好的，巨星！”任彩怡微笑着点头，看着他推门出去。

门轻轻被关上，屋子里恢复了宁静，叶晨枫的笑容和气息仿佛仍在空气里流淌。任彩怡躺在床上半眯着眼，深深吸了一口气，心里空荡荡的。

突然，门又被打开，叶晨枫的脸探进来，他嘻嘻笑着，脸上的酒窝里荡漾着一朵花似的。他俏皮道：“不要太想我哦！这回真的走了！”

任彩怡被吓了一跳，仿佛心事被看穿一般，极不好意思。她立刻又拿被子盖住了脸，伸出一只手冲他摆了摆，闷闷地说：“快走，不送！”

“遵命！”叶晨枫干脆抛了一个飞吻过来，门再次被无声无息地合上了。

任彩怡再次抬起头来，听到了客厅的关门声，屋里真正安静下来。这一次，他真的走了。只是一闭上眼，昨夜叶晨枫的吻，便浮现在眼前。他身上那股混合着酒精的淡淡青草味，他结实有力的臂膀，他迷幻且渴望的眼神，这一切都让任彩怡心跳加速，不能自已。

突然，一阵“懒虫起床”的声音响起，任彩怡从恍惚中回过神来，拿起闹钟摁了下去。一看，都已经早上七点钟了，她连忙把信马由缰的那个自己强行拉回来，快速洗漱，准备上班去。

回到家里，回想着昨晚任彩怡的甜蜜和体温，看着自己那毫无生气的房间，叶晨枫突然觉得有些孤单。

他不情愿地回了温姐的电话："能不能不要连环夺命 call 啊？"

两人的通话自然是不欢而散，温姐应该很快就会杀过来吧，他好想躲起来，又不知要躲去哪里。

其实，叶晨枫从来没觉得这个公寓是自己的家——公司选的地方，公司付的房租，团队的工作人员不打招呼就可以随意进出。这并不是他想要的生活，也不是他当初坚持要从英国逃回来的目的。

想到这里，叶晨枫突然决定要再往前进一步，他打开自己的行李箱，收拾了起来。今天并没有工作安排，一定要赶在其他人闯入之前"消失"，其他的事情再说吧。

他整理好自己，拖着行李箱，站在镜子前，一脸自信的表情：她应该会收留我吧。不打招呼就去她家这件事，她大概也习惯了吧。

任彩怡下班回到家时，叶晨枫已经四仰八叉地躺在了她的卧室，他的行李箱也老老实实地躺在床边。

看到按时回家的任彩怡，叶晨枫兴奋地从床上弹起来，走到她身边，张开手臂，说："下班就回家，乖！来，让巨星哥哥抱抱。"

任彩怡依旧淡定地站在门边，伸出手挡在他胸前，然后悠悠地问道："你什么时候拿了我家的钥匙？"

"你家餐桌上的茶盘里有一把备用钥匙，我们演员就是这么善于观察生活。"

"所以你就自作主张，把它拿走了？"

"嗯，你要收回吗？"

"我收得回来吗？"

"显然不可能。"

"所以，拿走我的钥匙，要还我一个行李箱吗？"

"是啊，惊不惊喜？意不意外？"

任彩怡手顶着他，慢慢把他推到行李箱边，依旧笑着说："特别惊喜！十分意外！但是，不接受！"

任彩怡的拒绝倒是真的给了叶晨枫一个惊喜，他问道："为什么？不收留我吗？"

她没有回答，走到床边拉起他的行李箱，一直拖到了客厅。叶晨枫目瞪口呆地看着她，怎么也没想到还不到五分钟的时间，自己就要被扫地出门了。

他跟到客厅里，一把抢过任彩怡手里的行李箱，故意叫嚣着："这是要干吗？这么不给面子啊？"

任彩怡也不示弱，回击道："你不但偷了我钥匙，还肆意私闯民宅，还要我给面子，我也一把年纪了，我不要面子啊！"

"不要面子也不能不负责任啊！"叶晨枫说得理直气壮。

任彩怡一愣："负……责任？什么责任？"她羞红了脸。

看到任彩怡的表情，叶晨枫突然得意起来，他放开行李箱，一步步靠近任彩怡。叶晨枫的表情坏坏的，他把任彩怡慢慢地逼进客厅的一角，然后贴近她的脸，近得几乎与她鼻尖碰鼻尖，挑衅道："怎么，占有了我的身体，不需要负责吗？"

听了这句话，原本有点害羞的任彩怡笑了，捏了捏叶晨枫的脸，说："没见过你这么脸皮厚的，还要女人对你负责，难道不应该是你来负责吗？"

叶晨枫抓住任彩怡放在自己脸上的手，恳切地说："我就是来负责的啊！"

任彩怡微微一笑，慢慢抽回了被他拉着的手，说："负责的方式有很多，能不能用点更高级的方法？”

“怎么不高级了？难道你不想每天看到我吗？”

任彩怡故作沉思状，说：“想倒是想！但是，我更想你赶紧成为巨星。加油，少年！”说完，一低身，从他的禁锢中逃了出来。

“不耽误啊，安家才能立业，这个道理你不懂啊？”看着任彩怡一点也不给自己面子，叶晨枫开始追着她满屋子逛。

“怎么不耽误？难道要让你的工作人员每次来我家接你出工吗？”

听了这句话，叶晨枫沉默了。

任彩怡知道自己的理智又一次浇灭了他的热情，马上回头拍拍他的脸，安抚道：“还没想好吧，那就回去好好想想。”

“那你会等我吗？”叶晨枫问。

“等你什么？等你负责吗？”

“等我真的可以毫无负担地对你负责任。”

“我会等！”看到叶晨枫的嘴角上扬，任彩怡又说，“不过，姐姐我的耐心有限，别让我等太久。”说完用手摸了摸他的头发。

“好，我努力！过程中无论有什么阻碍，你都要相信我。只要你相信我，我就一直在。”

任彩怡抱住叶晨枫，认真地说：“我相信你，一直信！”

虽然叶晨枫“拎包入住”的打算落空了，但心里有了从未有过的踏实。当他把行李箱又拖回自己公寓的时候，温姐果然已经杀过来了。桌边空着几个饮料瓶子，大概她已经等了许久。

叶晨枫也没多说什么，他当着温姐的面，打开行李箱，把打包的衣服一件件又放回衣柜里。

“这是干什么？离家出走，没地方去，所以又回来了？”温姐调侃道。

“是啊！没人敢收留我。”

“算她懂事！”

叶晨枫不看她，也不回答，继续收拾着自己的东西。

“不过，你胆子也是太大了，你的事都跟她说明白了吗？她理解你吗？她原谅你吗？这么贸然地就想跟人家同居，不怕自己露馅吗？”

“怕什么！我早晚会说的！”叶晨枫现在什么都不怕，她说过无论发生什么，她都相信他。

大概是觉得自己也有点掌控不住这事态的发展了，温姐这一次反而特别沉着，语重心长起来：“小叶，我可以不干涉你的私生活，我唯一的要求就是，你在做什么决定之前，跟我说一声，让我知道你在哪儿，在做什么，有什么问题，我也可以第一时间知道怎么帮你解决。在国内，我也算你的半个监护人，你如果出了什么差错，我都无法跟你妈妈交代。”

温姐不再用强势的语气，而是以家长的态度来规劝，这让叶晨枫稍稍放下了戒备。他放下手里的衣服，坐到温姐的身边，像个渴求大人理解的孩子一样，说：“姐，你说的我都懂，知道你为我操的心。有时候我太任性，那是因为我知道我回来到底是为了什么。我不是为了什么音乐梦想，也不是为了当什么大明星。当然，已经走到这一步，我也很珍惜，珍惜现在身边的一切。所以，你不用总是那么担心我，从今天开始，我一定会好好工作，而且以后能报备的我一定跟你报备。”

温姐的心更加软下来，她当然知道他为什么回来，又为什么如此执着，却无法真的放他随心所欲。最终，她说：“唉，希望你真的懂才好。”

“懂，这份默契，我们姐弟还是有的。”叶晨枫搂着温姐的肩膀，笑得很踏实。

圈里行雾，圈外看花，叶晨枫和Milky的CP打造计划有条不紊地进行着，给媒体看，给观众看。公司安排两人参加了国内最火的一档真人秀节目，希望借助他们的银幕情侣档形象来宣传新剧。

叶晨枫答应了温姐，该做的事情不会耽误。然后，他发微信给任彩怡：“我可真的去了啊！”

任彩怡回复："去吧！我不看就是了。"

叶晨枫："该吃醋就吃，别忍着。"

任彩怡："放心，懂事归懂事，醋，我还是要吃的。"

叶晨枫满意地关上手机，坐在自己的保姆车上，笑着。他想，这也算是他们之间的默契吧。

节目拍摄现场，Milky 穿着干净的白色 T 恤和短裤，长发精心编成了小辫子，斜在耳畔，看上去清爽自然，青春靓丽。叶晨枫则是一贯的简约风格，黑色的短袖上衣上绣着一根白色的羽毛，他的心情很好，嘴角带着若有若无的笑意。

主持人显然注意到了叶晨枫的心情不错，于是趁机发问："小叶心情不错，是因为和 Milky 一起上节目吗？"

一旁的 Milky 保持着甜美的微笑，紧张地等待着叶晨枫的回答，不知他是否还会像上次一样给面子。

叶晨枫则傻笑着说："是吗？心情好，有这么明显吗？"

这话说得模棱两可，还好没有当众否认，Milky 稍稍放下心来。

主持人则是一副不套出点新闻话题来就不罢休的态势，继续问道："两人今天的打扮都很养眼，看起来很有 CP 感，你们对对方今天的穿着打扮还满意吗？互相点评一下可以吗？"

Milky 先回答："当然满意啊，晨枫哥人帅，穿什么都好看。"

主持人继续打趣："果然是情人眼里出西施。那小叶呢，对 Milky 今天的装扮满意吗？"

闻言，Milky 又高度警觉起来。叶晨枫没有马上回答，也没有看身边的 Milky，只是傻傻地笑着。

在主持人的又一次追问下，他才仿佛缓过神来，淡定地说："不错啊，不过，我喜欢的女孩还是应该有一头乌黑靓丽的长发，时不时扎个马尾什么的最好。"

顿时，台上台下一片口哨声，Milky今天的头发染了栗色，而且是卷发。

这种直接打脸的行为，让台上台下的工作人员都有些措手不及。Milky尴尬地站在那里，主持人连忙救场："您这是在向华仔致敬吗？"

叶晨枫好像知道自己又闯祸了，转头看了看身边已被气得嘴唇发白的Milky和台下交头接耳的工作人员，伸出手指放在嘴边做了一个"嘘"的动作，故意压低声音，说："哈哈，是吧，我只是说大部分人可能喜欢黑长发的女孩，Milky以前也是黑发啊。"

Milky只能尴尬地配合着说："是啊，晨枫哥记性真好。"

很快，叶晨枫喜欢女孩子留黑长发的消息就登上了热搜榜第一名。

刚下节目，温姐的电话就来了："我还以为上次我们聊完，你就可以让我省点心了。现在无数电话打过来，各路人马都想采访你，我的头都快大了，公司那边也在问，到底是什么情况。"

叶晨枫自然不想把任彩怡牵扯进来，他打着哈哈笑道："就是向前辈致敬啊，一个节目而已，这叫综艺感，上了热搜，你们应该高兴啊。"

温姐呵呵了两声，说："你当我是傻子啊，致敬！是啊，省了买热搜的钱了，希望老板能看在钱的分上不跟你计较。"

"哎呀，我肚子疼，去上洗手间了啊。"叶晨枫装傻。

温姐无奈地笑了，叮嘱道："你和Milky的CP策略没有几轮了，你再忍忍吧。而且，别怪我没有提醒你，Milky也不是简单的人，在公开场合，面子还是要给的，我也没让你私下里跟她过多来往。"

叶晨枫"哎哟"怪叫一声，说："知道了，我的姐，我到男厕所了，你要继续听声音吗？"

温姐嗔怪道："哎，无聊！"然后，挂了电话。

叶晨枫躲在卫生间里给任彩怡发微信："我可能又犯错误了，你可别骂我。"

任彩怡回复：“滚回来给我解释清楚，坦白从宽。”

叶晨枫：“遵命！”

把手机放在包里，任彩怡准备下班，就听一个清脆又娇滴滴的女声在耳畔响起：“彩怡姐，下班了吗？”

任彩怡抬头一看，竟然是Milky。

任彩怡和Milky虽然在同一公司，可是基本算是两条平行线，毫无交集。她应该是刚刚结束跟叶晨枫一起的通告吧。任彩怡努力牵动着嘴角，给了Milky一个笑容，轻声问：“马上就下班了，有事吗？”

“太巧了，我们顺路，一起走吧，还可以聊会儿天。”Milky盈盈地笑着，眼神里却闪过复杂的内容，她说得虽柔和，却不容拒绝。

不知为什么，任彩怡的心里有一种不祥的预感。她拿起杯子喝了两口水，也没来得及想自己跟她是不是真的顺路，便鬼使神差地点点头，顺从地拿起包包，跟着Milky走出了公司，径直上了她的车。

Milky的车子不急不缓地在路上行驶着，两人好像都没有在乎车子到底要开向什么地方。车里一阵死寂，任彩怡不知道说点什么才好，这样一直不说话，很尴尬，总该说点什么吧。

她还没来得及开口，Milky就抢先发出了感慨：“彩怡姐，你的头发又黑又亮，真好看，一定常常护理吧？”

“啊！没有啊。只是很少折腾。”她这客套的开场白搞得任彩怡一脸茫然。

Milky突然在路边的隐蔽处停了车，这让任彩怡更加紧张起来。她说：“彩怡姐，其实，有件事我想请你帮忙。”

任彩怡感觉Milky所说的事情可能跟刚才叶晨枫提到的那个“错误”有关，想到这些，她镇定了一下，说：“客气了，有什么能帮你的？”

“彩怡姐聪慧过人，又是李总的得力助手，我呢，是晚辈，这个忙还真的只能你来帮。”Milky脆生生地笑着，红唇轻启，音色娇柔。

李总都搬出来了，她想说什么，任彩怡心里也差不多有点数了，说：“有什么话，不妨直说。”

Milky从包里拿出一沓照片，又打开手机，开始放一段视频。随着视频的播放，任彩怡的心咯噔一声，不安起来。

叶晨枫熟悉的身影出现在画面上，他戴着墨镜和帽子，帽檐压得很低，身手敏捷地从围栏上翻过去。很快，任彩怡家昏黄的灯光亮了起来。画面又转换到第二天早上，叶晨枫从小区的大门安然走出来，迅速消失在人群中。

尽管叶晨枫全副武装，可是，熟悉他的人，都会一眼就认出他。

任彩怡定了定神，镇静地说：“你给我看这个是什么意思？”

Milky眉毛一挑，说：“姐，你是笑话我的人拍的视频不清楚是吧，嗯，的确是，我臭骂了他们一顿呢。不过，还有照片啊，就是这些，瞧瞧吧！”说着，她将那一沓照片推到任彩怡的面前。

从一开始，任彩怡就知道，总有一天，她和叶晨枫的事会被别人知道，只是，她没想到会是以这样的方式。

“所以，你想让我帮什么忙呢？”任彩怡微微一笑，强装淡定，没有辩解。

Milky笑着说：“彩怡姐，你真爽快。我只不过是刚出道的新人，想借着他的东风让自己人气上升一下，过阵子，大家一拍两散，他是喜欢黑长发还是喜欢黑猩猩，都不关我的事。而且，粉丝都认定我和叶晨枫是情侣，如果这段视频和这些照片不小心被谁发到网上的话，劈腿的那个人会不会遭到大家的谴责就真不得而知了。谁知道呢？也许他运气好，粉丝都不介意他是渣男哦。”

Milky的声音柔柔的，语调却时高时低，把问题的利害都说到位了。

听完她的话，任彩怡呵呵一笑，原来现在的小女生已经这么厉害了，想想自己这个年纪的时候，就跟个傻子一样。

“所以，你是想让我劝劝叶晨枫，让他好好跟你演完这场戏吗？”

任彩怡问。

“我想，我这个诉求应该不过分吧。彩怡姐既然跟枫哥关系这么特别，我也不是那种非要破坏人家关系的人，只是特殊时期，求姐姐让枫哥多多配合，多多给妹妹留面子就好。”Milky 一副楚楚可怜的样子，说完便抓住了一旁任彩怡的手，特别真诚地看着她。

任彩怡被她的行为惊了一下，比起刚才还咄咄逼人的态度来，此刻 Milky 的小可怜状更让任彩怡不舒服。

抽回自己被抓着的手，任彩怡微笑着说：“对不起，我想我可能帮不了你。”

Milky 一愣，没想到她会这么干脆地拒绝。她问：“为什么？”

“首先，我不认为你找人跟踪偷拍是对的，不管你拍到什么，我都有权利鄙视这种行为；第二，不管我跟叶晨枫是什么关系，他的工作，我不会干涉，他愿意配合就去做，他不愿意做的事情，我都不会勉强他，他有他的自由，他有他的选择；第三，如果你真的把偷拍的东西散播出去，我会跟他一起来面对，因为我知道他宁愿我跟他并肩作战，也不希望我是那个跟别人一起勉强他‘配合’的人。”

Milky 认真地听任彩怡说完，有点不敢相信自己的耳朵。紧接着，她收起自己可怜的样子，对任彩怡说：“你承认你们的关系了是吗？你的回答是认真的吗？”

任彩怡轻蔑一笑，说：“我有必要跟你承认或否认什么吗？对不起，我觉得我该下车了，想必今天你也不是真的跟我顺路。”说完，她便拿起自己的包，开门下了车，头也不回地走出了 Milky 的视线。

对于 Milky 来说，这大概是最糟糕的一天吧。半晌后，她仍愣愣地坐在车里，两腿僵直，好像已经忘了怎么发动车子，手里紧紧握着那几张照片，一副非常不甘心的样子。

第十二章
谁没年轻过？你老过吗

任彩怡浑身乏力，两条腿像灌满了铅一样沉重，四仰八叉地躺在床上，也不知道自己怎么回到家的。

Milky突然摊牌，让她始料未及，但她的应对让她自己都感到惊讶，那一瞬间，她不知道自己哪来的勇气，就这么承认了。如果再给她更多的思考时间，她是不是就害怕，就退缩了？

想着想着，时光像是倒流数十年，回到从前：那时，在那座小城市，她是邻居眼中品学兼优的好孩子，父母和睦，家庭幸福。

只是，世事不由人……

“唉！”她长叹一声，如果不是当年那次意外，自己也定会如爸妈期望的那般，考上好大学，工作和感情都更平淡更稳定，这样的生活是不是会更好？

七七八八地又瞎想了一阵子，她干脆起床往电饭锅里添水，放一点米，开始熬粥，心想：吃饱了再战，那些小女生，姐姐我没什么怕的。

小米粥的清香在小小的屋子里四处飘荡，任彩怡从冰箱里拿出仅存的食物，开始一个人吃饭。吃完饭，她又继续躺回床上，藏着满怀的心事，竟然昏沉沉地睡着了。

睡眼蒙眬中，她感觉有人在她的脸上印了一个吻，对方的唇轻柔又炙热。这一吻让任彩怡放松了紧绷着的心弦，她翻了个身，四肢舒展。不料，右边的脸颊又被那股熟悉的气息包围，她一惊，醒了。

叶晨枫从身后拥着她，坏坏地问："这么早就睡了，做什么美梦呢？"

任彩怡自然不会告诉叶晨枫关于 Milky 的事情，她主动抱着他，深深吸了一口气。

叶晨枫的周身散发出炙热的气息，丝丝缕缕的青草味窜进她的鼻孔。任彩怡有一肚子的话要说，又不知从何说起，她咽了一口唾液，说："是啊，春梦了无痕！"

"哦，那我陪你继续？"说着，他便钻进任彩怡的被窝。

"你饿吗？"任彩怡突然问。

"饿！饿得可以把你吃下去。"叶晨枫的嘴角露出孩子气的笑容。

任彩怡揉了揉眼睛，笑了笑，起身拉着他径直到厨房。

看到锅里还在冒着热气的小米粥，叶晨枫随即发出一声赞叹："呀，我正想喝小米粥，深得朕心啊，爱妃！"

任彩怡呵呵笑了下，说："清粥小菜，专治油嘴滑舌！"

叶晨枫端起碗，大口大口地吃着。

看着他的吃相，任彩怡实在无法把眼前这个人跟银幕上那个万众瞩目的偶像联系在一起，又觉得眼前这个有烟火气的男人，真的好过别人眼中那个光芒四射的偶像。

她伸手摸摸他的头发，温柔地说："我已经知道你今天犯下的大错是什么了。"

叶晨枫缓缓回头，眼神里有一丝期盼，问："那你要骂我吗？"

下了节目，各路人马的问询让他头疼不已。可是，只要一想到任彩怡，他的心头仍旧甜蜜不已。

任彩怡轻叹一声，说："我骂你有用吗？"

"没用！"叶晨枫拉起她的手，坚定地说。

“所以，我也没必要自讨没趣了。”任彩怡甜甜地笑着。

叶晨枫凑过去，在她的唇上轻轻一吻，然后悠悠地说：“懂事！不过，你是不是有件事也要跟我说一下？”

“我有什么事？”莫非他又听了什么八卦？任彩怡想。

“李总为你安排相亲的事啊。”叶晨枫说这句话的时候，眼睛里分明的有一丝嫉妒和不爽。

任彩怡无奈地摇了摇头，果然，世上没有不透风的墙。她不清楚是谁把这件事情告诉叶晨枫的，只是情不自禁地辩解道：“什么相亲？绝对虚构，如有雷同，纯属巧合！”

昏暗的灯光下，叶晨枫的眸子里流转着五彩斑斓的光芒，他又喝了一口粥，淡淡地说：“是吗？”

任彩怡坐直身体，脸上露出倔强的表情，说：“爱信不信！”

“哦，我好像记得你曾经跟我说过你去参加一个相亲局，原来是真的。听说对方还是个大人物吧？”叶晨枫仍然故意摆出一副质问的状态。

今天身旁工作人员讨论这件事情的时候，他就有点想爆炸，还好温姐在一旁拉住了他。

“干吗？好像今天犯错的人是你吧，怎么换你质问起我来了？”任彩怡的心情也有点不好了。

叶晨枫有些不悦地反问：“我女朋友挂着单身的招牌，被安排相亲，我问问都不行啊？”

“有些事，当故事听听就算了，要不要这么当真啊，小朋友？”任彩怡知道他吃醋了，还是忍不住想逗逗他。

叶晨枫放下手里的碗，气鼓鼓地说：“我就是想听你说一句‘我才不会喜欢那个老家伙’，不行吗？”

叶晨枫的这句话让任彩怡莫名觉得好笑，她说：“我为什么要那么说人家？你年轻就了不起啊，谁没年轻过？你老过吗？”

叶晨枫还没找到反驳的话语，任彩怡继续道：“我也是老人家，有本事你别喜欢我啊！”

“我喜欢是我的事，你不行，你只能喜欢我！”

“你……幼稚！”

“你又这么说我！”

“对，我现在是这么认为的。”任彩怡没有退让，她明明没有做错，一定要说年龄，反而会磕到她的心坎上。

叶晨枫大概也知道自己说错话了，只是在醋意的支配下，他也倔强了起来，说：“我说他老，你生气了吗？”

这句话才是真的惹恼了任彩怡，她一把夺过叶晨枫面前的碗，说：“太可笑了。对，我是生气了，你走吧，别喝我的粥了，我们这些老人家做的饭，不合你们小年轻的胃口。”

叶晨枫先是一惊，他知道自己踩到雷了，却不知道为什么有一股气堵在那里。

本来今天在节目上呛了那些“安排”，他感觉特别舒畅，回来还想讨个好，可当他听到大家都在谈论任彩怡跟一个媒体大佬相了亲的事情后，心情又瞬间低到谷底。内心那个一直不知怎么启口的秘密也一直折磨着他，让他特别没有安全感。

叶晨枫站起身来，赌气道：“不吃就不吃，走就走。”

他眼眸深处似乎含着一块冰，目光凉飕飕地朝着任彩怡飞驰过来。他走向门口，慢慢地穿好鞋，等着任彩怡走过来拦住他。可是直到他走了出去，关上了门，也没等来任彩怡的一句话。

听到关门声，任彩怡坐下来，自言自语：“任彩怡啊任彩怡，你一个快奔三的人了，怎么会跟他这种小孩吵这么幼稚的架？丢不丢人啊？你就不能让着他吗？”转念一想，不对，他没尊老，凭什么她要爱幼？

她拿起他的碗，把碗里剩下的粥一下子倒在垃圾桶里，心想，小屁孩，肯定不到一秒钟就又回来了。不料，一切旋即恢复到静默的状态中，时间分分秒秒过去了，叶晨枫真的没有再回来。

她还没来得及告诉叶晨枫，Milky 手里掌握了照片和视频，但是，如果他知道了这些，依他的脾气，不知道又要闹出什么事来。

任彩怡的脑子里乱糟糟的，拿起手机给叶晨枫发了一条信息："我觉得我们的事应该有人知道了，你自己小心点吧。"

叶晨枫回复："知道就知道，我就是你的正牌男友，早晚让他们知道。"

任彩怡看着信息，哭笑不得。

杨玥约任彩怡下班后一起逛街，这倒是奇怪了，自从和裴志新同居后，这姑娘很快适应了二人世界，每天在柴米油盐里忙忙碌碌，已经好一阵子没有约任彩怡聚会了。

"真不愧是好姐妹，我正想你呢，你就约我了！"任彩怡咯咯地笑。

杨玥"嘿嘿"两声："必须的，你们家叶晨枫在电视节目上公开对你示爱，简直让一帮女人妒忌疯了！我一定要和你八卦一下这件事儿，哈哈哈！"

提起叶晨枫，任彩怡马上蔫了，怏怏地回答："见面说吧。"

她从卫生间回到工位上，李总的办公室里传出一阵爽朗的笑声。随即，李总和白知行走了出来。

白知行今天穿了一件宝蓝色的衬衫，深沉又带着一点妖艳。这个人总是神出鬼没的，什么时候来的，她竟然不知道。任彩怡抿嘴一笑，欠了欠身，算是问候。

"彩怡，晚上和我们一起吃饭吧？"李总笑容可掬地问。

任彩怡"呃"了一声，适时把犹豫的姿态摆了出来。

没等李总说话，白知行就笑着说："不用说，看上去已经有约了，我们就别骚扰人家了。"

李总问："有约了？"

任彩怡此时此刻特别想和杨玥见面，特别想找一家舒适的烧烤店，喝点小酒，借着酒劲儿把憋在肚子里的话都说出来。所以，她嘴角往上扬起，露出一个歉意的笑容：“的确有约了，女人的聚会，八卦的聚会。”

李总倒是不强求，耸耸肩，笑了笑，说：“好吧，朋友真多，下次一定提前定下你的档期。”

白知行走远了几步，又回头，用眼角的余光上下打量她，似笑非笑地点点头，然后，进了电梯间。

杨玥单位附近新开了一家烧烤城，古色古香的风格，服务生都穿着汉服，门口挂着红色的灯笼。

“为了你的心情，我决定豁出去了，明知道这里贵得要命，还要强撑着来请你吃一顿！”杨玥穿了一条雪纺碎花长裙，看上去女人味十足。

任彩怡奇怪地问：“是什么样的力量让你下班之后换掉工装，又换上了裙子呢？哦哟，肯定不是我！”

杨玥撇撇嘴，笑了，低声说：“我下班之后去相亲了，嘘，千万不能让裴志新知道！”

“啊，什么情况？你终于下决心要离开他了？”任彩怡吃惊不小。

杨玥喝了一口啤酒，“啧啧”两声，说：“什么叫终于啊？意思是我早就应该离开他了？”

任彩怡端起啤酒一饮而尽，又满上，点点杨玥的额头，说：“你一开始就不该跟他在一起！”

“说得对！”杨玥难得在这个问题上跟任彩怡统一战线，“家里催着让结婚，裴志新还是那个德行。我都二十九岁了，马上三十岁的人了，再不结婚，生孩子就很累了。他呢，我只要一催，他就说，这不挺好的吗？干吗为那一张纸劳神呢？而且我也不想要孩子……”杨玥边喝酒边笑，笑着笑着，眼泪都出来了，“你说，这是不是放屁的话？敢情我是免费陪吃陪喝陪睡的？男人怎么能这么自私呢？我姨妈托人给我介绍了一个对象，我一气之下就去了。要是有合适的，我真把这个婚给结了，吓死他裴志新！”

任彩怡吃着烤肉串，五味杂陈，杨玥的话句句说在她心坎上。再想想自己和叶晨枫，如果恋情曝光，先不说双方家长会怎么看，估计叶晨枫的粉丝就会把她灭了！

想到这儿，她笑了，说："说得也是，有人介绍对象就去看看，别把自个儿耽误了。不像我，犯糊涂和小鲜肉谈恋爱，谁知道哪天我成了大妈，人家还要不要我呢。"

"你们俩吵架了？"杨玥正对着烤羊肉串大快朵颐，一听这话，即刻停了下来。

任彩怡想了想，还是决定不告诉杨玥这其中的缘由，圈子里的事情太复杂了，说出口只能惹来更多的烦恼。她举起酒杯，说："来，为我们的友谊干杯，赶明儿你要是比我先嫁出去，我一定封你一个大红包！"

"哈哈哈，说定了啊。先透露一下数字，激励一下我嫁人的决心呗？"杨玥一听到钱，立刻两眼放光，时刻不忘财迷本色。

任彩怡呵呵地笑着，伸出一个手指头。

"一千？"

"不对。"

"一万？"

"不对！"

"那多少啊？"杨玥急了。

任彩怡的肚子都快笑疼了，吐出两个字："一毛！"

杨玥哈哈大笑，上前对着任彩怡伸出手："挠痒痒，挠痒痒，挠你！"

两个人边吃边笑，好像一切烦恼在吃吃喝喝中都会烟消云散。其实，谁都明白，笑完了，还得回到各自的轨道上，继续往前。

随着真人秀节目的火爆，叶晨枫屡屡接到邀约，公司内部也产生分歧，一些人支持叶晨枫参加综艺节目，增加曝光率，好让人气持续上涨；另外一部分人则认为艺人还得靠作品说话，这样才能脚踏实地在这一行走下去。

而任彩怡在工作之余，则失神地对着叶晨枫的微信朋友圈发呆——他什么也没发，在黑和白的光阴里，像是这个男人从未来到自己的生命中一样。

他过得好吗？心情如何？还在闹脾气吗？她想知道关于他的一切，只是自从那天吵架之后，两人就不再互相问候。

她只知道叶晨枫跟随真人秀节目组到国外去录节目了。她暗自生气：又跟姐姐玩消失，害我牵肠挂肚还不自知，良心大概是被狗吃了。

叶晨枫参加的这档通过旅行来表现明星日常生活的真人秀节目屡屡登上热搜榜单，节目组非常擅于制造话题，凡是参加这档节目的嘉宾，人气都有不同程度的上涨。

温姐几次在李总办公室长谈，很快，公司决定力推Milky也加盟这档节目。虽然只作为嘉宾参加某一期的录制，但因为她是叶晨枫的绯闻女友，所以，非常受关注。

很快，节目组最新花絮曝光，登山时，叶晨枫微笑着主动伸出手拉Milky的一组画面让粉丝产生各种联想。

任彩怡终于忍不住了，发了一条信息给他：“看你过得不错，我就放心了，千万别联系我，我一点也不想你。”

以往，她若是主动一次，他就高兴得像个孩子，一定会主动汇报自己的各种情况。这一次，任彩怡一秒钟看一次手机，焦灼地盯着屏幕，叶晨枫却像是人间蒸发一样，没有任何消息。

是她说得还不够明显吗？叶晨枫的智商低到连反话都听不懂了吗？

晚上，任彩怡躺在床上，胸口闷闷的。

按理说，叶晨枫肯配合录制和Milky在一起的画面，让粉丝理所当然地认为Milky是叶晨枫的真命天女，让曝光率增强了，人气直线上升，公司上下都安心了，任彩怡也应该安心才是，至少这样能让Milky暂时收起自己手上的料，不是挺好的吗？可是，不知道为什么，她就是无法安心，一直在床上翻来覆去，睡不着。夜半时分，有人轻轻开门。任彩怡吓了一跳，拉了拉被子盖住自己，低声问：“谁？”

门开了，一个熟悉的人影迅速进了屋，关上了门。他站在门边，说：“除了我，还有谁有钥匙开得了你家的门？”

任彩怡又惊又喜，泪水在眼眶中打转，却又忍不住强硬地说：“站在那里跟个傻子一样，怎么不过来？怕我打你？”

叶晨枫“哦”了一声，便走了过来。任彩怡没有说话，只是一把抱住了他。

叶晨枫一动不动，轻声说：“你干脆打我好了，可能我会好过点。”

“好啊。”说着，任彩怡轻轻地在他脸上拍了几下。

叶晨枫没有躲，只是委屈地看着她：“打得好。你知道吗？我差点就不敢回来了，我知道我那天说错话了，也知道你是真的生气了。这些天我后悔死了，你都不知道我是怎么过来的，特别怕你真的觉得我幼稚可笑，不要我了。”说完，叶晨枫把头靠在了任彩怡的肩膀上。

任彩怡叹了口气，语重心长地说：“知错能改，善莫大焉。”

“你还要我是吗？我发誓，我不会再乱吃醋了。”

“改错归改错，醋还是要吃的，只是别吃莫名其妙的醋。”

“哦，那你原谅我了？”

“你不再疑神疑鬼，我就原谅你。”

“放心，我不会再怀疑了。我深知你不会喜欢他们的，他们也肯定没有我这么爱你。”叶晨枫坚定地说。

任彩怡“扑哧”一下笑了，用手指轻轻点了点他的头，说：“你哪来的自信啊？”

“虽然我没有自信让你一直爱我，但我有自信每一天爱你更多。”叶晨枫抓住她的手，特别认真地说。

任彩怡甜甜地笑了，不好意思地说：“你这个人，甜言蜜语永远说得这么顺，就是脑子偶尔不转弯。”

“谁说的！收到你的微信，我下了飞机就过来了，别以为我不明白你的意思，想我就直说嘛，你的脑子未免也拐太多弯了吧。”

说话间，叶晨枫滚烫的吻已经如雨点般落在任彩怡的脸颊上。

他抱着她，将她轻柔地放在床上，随即覆盖上自己的唇。而她，闭上眼睛，在周身炽热的温度里勾住他的脖子，主动将嘴唇贴上去。

他突然想到了什么，贴着任彩怡的嘴巴嘀咕了一句：“你上次说谁已经知道了我俩的事情？”

任彩怡哪忍心在这个时候让他担心？她不由得甜甜一笑，轻声说：“我瞎猜的，女人嘛，想得比较多！”

第十三章
人生是一场兵荒马乱的修行

叶晨枫对着窗外发呆，他像猫一样缩在躺椅上，目光迷离。

温姐推开门，若有所思地问：“我看你现在的状态，像个失去理智的傻子一样。”

“我确定是她，真的。我喜欢她黑色的头发，头发上米色的皮筋，或者黄色的包包，五彩斑斓，美妙极了。”叶晨枫像是喃喃自语。

温姐沉默片刻，呵呵两声，说：“如果她知道你是谁，你还会觉得美妙吗？”

叶晨枫叹了口气，说：“总有一天，我会亲口告诉她的，我会想尽一切办法求得她的原谅。”

温姐看着手机，忽然，眉头紧皱，声音提高了几个分贝，含着一丝怒意，说：“看看你们干的好事，我又得忙了！”

叶晨枫接过手机一看，瞬间傻了眼。某个八卦自媒体独家曝光了他和任彩怡在一起的照片，标题极度吸引眼球：叶晨枫疑似劈腿，神秘女友曝光，Milky 惨遭打脸……

照片显然是近距离拍摄的，照片中的任彩怡虽然只露了半张脸，但因为是素颜，再加上抓拍的角度，看上去神情萎靡不振。

距离文章发布仅仅过了半个小时，阅读量已经超过了十万，微博上也在热火朝天地讨论叶晨枫的神秘女友。每一分钟，关于任彩怡的身份、背景、年龄等信息，都有人在不断爆料。

叶晨枫口干舌燥地对温姐说："快，让这个公众号删掉文章！"

温姐冷冷地说："现在知道着急了，总让我干这种收拾烂摊子的事儿！我早就想到会有这一天了，现在的媒体那么发达，你真以为你自己有本事一手遮天啊？都传播成这样了，还删什么文章……"

"那怎么办？"叶晨枫急得红了脸。

"不怎么办，既然已经这样了，只能静观其变。"温姐说完，叫来了莹莹，吩咐整个宣传部马上开会，研究事态，联系媒体，商量公关对策。

叶晨枫一个箭步跳下躺椅，准备出门，被温姐叫住了。她呵斥道："到哪儿去？马上就要去机场了，水果台的通告难道是你想推就能推掉的吗？这么任性，怎么能成事？"

"这么任性，怎么能成事"这句话如惊雷一般炸得叶晨枫的耳边轰隆作响，他的手抖了一下，心想，自己作为一个男人，竟然无法保护她，除了叮嘱她、安慰她，还能怎样？

现在确实不是任性的时候，想到这儿，他迅速给任彩怡发了一条信息："别上网，别看那些评论，你按兵不动就好，我们这边来解决，放心！"

任彩怡气喘吁吁地赶到公司坐下时，手机轻轻发出"嘟"的一声，她一看，是白知行的问候信息："天热，多喝开水，遇事不要着急，容易上火。"

自从上次相亲闹乌龙之后，她每每在公司见到白知行还是有些尴尬。大概是李总把她的拒绝转达给白知行了吧，他再也没有主动联系过她，今天这条信息发得有些莫名其妙。

刚想客客气气地回复他，手机又是"嘟"的一声，任彩怡看到叶晨枫的信息，顿时慌了神。

她点开网页一看，尽管公众号已经删除了文章，可微博已经炸开锅，她的照片被曝光，信息也被人肉搜索出来，无数叶晨枫的粉丝在骂这个叫任彩怡的老女人：老牛吃嫩草，不知羞耻，小三……

她的太阳穴一阵抽疼，知道这一天早晚会来，只是没想到来得这么快，这么让人没有防备。这时，李总喊了一声：“彩怡，倒杯水！”

“好的！”任彩怡平复了一下心情，关上电脑，不去想网上那些对自己的各种羞辱和谩骂，她后悔没听叶晨枫的话。

任彩怡恍恍惚惚地倒了杯茶送到李总面前，看李总的表情就知道他显然已经知道了所有的情况。

“你不想跟我交代点什么吗？”李总开门见山，容不得任彩怡跟他打哈哈。

“您现在是用老板的身份还是家长的身份问我啊？”任彩怡不敢抬眼看他。

“作为老板，我第一时间就应该开了你，然后公司通报批评！”

“那我现在就收拾东西走人！”任彩怡一副转身要离开的架势。

“翅膀硬了啊！”李总一声吼，吓住了她。

任彩怡慢慢又转身回来，嘟囔道：“那我能怎么办啊？是您摆起老板架子的。”

“看来，我要检讨一下，平时对你太好了。你竟然有这么大的胆子，在我眼皮子底下干这种事。”

任彩怡习惯了跟李总平等式的对话，看到他这么严肃，她还是有些紧张：“老板，您不用检讨，我不是不愿意交代，如果现在您可以转换成朋友的身份，我倒是愿意坦白从宽。”

“说吧，还敢那么多要求。”

李总慢慢平静下来，强迫自己耐心地听完了叶晨枫和任彩怡的故事。

千想万想，他也没有想到自己傲娇的女助理竟然被一个毛头小子收了，这让作为成熟男人的他感到挫败。

抛开叶晨枫艺人的身份不说，单是他的年龄已经让李总觉得不靠谱了，任彩怡倒是一副不撞南墙不回头的架势。

“我看你是在娱乐圈待久了，自己也成了脑残粉。年龄也不小了，还搞这些不切实际的东西。”李总的态度很明确，不看好，不鼓励，不支持。

“我不脑残，也不追星，只不过是谈个恋爱，只不过恰好他是个比我年纪小的演员。老大，我知道，无论作为老板还是朋友，您都不会支持。本来我是想找个合适的机会跟您说的，而且希望您能抱着理解的心情，帮我暂时保守秘密，如果能装作不知道最好，我也会保证不影响工作。当然，也请您不要为难叶晨枫，毕竟他还能帮公司赚钱。”

任彩怡其实并不担心自己的处境，李总还是个讲情分的人，她更担心比自己更加义无反顾的叶晨枫。她深信，如果公司要拿这件事与叶晨枫的演艺事业来谈判，那个愣头小子肯定会毫不犹豫地自断前程。

“保守秘密？这个世界上根本就不可能有秘密，一切秘密都有大白天下的时候。比如现在，你打算怎么办？等着被大众的口水淹死吗？”

任彩怡低着头，不说话，深知自己现在已经是半死的状态了。

李总还是有些人情味的，他接着说：“你还替别人操心，怕我为难他，他有一大帮粉丝护着呢，你有什么啊？你们这些小丫头片子最容易以貌取人，哼，这个看脸的社会！”

“这话说得还真像我老爸，您放心，如果哪天我受伤害了，肯定到您这儿哭诉，让您帮我把那小子毁得一塌糊涂。”

适当地撒娇是对付长辈的最好方式。李总看着任彩怡，摇了摇头，叹了口气，温和地说：“去吧，我放你一天假，回去好好想想怎么收拾自己的烂摊子！”

任彩怡愣愣地看着李总，心里清楚这是要让她暂时回家避避风头，总比在公司里面对无数双八卦的眼睛要好得多。此刻，她心里有了一丝愧疚。

“对不起，给您添麻烦了！”

她知道网上一定会曝出她的职业、公司，会有各路人马打探消息，一定也会给李总和公司带来很多麻烦。

李总笑了笑，眼圈有点发黑，他往后拢了拢头发，说：“其实也不是什么大事，我是知道你的，剩下的事公司会处理，回去休息吧。”

任彩怡在公司所有人的关注下提前下了班，走到小区门口，还没反应过来，已经有几个女孩子跑过来质问：“请问你是任彩怡吗？你怎么能这样呢？你觉得你配得上小叶吗？”

在保安室门口聊天的几个邻居交头接耳，她没想到自己的住址竟然这么快就被人肉出来了。任彩怡低着头落荒而逃，一路小跑冲到家里，这才松了一口气。

网上的评论并没有因为删帖而终止，粉丝们义愤填膺地谴责任彩怡这个破坏叶晨枫和 Milky 之间感情的第三者，并且希望当事人出来说个清楚。

叶晨枫的微博没有发布任何看法，倒是 Milky 在自己的微博上贴了一张和叶晨枫参加活动的照片，俨然一副此时无声胜有声的状态。

任彩怡冷静下来，觉得事态可能远比她想象的要严重，果然最怕什么就会发生什么。

几年前，为了躲避周遭的非议，她逃到了 B 市，本以为这座大到让她觉得特别渺小的城市，可以保护她，可以让她踏踏实实地做一番事情，扬眉吐气，只是没想到中途出现了从来不在她人生计划里的叶晨枫，想躲都躲不掉。

她最不想要别人的关注，如今偏偏又站在了风口浪尖。

她这么想着，越想越坚定，这一切其实都是她自己的选择。如果不是当年非要帮那一家人，如果不是非要来 B 市，如果不是情不自禁地爱上叶晨枫，现在的任彩怡又会是怎样的呢？

恍恍惚惚地提起垃圾准备下楼扔掉，不料一开门就被无数镜头“噼噼啪啪”地对准，耳边传来时高时低的声音：

“请问您是叶晨枫的女朋友吗？”

“您能说说最中意叶晨枫哪个方面呢？”

“您对叶晨枫和 Milky 之间的交往怎么看？”

……

任彩怡来不及多想，使出浑身的力气，拼了命把人都推出去，关上门。

似乎从来没有这样疲倦过，胳膊酸软，头晕目眩，任彩怡坐在地上长舒一口气。手机响了，她一看，是白知行的来电，这才想起白天还没来得及回复他的问候。

“还好吗？”白知行的声音一贯平稳而温和。

任彩怡很老实地回答：“不太好。”

“需要我帮忙吗？”他的声音略带沙哑，但是很温柔。

“啊？”任彩怡有点没反应过来。

“我可以帮你。”白知行停顿了两秒钟，又缓缓地说，“如果你同意，我来安排，放心，不需要你出面。事情简单得很，我会放点我自己的消息出去，顺便买个热搜，转移公众注意力。怎么样，给我个机会上热搜吧？”

任彩怡还是不解，小声问：“你打算放什么消息？”病急乱投医，此刻，她也想得到他的帮助。

白知行反问：“这算是你对我的关心吗？”

“呃……我……”任彩怡一时语塞。

“你不用管我的消息，我们媒体人，每天真真假假的，都是家常便饭。”

“哦。那你为什么要帮我啊？”虽然嘴上这么问，但任彩怡心里已经笃定这是李总搬来的救兵。

白知行好半天没说话，忽然又说：“我们也是朋友啊，不是吗？好了，就这么定了！友情提示一下，你和他都在风口浪尖上，还是暂时保持距离为好。”

“你都不问问我这次的新闻是真是假吗？”

白知行叹了口气，说：“唉，我应该算个聪明人吧，自从李总转达了你的拒绝，我便知道你应该藏着更多故事。”

任彩怡没有说话，是啊，为什么要掩耳盗铃，觉得别人都是傻子呢？最傻的那个人明明就是自己。

透过百叶窗的缝隙，目光所及之处是一片阴郁，让任彩怡心里堵得慌。

她没有再追问白知行到底要怎么帮自己，就算病急乱投医吧，相信他，赌一把吧，难道还有比现在的情况更糟的吗？

杨玥的电话紧接着来了，她急切地问道：“老任，怎么样，还好吧？叶晨枫那些疯狂的粉丝没找你麻烦吧？”

任彩怡笑了：“放心，活着呢！”

“真的啊，你可别逞强，需要的话，我马上过去陪你。”

“真的，我要是挺不住了，一定拉你过来垫背。”

“万事有我，千万别怕。反正他们要是人肉你，早晚也会知道你有我这个好朋友。”

“我怎么听着觉得你巴不得自己也被人肉出来啊？”

“哇，这也许是我这辈子唯一能上热搜的机会了。”

短短一个小时内，有两个人用“上热搜”的理论把任彩怡逗乐了。在这种最坏的时刻，身边还有这样能让自己笑的朋友，也是一种幸运吧。

“上热搜之前，你还是先解决一下你自己的事吧。今天一忙乱，差点忘了告诉你，你家裴志新昨天堵在我们公司门口，问我知不知道你去相亲了。我避重就轻，问他一个男人不负责、不表态到底是什么意思，还说他如果不能给你幸福，就放手。他生气了，说女人都是势利鬼，然后就走了。”

杨玥“唉”了一声，说：“我对他真的有点失望了，什么时候是个头，随便他好了。”

结束和杨玥的通话之后，任彩怡从冰箱里拿出一瓶可乐，掀开盖子“咕嘟咕嘟”灌了几口。清凉的饮料从喉咙滑过，她心里咯噔一下，想起了什么似的，给 Milky 发信息：“他明明配合了，你不守约定。”

Milky 很快回复：“我一贯是个敢做敢当的人，这回不是我。”

任彩怡坐在沙发上，不知为什么，裴志新的样子从她脑海中跳了出来，他一脸怒气地对着她挥挥手，说：“你和杨玥串通一气，把我当猴耍，你给我等着！”

八卦新闻为什么会忽然冒出来？任彩怡心里有了头绪。她长舒一口气，心想：该来的总会到来！

上午从公司回来时，胸口被一块巨石堵着，喘不过气来。此时此刻，任彩怡索性拉开窗帘，把所有的窗户都打开。她想起十八岁那年的夏天，又想起自己一个人坐在开往 B 市的车上，一路颠簸，却从未后悔。

远处，天色骤变，一抹乌云压在半空中，像是要下雨了。一低头，眼泪“啪”地打在手机上，她擦掉眼泪，对着远方天空中灰白色的线条笑了。

白知行发来信息：“已经安排妥当，晚上关注我们杂志的公众平台。”

叶晨枫此刻和 Milky 坐在一家地中海风格餐厅的小院深处，四周都是高大的绿色植物，身后的篱笆墙上开满了喇叭花。

叶晨枫看着自己面前的一盘水果沙拉，感到索然无味，他知道，虽然温姐已经帮他挡下了所有的采访，但此时此刻，周围也一定埋伏了无数狗仔，他们需要及时捕获他和 Milky 的各种动作，要继续在这个“三角恋”上做文章。

Milky 努努嘴，示意叶晨枫夹一块火龙果给她，用极其细微的声音说：“那块红色的火龙果看上去不错。”

叶晨枫的叉子在盘子里胡乱摸索着，他的目光游移不定，盘子里的水果沙拉全部是灰色调的，不远处紫色的喇叭花也成了黑色的。

“你在干什么？”Milky瞪了他一眼，给他一个眼色，继续娇滴滴地笑着说，“我要吃这一块啦！”说着，她自己用叉子轻轻碰了碰他的盘子。

叶晨枫看着她，敷衍一笑，叉起一块喂到她嘴里。他仿佛看到镁光灯在闪烁，又好像听到手机拍照时发出的细微声音。

叶晨枫想到任彩怡，想到自己为她带来麻烦，而自己又什么都做不了，不由自主地舔了舔嘴唇，心想：这下，总算可以了吧。

果然，晚上，热搜排行榜上出现了狗仔队偷拍的叶晨枫夜会Milky的消息。画面上，叶晨枫和Milky亲昵互动，任凭谁看了，都会认为他们俩才是一对热恋中的情侣。

温姐的目光在手机屏上游移，良久后，她才语重心长地说：“和Milky之间的游戏很快会结束，你耐心等待就是了。要想变得强大，要想保护自己想保护的人，还是要拿作品说话，要努力，懂吗？”

叶晨枫迟疑了一下，说：“很抱歉，给你添麻烦了！”

“你就是我命中注定的劫，我估计上辈子欠你钱没还！”温姐挑挑眉，嘴角带着一丝不易察觉的微笑。

叶晨枫呵呵两声，盘算着找个合适的时机去找任彩怡。越是这个时候，他越是热切地渴望见到她。

“哦嚯。”忽然，温姐惊呼出声，原本云淡风轻的脸上流露出神秘的笑容。

叶晨枫居然从她的眸子里读出了欣赏，忍不住问：“发生了什么吗？”

“你瞧瞧，老总带出来的人就是不一样，轻松化解了这场危机，呵呵。”温姐开心地笑道。

叶晨枫的脑袋里“嗡”的一声，连忙看新闻，热搜榜已经出现了“谜之大叔”白知行的名字。再一看，《知行》杂志公众平台独家专访白知行，全方位解读“谜之大叔”的独特魅力，并且在文章末尾曝光了一组大叔的照片，还有一张白知行正牌女友任彩怡的照片。

图片中的白知行穿着一身剪裁合体的格纹西装，浅浅一笑，笑容里的一点点孩子气，奇妙地与他写满阅历的脸融合，目光中有历经沧桑之后的沉静和澄澈，像是透过满眼的喧嚣和繁华诉说半生的颠沛流离。

而照片上的任彩怡是化了妆的，照片也经过精修，她明眸善睐，像一株带着晨露的雏菊，清新迷人。这张照片，他在她的朋友圈见过。

网友们大呼：

“白知行大叔帅得令人流鼻血。”

“像白知行这样的男人给我来一打。”

……

还有人跑去第一狗仔的微博下面骂道：“要你是干什么吃的？这么帅的大叔竟然才曝光出来！谁说任彩怡是叶晨枫的谁谁谁？人家明明是‘谜之大叔’的女朋友嘛！”

叶晨枫咽了一口唾液，他的手指在任彩怡的照片上划来划去，他敏锐地觉得这件事肯定是针对八卦新闻的一种回应。可是，看到任彩怡以白知行的女友身份出现，他的心脏仍然感到抽疼，他下意识地咬着嘴唇，怅然若失。

人生有很多可能性，就像叶晨枫从未预想过有一天，他还会和她再次见面，他会爱上她，想和她一生一世。

人生也有很多不可知的因素，不以人的意志为转移，就像叶晨枫此时多么想跳出来大喊“我才是任彩怡的男朋友，她是我的女人”，但是，他不能这么做，他只能眼睁睁地看着她和另外一个男人演戏。

想到她此刻被别人保护着，叶晨枫心里五味杂陈。

“我要去和她说清楚！”叶晨枫嚯地起身，就想推门而出。

“站住！”温姐厉声制止了他。

“你胡闹什么？你现在自己送上门去，要跟记者怎么说？现在的状况不是挺好吗？你不是什么‘劈腿男’，大家也不再骂她了，你应该高兴啊。”

“我……”叶晨枫攥紧了拳头。

“你什么？圈子里竞争这么激烈，少你一个叶晨枫，很快会出现李晨枫、王晨枫，而你是谁，要到哪里去，最终会怎样，没有人关心，知道吗？你妈妈多辛苦才和你一起到了英国，你没忘吧？”温姐起身走到叶晨枫身边，在他的肩膀上轻轻拍了拍。

叶晨枫的脸抽搐了一下，他当然知道自己多辛苦才走到今天这一步的，可是……

夜晚的风冰凉彻骨，灯火阑珊处，叶晨枫一个人走着。为了避风头，他不能去任彩怡那里，不知不觉，他走到了林超的工作室。

“能大半夜跑这儿来的，只有你了！”林超举了举手中的易拉罐，“啤酒，喝吗？”

“当然！”叶晨枫笑了，大踏步走进去，关上门。

黑白是我的世界
直到看见你出现
才发现小小改变
无意中我红了眼

这些年好久不见
原来一切还没变
是我怕让你看见
我已不再如从前

遇见你花光我这辈子所有运气
是你让我渐渐学会不放弃
雨过后的晴天
不会再说再见
我们笑得很甜

拥有你等于拥有全世界
请闭上眼让我再用力爱一遍
雨过后的晴天
不会再说再见
紧紧拥抱你
亲吻你微笑的脸
愿付出一切

叶晨枫喝完啤酒，低声吟唱着这首写给任彩怡的歌，他鼻子发酸，低着头，对着自己的脚尖发呆。

“有事？”林超问。

“我想抓住她，却像不受控制一样，滑出轨道。”叶晨枫若有所思地说。

沉默了几秒钟，林超幽幽地说：“有人推荐我演一个小角色，我不想去，我只想唱歌，不过还是硬着头皮去试了试。你猜对方怎么说？说我没什么存在感！”他面无表情，就像是在说另外一个人的事。

叶晨枫苦笑着说：“这个圈子需要绯闻，需要曝光率，需要热度，不管是好的还是坏的，出名就是成功，呵呵。有时，我也想逃离这个圈子！特别是最近，几乎想放弃了。”

“想带着她远走高飞吗？”林超笑了笑，“你这个幼稚的家伙！”

“是啊，她也总说我幼稚！可是，我真的想带她走，只有面对着她，我的世界才是彩色的。你体会不到那种感受，像脱胎换骨一样。”脑海中浮现出任彩怡的脸，叶晨枫轻轻地笑了。

林超安静地看着叶晨枫，似乎在想着什么，沉吟片刻，他问：“这么爱吗？”

叶晨枫脱口而出：“是的，刻骨铭心。”

紧接着，他拿出手机，发微信给她：“我想你！”

她回复得很快：“我也想你！”

李总约了任彩怡上班之前喝早茶，她心里清楚他到底想谈些什么。其实刚看到白知行放出的消息时，她也惊得差点摔了手机，那一刻真觉得自己是一朵影视剧里最大的白莲花。

任彩怡到茶楼时，李总已经等在那里了。他穿了一件淡蓝色的衬衫，胡子刮得很干净，下巴圆润，眸子清亮，显得气色很好。

“坐！广式早茶挺不错，我们好久没在一起聊天了。”李总对着任彩怡别有深意地一笑。

任彩怡“哦”了一声，小声提醒：“老大，我们俩难道都要迟到吗？你这是拐带下属一起违规啊！”

“偶尔为之，不为过。”李总端起茶杯抿了一小口。

她知道他想问什么，可他偏生不提，只是一脸坏笑。任彩怡心想：这是又想让我主动汇报思想动态啊。

她清了清嗓子，毫不客气地往嘴巴里塞了一个蟹黄包，脑子里酝酿了好半天词汇，准备先下手为强。

李总对着任彩怡大笑，递给她一张纸巾，说：“怎么了？看你的样子，有很多话要对我说嘛！”

任彩怡接过纸巾，悠悠地说：“如果我说我也是刚刚知道我跟那个白知行是一对，你相信吗？”

和李总在一起时，她总有片刻的恍惚，仿佛面对的是自己的父亲。

她有时在他面前大气都不敢出，有时又忍不住调侃一番，很放松。

李总没有回答，继续喝着自己手里的茶。

任彩怡又叹了口气，说道："我和白知行是什么情况，您应该清楚才对。"

李总若有所思地盯着茶杯，玩味半天才说："那么，你还是不喜欢老白吗？"

"老大，现在是不是连你也觉得我是个脚踏两只船的人？其实当白知行跟我说他可以帮我时，我还在想是不是你让他出马的，只是完全没想到他要放的消息是这个。"说完，任彩怡惭愧地低下了头。

李总悠悠地回答："他要放什么招，我确实是知道的。"

"你知道？"

"我觉得很好啊。"

"好在哪儿？"

"把你从老牛吃嫩草，勾引别人男朋友，害小鲜肉劈腿的故事里拉出来啊。"

"叶晨枫是我的男朋友啊。"

"谁相信？"

任彩怡一时语塞。

李总拿起手边的筷子，敲了敲她的头，说："你是不是傻？上次你跟我说这个事的时候，我就想敲醒你，掰开你的脑瓜，看看你到底是哪根筋搭错了。"

"所以，您还是不同意我跟叶晨枫……"

"我不同意有用吗？"

"没用。"任彩怡低头嘟囔着。

"傻子！老白肯出手，你真应该好好上门感谢人家，何况人家还把自己搭进去了。不过，这也是我们能想到的最快最有效的能把你从火坑里拉出来的方法。"

“哦。”任彩怡一脸丧气的样子。

“哦什么哦！”李总说话的声音突然提高了八度，“你现在要做的是好好想想自己接下来要怎么配合，千万别让我们白为你操心，也别让人家老白在公众面前戴绿帽子。”

她抬起头，疑惑道：“啊？什么意思？配合什么？”

“我看你是真傻，老白都官宣了你是他女朋友，你觉得你该怎么配合？”

听了这些话，任彩怡张着嘴，却不知该怎么接话，她好像一下子又欠了好多人情债。

茶楼里熙熙攘攘，大家热热闹闹地吃完，又渐渐散去，耳边的喧闹声在某时某刻变得冷清，不远处街角的车水马龙似乎也蜕变为快速流动的画面，聚和散都像是在瞬间完成的。

任彩怡脑子里乱哄哄的，目光开始迷离，她仿佛看到十年前的自己，又仿佛回到第一次和叶晨枫见面时的场景。她说了些什么，都隐藏在嗡嗡的耳鸣声中，李总说了些什么，也淹没在早市芬芳的花香里。

空气里有豆浆的醇香，有豆沙包的蜜甜，有街角卖花人桶里玫瑰的馥郁，还有眼前丝丝缕缕的茶香……

在任彩怡迷乱的思绪中，白知行和叶晨枫的脸交织在一起，她想哭，又想笑，谁知道会发生什么呢？人生，也许本来就是一场兵荒马乱的修行。

第十四章
还是笑吧，反正哭也不好看

叶晨枫跟着温姐回公司开会的这天，任彩怡原本想请假的，她怕控制不了自己，怕目光会随着他的身影来来去去，也不知道要怎么跟他解释自己跟白知行的事。她觉得叶晨枫那么聪明，应该可以猜出她和白知行的关系是假的。

李总抿了一口水，笑了："你是不是对老白真的有点动心了？怎么一副心虚的样子？现在就怕了？"

他这么一使激将法，任彩怡倒是放松下来，眨眨眼，说："哪能呢？兵来将挡，水来土掩。那么容易动心，我就不会到现在还是老姑婆了。"

现在这风口浪尖上，不知多少双眼睛明里暗里观察着叶晨枫和自己的关系，她又怎么能露怯呢？明明早上刚答应了李总要理智处理这些事，此刻怎能乱了阵脚？

她低头看了一眼手机，白知行早上发出的午餐邀约用的是他一贯的利落口吻："中午一起吃饭吧，总该给你一个解释。"

任彩怡哪好意思跟他要解释？此刻她就应该按照李总说的当面致谢，毕竟这半天下来，网上对她的各种抨击确实有所缓解。

任彩怡呵呵一笑，回复："是的，必须见面！"

当面说声谢谢吧，虽然照他的脾气，并不会对她的谢意表现出什么，但她只有说了谢谢，心里才会舒服一点。

她正对着手机忙乎着，叶晨枫出现了。他用压迫性的目光直勾勾地盯着任彩怡，问：“给谁发信息呢？白大叔吗？”

尽管已经有了心理准备，任彩怡听到叶晨枫的声音，还是哆嗦了一下。她的目光落在桌面上的文件上，咳了一声，说：“别闹，现在不是吃醋的时候！”

“吃醋还挑时候？”

“人多嘴杂。”

“怕什么！热搜都上过了，现在公司上下谁不知道你是我的人？为什么不敢看着我？抬起头看着我！”叶晨枫的语气一开始还是舒缓的，说到最后，声调里带着丝丝嫉妒和疑惑。

他的目光紧紧锁定在她身上，让她无路可逃。

“对啊，我是怕啊，怕你听风就是雨，出来闹事。”任彩怡干脆抬起头看着叶晨枫的脸，一字一顿地说。

几天不见，叶晨枫的脸似乎小了一圈，他的眸子像是一潭古井，深不见底，又泛着碧油油的波光。

叶晨枫把双手撑在桌子上，伸长了脖子凑向任彩怡，她吓得连忙把手机塞回包里，问：“干吗？”

他说的每一个字都像金币一般“叮叮当当”撒在她的心海深处：“不干吗，我想你！”

任彩怡慌乱之中把杯子碰倒了，“咚”的一声，水在桌子上蔓延。她慌忙地抽了数张纸巾出来，擦着桌子上的水，故作恶狠狠的样子，对叶晨枫说：“你一想我准没好事，我……”

“你要怎样？”看到任彩怡的窘态，叶晨枫满意地笑了，进了李总的办公室。

大约二十分钟之后，温姐和叶晨枫从李总的办公室出来。叶晨枫脸色铁青，紧紧握着的拳头好像随时会捶在李总的门上，温姐则定定地望着任彩怡，眼神复杂，像是在思考着什么。等到任彩怡的目光迎了上来，温姐却笑着说：“越来越能干了，我很欣赏你！”

任彩怡的大脑一片空白，大概知道李总刚刚说了什么，却不知温姐说这话到底是什么意思。

恰在此时，白知行立在门口，一脸笑意地看着她。

叶晨枫狠狠地看了一眼白知行，刚想说点什么，温姐就喊道：“小叶，快点，阿良在等你！”

闻言，任彩怡不由自主地抬起头，注视着叶晨枫。两个人都没说话，他犹豫了一下，转身离去。

白知行好像根本没有看到叶晨枫，微微一笑，说：“休息时间马上就到了，可以走了吗？”

“好的，稍等。”任彩怡收了收自己的紧张，苦涩地笑了笑，收拾好桌面上的文件和杂物，就拎着包起身，跟白知行向电梯间走去。

天色有些阴沉，风卷着树叶“呼啦啦”地拍打着车窗。任彩怡没有问白知行要到哪里去，她的眼睛一直望向窗外。

“这种风口浪尖上的生活，还不适应吧？”白知行问。

任彩怡说：“不是不适应，是不喜欢。”

白知行没马上搭腔，再开口却转换了话题：“你觉得我怎么样？”

“啊！很好啊，主要是仗义。”任彩怡呵呵一笑。

“仗义？”

“对啊，我这摊浑水，你也愿意蹚。虽然这是看在李总的面子上，不过还是要谢谢你，肯出手帮我。虽然，这方式……”任彩怡欲言又止，总觉得这时候有任何质疑都显得特别不识抬举。

“哈哈，原来这一次我的行动在你心里就只是卖李总人情啊，那你可太小看我了，李总跟我的交情还不至于让我把自己搭进去。”

“那……你……为什么要把自己……”任彩怡开始心虚起来。

白知行只是笑了笑，并没有回话，而他的车子已经驶进一条小巷深处。

为了缓解尴尬，任彩怡支支吾吾着表示感谢："总之，很……很感谢，特……特别感谢。"说完这句话，她松了一口气。

车子停下来，白知行下了车，给任彩怡打开车门，伸手帮她解开安全带。他看着她，眼睛亮晶晶的，眼底蓄满了笑意，嘴角向上扬起。他低声问："那你要怎么谢我？"

任彩怡心里咯噔一下：该怎么谢他呢？老大让我配合，总不至于让我以身相许吧。

她故意装糊涂，傻笑着说："我请你吃饭！"

白知行仍旧笑意盈盈的，小雨开始滴滴答答地落下来，一大片乌云飘在天空中，空气湿漉漉的，有不知名的鸟儿低低盘旋，很快一闪而过。

很快，在白知行的引领下，任彩怡来到一个小小的花园里。

几道家常菜很快摆了上来：水晶皮冻、红烧鲫鱼、拔丝红薯和宫保鸡丁，点心是鲜花饼，外加一壶茉莉花茶。

白知行对着服务生挥挥手，笑着说："我们自己来吧。"说着，他起身给任彩怡倒了一杯茶。

任彩怡有点慌乱，起身回礼："说好了，今天这顿得我埋单。"

"好啊，请客可以，感谢就算了。"

"不好不好，还是要感谢的。我今天看了网上的评论，虽然骂我老牛吃嫩草的人少了，有一部分人已经改口叫我'勾引大叔的狐狸精'了，但是毕竟连累了你，让你也挨了不少莫名的点评，受了不少质疑，遭了不少'人肉'。"

白知行爽朗地笑了，半真半假地说："那你是不知道，在此之前，还有不少人怀疑过我的性取向，这么看来，你也算救了我。"

任彩怡被他的这句话逗乐了。白知行看到她笑了，继续说道："这就对了，没有什么解决不了的事，遇事多笑笑，反正哭也不好看，你说对不对？”

任彩怡端起茶杯，做敬酒状：“对，没有什么解决不了的，实在解决不了就不解决。”

白知行按下她举起的手和茶杯，摇了摇头，说：“肯定能解决，就看你要不要解决。”

大概是知道他话里的意思，任彩怡又一次默默地低下了头——好像此刻事态的发展都在她的一念之间，不知从何时起，她的态度可以决定身边人的“死活”了，这不合理。

白知行看出了她的心思，又默默为她倒满一杯茶。

手机“嘟”的一声，温姐的信息翩然而至：“晚上八点，不绿小酒馆不见不散。有事相求，不要推辞。”

“瘟神”的名号绝不是空穴来风，任彩怡相信温姐找自己不是什么好事。她心事重重地端起茶杯喝了一口，就听白知行说：“如果你真的想谢我，我还是上次的提议，我们可以相处看看。毕竟，我不想再发一次跟现任女友分手的消息。”

白知行的风格一向是出奇制胜，任彩怡一口茶含在嘴里，瞬间觉得滚烫滚烫的。

“我……”任彩怡的脑袋跟一团乱麻似的，根本理不出头绪来。

白知行微微一笑，轻声说：“不用着急回答我，我们已经是名义上的男女朋友的关系了，不是吗？慢慢来，顺其自然。”

虽然他不再紧逼，她却仍然提着一口气，只能笑笑。

包间的窗户打开，正对着小花园，池子里养着不知名的金鱼，雨噼里啪啦地落下，水面泛起一圈一圈的涟漪，有一层淡淡的愁绪笼罩着，挥之不去。直到雨小了，天色亮了，水的颜色才恢复到清透的绿色。

任彩怡时不时站在窗口眺望，她的心情也像是窗外的天色，时而明朗，时而灰暗。

吃完饭，任彩怡怀着一腔心事回到公司，迫不及待地给杨玥发了条信息："亲爱的，晚上约吗？想你了！"

杨玥很快回复："好呀，我也想醉一场呢。"

任彩怡："好啊，等我找你。"

真正的朋友之间果然不用多说一个字，她没多说什么，杨玥就猜到她想找人一醉方休。

醉不是她想要的状态，人总是在烦恼的时候才想起酒，喝了酒之后才能把心里压抑着的情绪发泄出来。喝什么酒不重要，和什么人在一起喝，才是最要紧的。

比如，在杨玥这个大大咧咧的姑娘面前，任彩怡总能适时让自己紧绷的神经放松下来，把所有的秘密都告诉她，也会很安心。

不绿小酒馆是本城最具神秘色彩的场所，它地处城郊一片桃花林中，青瓦白墙，服务生都穿着青绿色的中式制服。据说这里采取会员制，非会员一律婉拒。

任彩怡从未来过不绿小酒馆，她一路上都在想到底该怎样应对温姐的盘问，不用想，此次见面的话题少不了叶晨枫。

温姐今晚换了一件素色外套，少了平日的凌厉和霸道，多了几分江南女子的温婉。

"温姐，你找我。"任彩怡凝神，轻柔一笑，总要面对的，躲也躲不掉。

"坐。这里很安静，店里自己酿的青梅酒口感也不错。"温姐说着欠了欠身子。

"怎么样，最近还好吗？"温姐的目光在橙黄色的灯光下显得特别真挚，她望着任彩怡的脸，似乎在探寻着什么。

任彩怡明白她指的是什么，"嗯"了一声，说："谢谢关心，还好。"

温姐发出爽朗的笑声，抿了一口酒，说："好，我就喜欢你这样的性格，直率、倔强，和我们家小叶还真是挺搭。”

任彩怡的心咯噔一下，她几乎预感到接下来要发生什么。不知为什么，此时面对温姐，她竟像是面对未来婆婆一样，紧张得手足无措。

“叶晨枫十二岁那年，父母离婚，他妈妈带着他去了英国。他的性格，你大概略知一二。在英国，他很不适应，不喜欢吃汉堡包，不喜欢周围全是外国人，都是陌生人，这孩子一度情绪低落，郁郁寡欢，医生说他得了抑郁症。之后的很长一段时间，他的抑郁症都得不到缓解，直到他回国，出道成为艺人。虽然还没成为出色的歌手，但在拍戏上也算有点小成绩，慢慢地，他的性格才开朗起来。”温姐眼眶里有晶莹的泪光在闪烁，沉思片刻，她继续说，“去英国前，他出过一次事……算了，不说这个了。叶晨枫有多不容易才走到今天，你是圈里人，应该明白。而且，这孩子死心眼，认准了的事情绝不会轻易放手。如果你继续给他希望，他一定会为你放弃一切的，这是你想要的吗？”

任彩怡手一抖，杯子里的酒洒在了桌子上。

认识叶晨枫这么久了，她好像从来没有问过他以前的经历，对他的了解好像真的太少。他曾经抑郁过吗？他出了什么事，为什么去英国，又为什么回来？

任彩怡一肚子疑问，但又感觉此刻不是打破砂锅问到底的好时候。她小心翼翼地扶起酒杯，用纸巾擦干净自己面前的桌面，说：“温姐，我并没有强求什么。”

“这才是最可怕的，你明面上什么都不要，他却铁了心什么都要给，我是应该说他傻，还是夸你聪明呢？”

“你什么意思？”

温姐依旧不紧不慢，用只有她们两个人才能听到的声音叮咛：“没什么特别的意思。你这么聪明，应该知道你们不合适，按照现在的事态发展，如果你们继续牵扯下去，两个人都会完蛋。你是普通人，等风波过了，大众自然会慢慢忘记你的存在，但小叶不行，他必须全力以赴，他必须成功，才能对得起他妈妈。他不能再遭遇太多不可控的挫折，他的抑郁症不能复发，他的妈妈……算了，你没必要知道，你只需要知道，如果他失败了，就会被打回原形，再也没办法重新来过。”

说着说着，温姐的声音开始发颤，妆容精致的脸上因为情绪激动而泛起红晕，眸子里的泪水几乎要夺眶而出。她紧紧握着任彩怡的手，说：“你比他成熟，你要有个态度，我相信你，你一定会处理好这件事。”

“你这么要求我，对我不公平。”任彩怡看着温姐的脸，慢慢抽回自己的手。

这是她的拒绝。

此刻，任彩怡的脑子里一团糨糊。这几天发生的事太多，一件跟着一件，突然间，身边所有人都摆出了一副为他们好的架势，却根本没有人愿意给她想清楚下一步要怎么做的时间和空间。

“世界上哪有绝对的公平？我们都必须往前看，为了他，也为了你自己……”

往前看，为了他，也为了她自己……

真的回不去了吗？如果可以，真想回到他们俩还在秘密恋爱的时候，回到他受伤，而她照顾他的时候，回到拍写真那天初相识的时候，甚至回到十年前，什么都没发生的时候。

想到这里，任彩怡突然觉得，真的回不去了。

阿良在不绿小酒馆的门口等着，他看到任彩怡呆呆地走出来，连忙迎了上去：“还好吗？我送你回去？”

任彩怡没有回答，一个人顺着灯光往前走着，风呼啦啦地在耳边响着，脚上的高跟鞋像是不听使唤，她走起路来歪歪扭扭的。前方不远处是个路口，有很多车呼啸着来了，又呼啦啦地去了，就像是这无穷无尽的人生，聚散离合仿佛一瞬间的事。

她从不知道叶晨枫居然受了这么多苦，他嬉皮笑脸的背后隐藏着如此深沉的心事。这一瞬间，她竟然想忘了他，忘了他死皮赖脸地问自己要饼干的画面，忘了他炙热的亲吻和犹在耳畔的情话。

到了路口，灯光璀璨，人来车往，喧闹而繁杂。任彩怡伸手拦住一辆出租车，刚坐进去，杨玥的电话就来了："哎呀，我亲爱的，你在哪儿呢？我都等你半天了，咱俩老地方见哈，啤酒喝起来，烤串撸起来！"

杨玥就像是烟火色里的天使，每次任彩怡感到无望和痛苦时，她总能用一些画面感十足的话把任彩怡拉回简单的快乐时光里。

杨玥和任彩怡在一家小烧烤店见面了，她穿了一条碎花长裙，脸蛋肿胀，满是泪痕，睫毛膏糊在脸上，端起一杯啤酒一饮而尽。

任彩怡顾不得自己的心情，连忙问："怎么了？"

"裴志新这个王八蛋，不知从哪儿打听到我那个相亲对象的电话，跑去跟人家闹，说我是他老婆，骂人家是小三。剩下的，你都能想到了，相亲对象和我分手了！我这辈子是嫁不出去了，裴志新这个浑蛋！"杨玥说着说着，眼圈就红了。

任彩怡点了爆辣小龙虾和烤鸡翅，还点了羊肉串和酸辣板筋。她呵呵两声，压低声音说："上回我就奇怪，我和叶晨枫之间好几张近距离的合照是怎么来的呢？就我们四人在场，其他人是怎么得到的呢？这下也不奇怪了，肯定是裴志新来找我理论时，我没给他好脸色，他恼羞成怒了呗，就像疯狗一样乱咬人。"

杨玥吃惊地张大了嘴巴，狠狠咬了一口拿在手上的素鸡，举起手里的杯子："没错，他个王八蛋，竟然敢给你使绊子，真不是个东西。老任，对不住了，干一个，算我给你赔罪了！"

任彩怡和杨玥碰了下杯，不胜酒力的她两杯啤酒下肚已经有点晕乎乎的："没事，就算没有他，还有别人。来，咱们喝！"

"你有心事啊？快，别喝了，有心事的人最容易喝得难受，我送你回去。别喝了，哎呀，你给我！"杨玥夺过任彩怡手里的酒杯，喊着，"服务员，打包！”

任彩怡感到天旋地转，眼前似乎出现了叶晨枫的脸，她飞快地端起桌子上的酒杯大口喝着啤酒，冰凉的液体顺着喉咙往下流，胃里火烧火燎的。她笑呵呵地打了一个嗝，对杨玥说：“玥，你知道我为什么一定要留在这座城市吗？”

“为了你的理想呗，为了成为女强人。”这是杨玥所了解的任彩怡。

“你被我骗了！哈哈哈哈。”任彩怡突然笑了起来，手里依旧握着酒杯，“因为这座城市足够大，在这里，我感觉自己就是大海里的一滴水，根本不会有人注意到我的存在。我确实想好好工作，只是想踏踏实实地做事情，赚点钱。我讨厌被人议论，被人关注。现在看来，想做的没做成，不想要的却来了。”

“这真不像你说的话。”

任彩怡苦笑着，继续说：“应该有十年了吧，那一天正好是我十八岁生日……你知道吗？那时的我才是真正的学霸，样样都拔尖。在我们那种成绩代表一切的小地方，我这种又爱学习又不惹事的孩子最受大人们欢迎和重视。没想到从那一天开始，一切都不一样了。”

杨玥之前从没听任彩怡主动说起过老家的事，只知道她自小是好学生，所以也一直不明白为什么她会跟自己一样考进那所不努力也可以上的三流大学。

“那是高二的暑假，也是我高中时代的最后一个生日，现在想起来真是后悔，为什么不听我爸的话，在家好好吃顿饭，非得出门跟同学一起庆祝呢？我们一群人背着大人喝了酒，回家的路上，我推着自行车，晕晕的，也不敢骑。就在离家还差一个路口的时候，我遇到了那一家人。”

“遇到了谁？”杨玥听得入了神，好像酒也醒了一样。

“我清楚地记得，那是一家三口，妈妈很漂亮的样子，她紧紧抱着自己的儿子坐在地上，那个男人就站在他们旁边，不停地破口大骂。那个男孩大概十二岁的样子，他蜷缩在妈妈的怀抱里，哭得特别厉害。

“我慢慢地走近他们，那个男人看到了我，冲我吼了一句‘看什么看！赶紧滚’。这一喊没把我吓着，倒是吓坏了那个小男孩，小男孩哭得更厉害了。那个男人也变得更加烦躁，他抬起腿，想踹那个男孩，让他别哭。那个妈妈一下子转身护在了男孩身前，那一脚就这么扎实地落在了那个妈妈的背上。看到那个男人竟然对女人和孩子动手，我也不知道哪来的勇气，丢下自行车就冲了过去。我开始质问那个男人为什么要动手打女人，那个男人大概也喝了酒的样子，他怎么会怕我一个小姑娘？他对我也比画着，让我赶紧滚开，少管闲事。

“大概是有酒壮胆吧，我也跟他杠上了，挡在了那对母子身前，要跟他理论理论。那个男人也急了，抬手就给了我一巴掌。恰好这时候，我爸来路口接我，看到了这一幕。竟然有人敢打他女儿，我爸当时就急了，什么也没问，冲上来就给了那个男人一拳，然后才开始骂那个男人。那个男人也不示弱，跟我爸扭打成了一团。他那么瘦弱的人，可不是我爸的对手，三两下就被我爸收拾了。

“令我惊讶的是，那个一直坐在地上哄儿子的妈妈却在这个时候站了起来，一下子扑在了那个男人身上，然后开始冲我爸哭喊：‘不要打他！你不要打他！’我和我爸瞬间傻了眼，旁边的小男孩也突然不再哭了。看到那个女人护住自己，男人顿时觉得没了面子，又开始动手打那个女人，就当着那个男孩的面，出手特别狠，女人被他揪住，躲也躲不了。我和我爸站在旁边，不知该不该出手去拉开他们。那个男孩也没有再哭，就这么站在那儿看着自己的妈妈被打。那时的他喘着粗气，眼神里好像有火。我赶紧过去一把抱住他，用手挡住他的眼睛，不让他看眼前的暴力情景。

“大概过去了半分钟，那个男孩突然挣脱我，冲那个男人走过去，也不知道他手上怎么会有一把小刀，也不知道他哪来的力气，他猛地一下把刀狠狠地扎在了男人的腹部。男人疼得从地上弹了起来，鲜血从他的腹部涌了出来。我和我爸都愣住了，那个小男孩大概也吓傻了，就站在原地一动不动，眼睛仍旧直勾勾地看着那个男人，手里还紧紧握着那把小刀。

“随后，那个男人便昏倒在地。男孩的妈妈也慌了神，她爬到那个男人的身边，用颤抖的手摸了摸他的伤口，瞬间就是一手血。她吓坏了，嘴里嘟囔着‘怎么办？怎么办’。我爸赶紧上前去拉开了那个男孩，抢下他手里的刀，然后报了警。”

“后来呢？怎么从来没听你说起过？”杨玥呆呆地坐在椅子上。

“后来，那个男的被送进了医院抢救，我和我爸，还有那对母子则被带去了派出所。最让我没想到的是，那个妈妈竟然一口咬定是我爸拿刀捅伤了那个男人，还说我爸动手打他们母子，那个男人是为了保护他们母子才跟我爸起了争执。”

“那个男孩呢，那个男孩怎么说？”

“他大概吓傻了吧，无论周围的人怎么问他，他都不说话，就只是直愣愣地看着他妈妈。那个男人被救醒之后，也同样咬死是我爸伤了他。慢慢地，故事就演变成了，我这个偷偷喝了酒的女孩，在路上跟同样喝了酒的男人起了冲突，我爸为了保护我，就跟他打了起来，那对母子在一旁劝架，也挨了我爸的拳头，最后我爸打急了，就拿刀捅了那个男的。”

“这是他们一家编的故事？警察就信了？”杨玥越听越生气。

“我们真是百口莫辩，谁会相信一个十一二岁的孩子会拿刀捅人？何况那把刀上还有我爸的指纹，而我爸也确实打了那个男的，他身上的伤都是我爸这个壮汉造成的。”

“后来呢？”

“后来，我爸在里面蹲了几天，他们选择让我们家赔钱。事情虽然了了，却早已传得满城风雨。我爸成了大家口中那个打架生事，差点杀了人的坏蛋，邻居们都开始躲着他，而我也成了喝酒闹事，就知道给家里惹麻烦的赔钱货。在我们那个小地方，一传十，十传百，渐渐地，你就会变成别人口中的另一个人，一个连你自己都不认识的人。你说可悲不可悲？”

不知不觉中，任彩怡的脸上挂着泪痕，她像是陷入沉思当中，眸子里满是哀伤。

“真的就这么了了？你应该去找那对母子讨回公道。”杨玥义正词严地说。

“我找了，但自那件事以后，他们一家就好像人间蒸发了一样，再也没见过，也没有人知道他们去了哪里。慢慢地，有人说他们一家是怕我们家报复才离开的。可笑不可笑？”任彩怡说到这里，又露出了苦涩的笑容，她拿起酒，“咕咚咕咚”又是一杯下肚，接着说，“自那次事件后，我爸元气大伤，他辞了职，把自己封闭了起来，不愿跟外界接触，每天就在家里看书下棋，跟我也几乎不说话了。我成了全校最不受欢迎的人，到哪里都能听到议论的言语，看到异样的眼光。所以，高中毕业时，我就决定了，我一定要离开那个地方，离开那个不分是非的小地方，到现在这座大城市来。哪怕只能读最烂的大学，也无所谓，只要能让我淹没在万千人群中，谁也不要注意到我。杨玥，你说我是不是活该？如果不是当时我非要去管闲事，就不会给我们家惹来那么多说不清，道不明的是非，如果我没有爱上叶晨枫……”说到这里，任彩怡突然哽住了。

杨玥上前抓住任彩怡的手，摸了摸她的头，说：“亲爱的，过去的事情就忘了吧，人生没有如果呀。我理解你的心情，那一家人莫名其妙地害你们，确实可恨，但你并没有做错，为什么要埋怨自己？要怨也是怨那些不分黑白的人。不过，你跟叶晨枫之间的事情，作为你的闺密，我真的希望你好好想一想，这到底是不是你想要的，是不是你能应付得了的生活。第一次看到你们在一起时，我确实为你们高兴，当然也有一点小粉丝的猎奇心态，但将来的日子，还是要你自己过，先不要去管什么吃瓜还是吃屎群众怎么评论，你自己高不高兴最重要。”

任彩怡带着满脸的泪痕“扑哧”一声笑了：“你这家伙，真是我的开心果。还吃屎群众，我看你还吃不吃得下眼前这些东西。”

两个人都笑了，各自倒满一杯酒，碰杯，一饮而尽。

杨玥的手机响了，是裴志新。

“什么？你在我家门口，你想干吗？我没拿你的相册，胡扯什么！我早和你没关系了！”杨玥气呼呼地说着。

听筒里的声音很大，裴志新尖细的声音很快传到任彩怡的耳朵里：“杨玥你干吗这么狠心呢？我已经跟保安说了，我是你男朋友，我还给他看了咱俩的照片，拿到备用钥匙先进去等你啊！”说着，裴志新就挂了电话。

一阵冷风吹过，任彩怡的脑袋忽然清醒过来。她连忙招手，拦了一辆出租车，顺便给杨玥塞了两百块钱：“快回去吧，裴志新不是好人，小心一点，别和他硬碰硬，懂吗？我知道你没钱了，我身上也就这几百块，别嫌少。”

杨玥“哎呀”一声，说：“讨厌，你怎么这么像我妈呀？还给我塞零花钱。得了，我拿着了，哈哈！你一个人能行吗？”

“能行，放心吧。”任彩怡一笑，把杨玥推进出租车里，目送她离开。

小区门口的灯光暗了下来，快到锁门的时间了，夜风低低地从脚底卷起，带着冰冷的意味蔓延开来，吹到耳边，灌满脖颈。任彩怡呆呆地看着不远处自己经常翻围栏的老地方，叶晨枫好像仍然在那里一样，他嘻嘻哈哈地说：“哇，任老师，身手敏捷呀！”

心，像撕裂一样疼，任彩怡忍不住往前走了几步，黑暗里，没有叶晨枫的影子，四周寂静无声，仿佛只剩下自己的心跳声。

她决定悄悄去叶晨枫家附近逛逛，哪怕走一走，远远看看他住的那幢楼，那扇窗，只看一眼，也是好的。

第十五章 灰暗的世界彩色的你

夜，静悄悄的，周遭万籁俱寂。

叶晨枫刚下节目，坐进车里，一言不发，阿良赶来陪他。温姐像是感知到他情绪上的变化，这些天把他的行程排得满满当当。他想找机会和任彩怡见一面，自己却陷在这密不透风的牢笼里，透不过气来。

温姐的电话即刻打来："今晚我有事，没去接你。时间已经很晚了，明早还有个专访，你准备一下。回去早点睡，不要乱想，不要私自行动。"

叶晨枫面无表情地说："知道了。"随即把手机扔到座椅上。

快到小区门口时，叶晨枫突然想到咖啡店买一杯冰咖啡带回家喝。

"那个，要不，我去买呗？"阿良小心翼翼地看了一眼叶晨枫，又连忙解释，"万一被跟踪或者偷拍，温姐会骂死我的。"

叶晨枫皱着眉说："烦不烦啊？还真当我是天王巨星？哪那么多人跟踪我？大半夜的，自己去买杯咖啡，就这么一个简单的要求！行吗？"

阿良吓得吐了吐舌头，连声说："好好，好，我走了，你一个人小心点。"

阿良开着车静静地消失在夜色里，叶晨枫拐进路口的咖啡店要了一杯冰咖啡，抿了一口，重新走进灰暗的夜色中。

风里有丝丝缕缕的花香，夜色阑珊，没有突然冲出来的记者问个不停，也没有热情的粉丝一拥而上，叶晨枫烦躁的心情逐渐放松下来，拿出手机给任彩怡发了条信息：“干吗呢？想我吗？”

任彩怡此时正在叶晨枫家附近徘徊，手机发出“嘟”的一声，她一看，竟然是叶晨枫这个冤家，不禁被吓了一跳。她回复：“不想！”

叶晨枫不禁失笑，又问：“一看就是假的，想故意气我是吧？”

任彩怡长叹一声，回复道：“哪有那么多真真假假？”

喝完最后一口咖啡，叶晨枫已经到了小区旁的梧桐树下。他发信息说：“我想去找你。”

任彩怡：“不要！我已经睡了。”

叶晨枫：“我就要去，现在就去。”

任彩怡正在路口东张西望，准备结束与叶晨枫没有营养的对话，拦一辆出租车回家时，就听有人喊：“任彩怡你这个骗子，站住！”

任彩怡回头一看，叶晨枫棱角分明的脸在不远处的路灯下清晰可见，他带着浓烈的笑意一步步向她走来。顿时，喝下去的酒好像重新发酵起来，她头重脚轻，撒丫子就跑，而他抬脚就追。

任彩怡终究是敌不过叶晨枫，她被他逼到小区附近的巷子里，手里的袋子窸窸窣窣地响着。

叶晨枫眼疾手快，一把夺过袋子，随即笑道：“我喜欢的鸡翅，哇，小龙虾，我更喜欢了！”

刚刚对人家表示了拒绝，转眼就被抓了个现行，任彩怡满脸通红，一个劲儿地说：“不是给你的，还给我！”

叶晨枫狡黠地一笑，把脸凑近，盯着任彩怡的眼睛，说：“大半夜的到我家附近，还嘴硬说不想我？”

“我正好路过。”任彩怡紧张地脱口而出。

“哈哈哈，我喜欢这个理由。你正好路过，我正好回来，我们终究不会错过。”叶晨枫说着，突然一用力，把任彩怡猝不及防地拉进了他的怀里。

任彩怡紧张地四下张望：“想干吗？又要害我上热搜，让人说我是老牛吃嫩草？”

叶晨枫笑嘻嘻地在她的唇上印上一个吻，说：“你怕吗？我可以让他们都知道，是我心甘情愿让你吃，只要你说，你愿意。”

任彩怡回答：“我不愿意。”

“口是心非。”

这次，任彩怡没有回答。

叶晨枫双臂撑到墙上，把她禁锢到自己的臂弯里，继续追问：“想不想我？”

任彩怡答：“不想。”

“你回答说不想，那就是想！你不是最擅长反着说话吗？”

月光皎洁，夜色清冷，叶晨枫的眸子里星光点点，他的声音低哑迷人，清澈的音色像是带着炙热的爱意，让任彩怡张皇失措的心安稳而踏实。她知道，他是认真的。

叶晨枫紧紧抱着任彩怡，像是一松手，她就再也不属于他了。

“彩怡，我们一起走吧，到一个谁也不认识我们的地方，就可以肆无忌惮地在一起，再也不用怕什么了。我是认真的，只要你愿意，我就带你走！”叶晨枫捧起任彩怡的脸，满是忧伤地说，“别着急回答我，答应我，好好考虑一下再说，好吗？”

任彩怡的泪水扑簌簌地流下来，她的眼睛酸疼，千言万语堵在嗓子眼，却一个字都说不出来。

沉默半晌，她摸了摸叶晨枫的脸，说：“快点回去睡吧，夜已经深了。我会认真想一想的，我也要回去了，太多人盯着我们，我们不能再给大家添麻烦了。”

叶晨枫仍不放手，任彩怡抱住他，轻拍他的后背：“乖，这次，我看着你走。”

“你真的会好好想吗？”

“我会的。”

叶晨枫在任彩怡的逼迫下，一步步往小区里走。他每走一步，就回头看看。他仍然是惯常的打扮，简约的黑色衬衫，利落的西裤。

任彩怡呆呆地立着，看着叶晨枫的身影一点点消失在夜色中。

“姑娘，走不走？”这时，一辆出租车停在不远处，司机伸出头来喊着。

任彩怡“哎”了一声，急忙招手：“走，走。”

回到家，任彩怡忍不住给杨玥打了个电话，把刚刚发生的事说了一遍。

“什么，跟他走？要不要这么浪漫啊？你们要去哪儿啊？还回来吗？你走了，我怎么办？算了算了，别管我了，你走吧，去哪儿都行，高兴就好……”一听任彩怡的话，杨玥立刻像机关枪一样扫射过来。

任彩怡呵呵笑，说：“我怎么会不管你呢？还有……。”

杨玥“哈”了一声，说：“我才不管那么多呢，只要你过得好，我就高兴。只是，你真的确定一走了之，事情就都解决了吗？听着是挺浪漫的，不过怎么都有点不切实际。再说，哪里是真的世外桃源呢？”

任彩怡长叹一声，说：“是啊，玥，我怎么感觉自己有点红颜祸水的意思呢？以前是，现在也是。”

“哇哈，我也想当红颜祸水，还没这个机会呢。”说着，杨玥嘿嘿两声。

任彩怡哈哈大笑，而后又沉默下来，过了一会儿才说：“玥，今天见到他，看着他的样子，我才知道其实我陷得很深。”

“亲爱的，你只要记住，无论你做什么选择，我都是无条件支持你的。那些人肉你的，咱不怕，那些骂你的，我来帮你骂回去。”

任彩怡抱着手机，心里暖暖的，说：“好，有你，我什么都不怕。

对了，裴志新找你麻烦了吗？”

“他？还不是死皮赖脸地想和我复合？你想我能答应吗？一顿狂骂，滚他的吧！”杨玥很傲娇地哼了一声。

“那你以后打算怎么办？肯定要搬出来吧，要不你回来住？”

“我为什么搬？房租都是我交的，肯定是他搬。说句实话，我本来是想搬回去的，可是，又想想，你和叶晨枫本就没什么私密空间了，那个家还是留给你们两个吧，要不然你们连个见面的地儿都没有。”

“唉，没什么区别，目前这个状况，无数双眼睛盯着，还见个屁啊。”

煲了一会儿电话粥，一看时间，都半夜了，任彩怡连忙洗漱，准备睡了。谁知，翻来覆去睡不着，脑子里都是叶晨枫的脸，还有他滚烫的吻，她的心跳莫名其妙地加速，面颊发烧。她又叹了口气，爬起来吃了半片安眠药，再次上床睡下。

第二天一下通告，叶晨枫就把温姐堵在了办公室里，认真地说：“我想和你谈谈。”

温姐似乎预感到什么，准备推门出去：“你现在要做的是把八卦新闻带来的负面影响减到最低，其他事情不要和我谈，我不想谈。”

“我想回英国去，带着任彩怡！我是认真的。”叶晨枫一字一顿地说。

温姐关上门，她的眼神里满是不敢置信：“你说什么？回英国干什么？带她见你妈妈？任彩怡能接受你一直瞒着她的事情吗？你觉得知道真相之后，她还会乖乖跟你走？你以为娱乐圈只有你一个叶晨枫吗？无数小鲜肉前赴后继，就连你的好兄弟林超都蠢蠢欲动，在竞争这次的男配角，知道吗？你回了英国，不出一年，你就什么都不是了。”

“随便吧，反正她总有一天会知道的，我不在乎了，这样憋着，我也很难受。”叶晨枫显然是忍耐了很久，他压低声音嘶吼着，满脸赤红。

然后，叶晨枫躲到休息室里，拿了一瓶冰镇的苏打水，一口一口地喝着。

下午，林超为争取男二号要去试镜，作为林超的好哥们儿，叶晨枫答应一定去捧场。

大批记者和粉丝也早早得到消息。

叶晨枫润了润嗓子，心乱如麻。

就在这时，任彩怡发来了一条信息：“我想过了，我们不能就这么走了。”

叶晨枫：“为什么？”

任彩怡：“我不喜欢逃避。”

叶晨枫猛地咽下一大口苏打水，一不小心，呛到气管里，他连声咳嗽着，一直咳到眼泪和鼻涕都出来了。

阿良进来，一看叶晨枫的样子，连忙拿了纸巾递给他，并且拍了拍他的后背，问：“要不要紧啊？”

叶晨枫笑着说：“没事，喝水呛着了！”

然后，他跑进卫生间，打开水龙头，用冰冷的水花拍打自己的脸。镜中出现任彩怡笑意盈盈的面庞，叶晨枫呆呆地想：是时候了，不能再逃避了。

时间一分一秒地过去，叶晨枫简单吃了点东西之后就整装待发。温姐已经再三嘱咐过他，关于绯闻问题，无论记者问什么，一律不发声。

车子刚到片场，就被大批记者包围，女粉丝的尖叫声此起彼伏。

温姐的电话追来，她急切地说：“小叶，接到线报，林超偷偷通知了狗仔队，说要爆料，我觉得这事儿对你不利，你还是原路返回吧。”

叶晨枫笃定地说：“林超和我是好哥们儿，没事，他估计也是想曝光我的糗事，蹭一下热度，我愿意让他蹭。放心吧，我的温姐，安啦！”

于他来说，温姐是亦师亦友、亦母亦姐的存在，他笑了笑，心想：女人啊，总是喜欢大惊小怪。

林超被雪藏多年，没什么存在感，叶晨枫想借自己的一点点影响力，让他再次回到观众的视野。说白了，叶晨枫对于自己还有可被朋友利用的价值，欣然理解并且决定无条件接受。

“小叶，你好，林超所说的关于你眼睛的情况属实吗？”

“请问，你的眼睛真的分不清色彩吗？”

“你真的是色盲吗？”

“听说因为小时候出了事故，对你的眼睛造成了伤害，请问具体是什么事故？”

“请问 Milky 知道你眼睛的事情吗？你看过医生吗？”

“你和白知行的女友任彩怡的绯闻想要正式澄清一下吗？”

……

叶晨枫黑超遮面，一下车就被大批记者围堵，一系列的问题纷至沓来，他的头嗡嗡作响，有点蒙。

原以为林超不过是爆料他做的饭超级难吃啊，他最喜欢鸡翅之类的无伤大雅的小事情，如果林超直接跟记者说破他跟任彩怡的事更好，这样，他就彻底解放了，再也不用装，不用犹豫，不用隐藏了。只是，千想万想也没想到，他自认关系最铁的朋友竟然没有预兆地说出了让他最不愿意面对的事情，赤裸裸地戳了他一刀！

叶晨枫无奈地笑了，也好，不用逃避了。

正在这时，温姐出现在众人面前，脸上波澜不惊，她微笑着对记者们说：“朋友们，请跟我到这边来，小叶这几天连续胃疼，我本来不想让他来，可是，他是林超的好朋友，一定要过来力挺林超。叶晨枫今天不方便发表任何意见，有什么问题，大家尽管问我就好，来来，请到这边！”

说着，温姐给叶晨枫使了一个眼色，他才从浑浑噩噩中清醒过来，迅速钻进保姆车，赶紧离开。

关于叶晨枫的新闻很快传到任彩怡这边，她焦躁不安，想给他打个电话，安慰一下他，可在手机上打出一行字，删掉；又摁下一行字，再次删除。

任彩怡回想着和叶晨枫的点点滴滴，他一贯喜欢简约色调，不是黑就是白，包括家里的装修风格和陈设，都是一股冷淡的气息。以前她没多想，还一度认为这是叶晨枫独特的个人烙印，这下子她恍然大悟，原来是他眼睛有问题。

怪不得他不开车，怪不得他的朋友圈都是黑白图片，怪不得他总是用错她特意分类的彩色毛巾……是先天性的，还是后天造成的？真的是什么事故导致的吗？能治好吗？为什么要隐瞒，为什么不跟她说呢？

想到这里，任彩怡有点生气，明明不是什么大事情，如果为了维持完美形象才对媒体隐瞒，可是，为什么对她都不说呢？他为什么一再对她说喜欢彩色的任彩怡呢？

任彩怡越想越多，越想越远，想到温姐曾经提到的他神秘的过去，他的抑郁症……

叶晨枫眼睛的问题很快上了热搜榜第一名，而林超如一匹黑马，借着这个热度重新回到公众的视野中。虽然大部分人抨击他出卖朋友，踩着叶晨枫的肩膀上位，但也有很多人称赞他不羁的长发、低沉迷人的嗓音、清秀的笑容。仅仅几个小时，他便神奇地俘获一大堆粉丝的心，微博粉丝从五千多人涨到了二十几万！很快，有眼尖的粉丝发现，林超的微博没有关注叶晨枫。

任彩怡坐在电脑前翻看着新闻和评论，内心波涛起伏，叶晨枫被好友背叛，必然是万箭穿心。此时，他应该是需要她的吧，但是，此时最不该出现的人也是她。

每一次睁开眼睛，叶晨枫都希望自己能够重新看清楚这个世界，能感受到绿色的清新、红色的热烈、蓝色的广袤……只是，自十二岁那年之后，世界在他的眼里就只剩下黑和白。

“医生，请您一定要帮助我儿子，求求您了，治好他的眼睛。”母亲在诊室里满脸泪痕地哀求着。

到了英国之后，叶晨枫的母亲四处求医问药，带着叶晨枫检查了无数次，却都没有发现任何问题。叶晨枫拉着母亲的胳膊，冷淡地说："算了，不看了，我不在乎。"

"不行，不行，我一定要看好你的眼睛，一定要！"母亲激动地大叫。

叶晨枫猛地从梦里醒来，睁开眼，屋子里静悄悄的，眼前仍然是自己熟悉的黑白世界。

门口传来一阵窸窸窣窣的声音，叶晨枫情不自禁地激动起来，是任彩怡吗？

窗外，细雨霏霏，B 市空气湿漉漉的，格外清新怡人。叶晨枫迫切地想见到任彩怡，重新让米色、粉色、黄色等缤纷的线条进入自己的视野，从而证明自己是个正常的人，和其他人没有什么不同。他紧紧地盯着门口，不料，拿备用钥匙开门进来的是温姐。

"怎么，看到是我，很失望？"温姐敏锐地捕捉到了叶晨枫眼底一闪而过的暗淡，她的嘴角有一抹不易察觉的微笑。

叶晨枫挑挑眉："怎么会呢？您是我的大管家，是我的姐姐，见到您，高兴都来不及。"

温姐笑了："哎哟喂，一大早嘴巴就像抹了蜜。快起床吃早餐！"

叶晨枫没再说什么，懒懒地起床，洗脸刷牙，喝了温姐带来的粥。

温姐走到他身边，说："小叶，今天有个安排，需要你去。"

"好。"叶晨枫头也不抬，冷漠地回答。

温姐今天的态度特别温和，苦口婆心地说："你最近的风波闹得有点勤，我觉得我们也不能总是不回应，特别是这次你眼睛的问题。不过也不要怕，今天下午宣传部已经通知一批媒体朋友，咱们主动公开你眼睛的问题，以退为进，主动向大家开诚布公地谈谈你的病情，并且向社会呼吁，如果有好的医生和办法，请及时和我们取得联系。这样一来，林超这种小伎俩，根本算不得什么。当然，他也达到了自己的目的，圈子里，人人都想上位，我也理解他的心情。”

叶晨枫喝着粥，侧眼看了看旁边的手机，说：“林超昨晚给我道歉了！我不怪他，一个人的创作黄金期是有限的，谁也不甘心默默无闻一辈子。”

“他道歉了？他怎么说？”

叶晨枫不回答。

温姐伸手拿过他的手机，看到了林超昨晚发来的微信：“对不起，兄弟。我也不知道为什么要说那些话，你就当我是浑蛋了，希望没给你带来太大伤害。欠你的，以后还！”

温姐放下手机，轻蔑地一笑：“所以，别那么傻了。你还不明白吗？先别管儿女情长、兄弟情义，你全力以赴才能保住自己目前的地位，使出吃奶的力气才能再上一层楼，懂吗？

叶晨枫放下了手里的勺子，他也明白温姐为自己付出了很多很多。他上前递给温姐一个三明治，拍了拍她的肩膀，说：“我懂，也会听你的话，去面对媒体。原谅林超不是因为我傻，就像你说的，他昨天爆出来的事，也许会变成好事，再经过温姐你的危机公关，我就更不用担心了。”

闻言，温姐笑了，说：“这样就好。听说林超已经试镜成功，下午见完媒体，你也要进组拍戏，这一去就是两个多月，一定要多加小心。咱不给别人挖坑，但也得防着其他人暗中使绊子。”

叶晨枫点点头，不再多说。

任彩怡坐在工位上，思来想去，还是给他发了信息：“林超说的是真的吗？”

叶晨枫正在化妆，准备下午见媒体，看到她的微信，释然地笑了。

叶晨枫：“是真的，我看不到颜色，我是色盲。”

任彩怡：“我真笨，竟然没发现。”

叶晨枫："你不问我为什么不告诉你吗？"

任彩怡："怕我嫌弃你呗。"

叶晨枫暖暖地笑了："那你嫌弃我吗？"

任彩怡："有一点，因为将来只能我去学车了。"

叶晨枫："你真好。"

任彩怡："所以我在你心里是彩色的？"

叶晨枫："不，你在我心里、眼里都是彩色的。"

任彩怡："不懂。"

叶晨枫："我要去开发布会了，你等我，我会把我眼睛的故事讲给你听的。"

任彩怡："好。"

叶晨枫的新闻发布会在网上直播时，任彩怡正在李总的办公室里给他看自己连夜整理出来的，关于将白知行的短篇小说改编电影的可行性报告。

任彩怡第一次提出这样的方案，还跟白知行有关，李总有点好奇。他放下手头的工作，认真看完了报告，笑着说："提议很好，等我今晚先拜读一下他的大作再说。"

"好啊，我非常看好这篇小说的影视潜力，希望您也能认同我的看法。"

"难得，怎么有种举贤不避亲，推荐自己男朋友大作的感觉？"李总看着她，露出坏坏的笑。

"啊？"任彩怡退后两步，颤颤巍巍地回答，"我只是觉得，这个如果改编成电影，很适合叶晨枫来演。"

"砰"的一声，李总合上了眼前的笔记本电脑，说："你这话，要是让老白听见，脸都要绿了。"

两人说话间，白知行的身影出现在办公室门口，一身得体的灰色套装，圆润的下巴上有着仔细刮过胡须后留下的青灰色印迹。

白知行浅笑着，优雅地问：“请问，谁要把我的脸变绿啊？”

李总打趣道：“谁敢把你的脸变绿，我老李第一个不同意。”

白知行发出爽朗的大笑：“既然李老板仗义，不知今天能否把任彩怡的时间借我？”

闻言，任彩怡和李总同时一愣。

白知行又说：“我拜托彩怡帮我看的那个小说，她肯定已经推荐给你了。”

李总看了任彩怡一眼，说：“是啊，我们正在讨论这个。”

“任彩怡提议改编成电影，我想了想，觉得特别好，所以想找她好好讨论讨论。”

李总自然是要放人的，临走时还不忘用眼神嘱咐任彩怡不要乱说话。

笑了一会儿，任彩怡就和白知行一起进了电梯间。

任彩怡没理由反抗，被白知行带到了公司楼下的咖啡厅。每次面对白知行，她都有种莫名的紧张与不自在，特别是现在跟他有了一种莫名的“公众关系”后，面对来来往往的目光，内心总觉得自己在做什么不光彩的事。

“把我的小说改编成电影，这想法不错，我还可以出资！”白知行饶有兴致地说。

“我就是随便说说，主要还是你的小说写得好。”任彩怡的紧张仍没有减轻。

“你是不是还想推荐叶晨枫来做男主角？”白知行开门见山地问出了这句话，想必他刚才在李总办公室门口，已经把他们的对话听得很完整了。

任彩怡抬头看着他，哑然一笑。

“这个人物身上有忧郁的气质，颜值还很高，眼睛会说话，又有点神经质，非常考验演技。”任彩怡咽了咽口水，鼓起勇气说，“我真的觉得他合适。”

白知行没说话，低头摆弄着手里的咖啡杯，良久后才说：“你觉得我会同意吗？”语气里带有一丝恼怒。

“啊？”任彩怡被问住了。

“无论是为了你，还是为了我自己，我好像都没有同意的理由！”白知行冷冷地说。

“哦。”任彩怡没有反驳，也没有问为什么。

“看来你是真的喜欢他。”白知行抛出一句话。

任彩怡沉默了，不由自主地把头转向窗外。长舒一口气之后，她轻声说：“是的，真的喜欢。”

白知行注视着任彩怡的脸，灼热中带着醋意，说：“好像，现在，我才是你男朋友。”

任彩怡回过头来，看着白知行。他突然伸出手，想去抚摸她的脸颊。她本能地往一边侧开，避开了他的触碰，他的手停在了半空中。

气氛突然有点尴尬，白知行收回手，说：“看来，我不但救不了你，还得先想办法救我自己。”

任彩怡被他刚才的行为惊到了，平复了一下后，说：“我以为我们是朋友。”

“只有你这么想吧。”

“这就足够了啊。”

“那我呢？”

任彩怡又一次愣住，白知行则死死地盯着她，让她无处可逃。

“我很感谢你，只是……”

“只是什么也给不了我，对吗？”白知行笑了，笑得很爽朗，“好了，不逗你了，我也不想每次见面都把你搞得那么紧张。”

任彩怡回到公司，给自己倒了一杯热水，坐在椅子上，莫名地烦躁。

她打开电脑，搜索着叶晨枫，想着他的新闻发布会应该非常成功吧。

看着镜头里装扮简洁、镇定自若的叶晨枫，任彩怡慢慢地出了神。他的眼睛那么黑那么亮，眼神中分明透露着神采，又怎么会只看得到黑白世界？他到底有多少故事？他到底是怎样的人？

紧接着，林超和叶晨枫在剧组和睦相处的新闻通稿充斥各大网站娱乐版头条。叶晨枫认真地为自己的隐瞒向粉丝道歉，说自己被眼疾困扰许久，内心很自卑，不敢告诉大家，幸亏好友帮助自己戳破这层面具，使得自己直面这个问题。

叶晨枫还告诉大家，拍完戏会重新去国外看眼睛。任彩怡的脑子里乱七八糟的，搅成了一团麻，她一低头才发现，这些步骤，包括叶晨枫说的话，都被整理成内部通稿放到了她的桌子上，而她竟然没注意到。

第十六章
身体不会说谎

一晃，叶晨枫进组拍戏已经有十来天了，温姐在这期间来过公司一次，不知和李总商量了什么，匆匆来，又匆匆离去。

任彩怡依旧在等他回来，网上依旧传播着白知行与她的各种根本不存在的浪漫故事。叶晨枫没有再接受过任何关于他眼睛问题的采访，他的粉丝仍在四处奔忙，为他推荐着各种治疗方案，他和 Milky 的绯闻反而慢慢地淡化了。

一切都朝着大家喜欢的方向发展，只是他们两人的关系突然变得怪怪的，不是故意疏远，却没有了每日的电话，明明彼此想念，却不能不顾一切地守在身边，大概因为彼此都是有故事的人吧。

最先受不了这种折磨的，还是叶晨枫。他想在七夕节这天请一天假去见任彩怡，温姐大约是猜到了他的心思，便全天候在剧组盯着他。

这一天，剧组提前收了工，准备去聚餐，叶晨枫半路借口肚子疼，偷偷溜回宾馆拿了包，打车往机场狂奔。

他在路上已经用手机预订好了花，还给任彩怡买了一条手链。

原本编好一条信息要发给她，想了想，又删除了，还是给她惊喜吧。

温姐的电话追了过来，他果断地关了机。

两个小时后，机场如潮的人流中，叶晨枫戴着帽子和墨镜，低着头匆匆而过。

就在这时，不远处，穿着一件驼色风衣的白知行向人群中招了招手。

叶晨枫一转身，任彩怡扎着马尾，一身学生打扮，嘴角带着明媚的笑容，一步步走向白知行。

这两个人同时出现在他的视线中，让他猝不及防。

他的身体顿时如撕裂一般疼起来，浑身冰冷，他把帽檐往下拉了拉，顺着通道一直往前走。

白知行笑容满面地说："本来累瘫了，看到你，立刻精神焕发。"

任彩怡微微一笑："李总可是交代我一定要在机场截住你，直接把你带到他的接风宴上。"

"哈哈哈，老李何必这么客气。不过，一下飞机就能看到你，我都没有拒绝的理由了。"

"呃……"

"哈哈哈，我又把你说紧张了，走吧，定不辜负李总的苦心。"

两人说着笑着，并肩走着，旁边好像还有媒体偷拍，装扮低调、独自行动的叶晨枫却没有引起太多人的注意。他犹豫着，不知要不要冲过去挡在他们前面，要不要就这么一把抱住任彩怡，告诉她自己回来了。

可是，她为什么会来机场接白知行，还是在这么特殊的时期？想到这里，叶晨枫停住了脚步，就这么怔怔地站着，看着任彩怡上了白知行的车。

车子刚刚发动，任彩怡就从包里拿出了一份合同，递到白知行手上。他翻看着，露出慈祥的笑容，看着任彩怡说："不用这么急吧？"

任彩怡顺手递上一支笔，说："那不行，万一你反悔了呢？"

"在你心目中，我是这么没有信用的人吗？"

任彩怡噘起嘴，点点头，把笔塞进白知行手里。他摇摇头，无奈又好笑地在合同上签上了自己的大名。

任彩怡收好合同，满意地说："谢谢白老师，咱们合作愉快。"

"我还以为你不会再来见我了。"白知行转头看着任彩怡。

任彩怡也看着他，说："我还以为你绝对不会把小说改编权给我们了。"

两人相视一笑，不再多言。

说话间，车已经到了上次去的私家菜坊门前，李总已经等在了里面。两人下了车，任彩怡却没有要走进去的意思。

李总与白知行的合作应该是水到渠成的事，没想到的是，"叶晨枫主演"几个字最终也会真真实实地落在合同上，果然，生意是生意。因为牵扯到叶晨枫，任彩怡虽然答应了李总来接白知行，但还是觉得不要出席晚上的饭局为好。

白知行看出了她的心思，并没有留她，只是说："刚才在机场，好像有媒体在拍我们。"

任彩怡并没有惊讶，这段时间，真真假假，虚虚实实，她好像越来越习惯了。她觉得那不是她的生活，随便别人怎么说都好。

任彩怡笑着说："好，知道了，我走了，回见！"

任彩怡站在街角看着路的那一头，一道道雨帘像银色的珠子挂在空中，如梦如幻。

夜，已经深了。

叶晨枫只身来到了任彩怡家的楼下，焦躁不安地徘徊着，他有一肚子的话想对她说，也有一肚子的问题要问她。

任彩怡家里的灯依旧暗着，他手里握着她家的钥匙，却没有勇气直接上楼找她，他怕开门后，会有自己无法面对的场面。想到刚刚在机场，白知行面对任彩怡时春风满面的样子，叶晨枫几乎要气炸了。他无法控制自己，此刻只能趁着夜色，在任彩怡家楼下等着。

他拿出手机，继续无视温姐的未接来电与微信，给任彩怡发了一条信息："干吗呢？"

不知为什么，任彩怡很久都没有回复。

温姐的电话又追来了，他不耐烦地接起。温姐教训道："你在哪儿？快点回来，你这是要耍大牌吗？七夕节扔下剧组，玩消失！明天一早的拍摄，是要剧组开天窗吗？你想气死我是不是？我现在是管不住你了吗？"

"明天一早我一定会按时出现在剧组，不会耽误拍摄。"叶晨枫语气淡淡的，只说了这一句，便又挂断。

"叶晨枫！"

任彩怡的声音从背后传来。

虽然在黑暗的角落，虽然他全副武装，不露声色，但是任彩怡仍然一眼就认出了他。她不敢相信自己的眼睛，甚至以为在梦中。

他转过身，站在原地不动。任彩怡慢慢走近他，他的脸越来越清晰地出现在她眼前。他的衣服被雨打湿了，脸色疲惫，眼圈发红。

"你怎么来了？"任彩怡伸手触摸他的脸颊，却被他一把抓住手腕。

他看着她，目不转睛，却仍没有说半个字。她下意识地去看他的眼睛，那双传说中看不到色彩的眼睛里分明有像火一样炽烈的东西。

任彩怡拉过他的手，看了看四周，把他拽进楼道，径直上了楼，拉进了家里。

她一边反锁门一边说："你没有带钥匙吗，怎么不上楼呢？"她一转身就被他一把抱住。

任彩怡也没有多想，紧紧地圈住了他，任由他抱得死死的。

半晌过去，叶晨枫仍旧只字未言。任彩怡轻轻地推开他，双手捧着他的脸，温柔地问："怎么不说话呢？回来了怎么不告诉我？"

叶晨枫用含着火的眼睛看着她，说："我想你，这理由够吗？"说罢，便吻住了她。

他把她圈在自己的胸膛里，霸道地撬开了她的唇，烈火一般的舌，探入她口腔里的每一个角落，让她没有反抗的余地。或许，她根本不想反抗，她热烈地回应他，又一次将他点燃！

叶晨枫抱起任彩怡，朝着卧室走去，但是并没有终止与她的吻，直到门口，她才得到短暂的呼吸。突然，任彩怡感到自己的身体悬空了，接着，她被抛到了床上，任由他的吻在她身上每一个角落肆虐。

窗外的风雨也更加大了，今晚没有月亮，但她看得清他，时间流逝，两个人已经深深缠绵成了一体……

这一夜，他们都没有睡，甚至没有说话，好似都怕对方先开口说自己的故事一样。他们用亲密表达着一切，彼此缠绕着，谁也不愿意放手。

不知何时，雨已经停了，天也已经大亮。叶晨枫的手机闹钟响了，他轻轻地按下，叹了口气。

“要走了吗？”

“嗯，早班机。”

“偷偷回来的？”

“嗯，想跟你一起过节。”

“就为了这个？”

“嗯。”叶晨枫从身旁外套的口袋里掏出一条精致的手链，温柔地戴在了她的手腕上，并在她额头落下一吻。

看着自己手腕上这条挂着闪闪珠子的手链，任彩怡笑了，眼睛也湿润了。她又抱住了他，喃喃道：“傻瓜。”

叶晨枫享受着她的依偎，不愿离开，却又不得不离开，说：“我该走了。”

“你今天的话好少，我们好像很久都没有好好说过话了。”

“是吗？”

“下次回来提前告诉我吧，我不需要惊喜，我只想跟你在一起的时间可以多一些。”

“真的吗？”

“真的。”

叶晨枫始终没有问出他想问的问题，但也不得不面对又一次的分开。

去机场的路上，他发微信给她：“其实，昨天在机场，我看到你了，还有他。”

任彩怡：“所以，你才不愿意说话？”

叶晨枫：“但我相信你，身体不会说谎。”

任彩怡：“哈，这算是撩我吗？”

叶晨枫：“你被撩到了吗？”

任彩怡：“傻瓜。不问问我为什么去接他吗？”

叶晨枫：“不想问了。什么都比不上你在我身边。”

整个剧组的工作紧锣密鼓地进行着，很快，叶晨枫的新剧提前杀青了。

叶晨枫没有回来，被温姐直接带去了国内的一个电影节，正好见识各路大咖，也顺便宣传新剧。

林超回来了，他第一时间约了任彩怡。

林超好似换了一个人一样，不再是摇滚青年的打扮，着装乖巧素雅了很多，头发也剪短了些。他戴着墨镜坐在任彩怡对面，不知如何说出开场白。

“我觉得我应该……”

“你应该去找他，找我没用。”

“他跟你说起过我吗？他还生气吗？”

“你们不是在一起拍戏吗？你见他的机会应该比我还多。”

“唉！”林超不停地叹气，说，“他的团队每天跟防贼一样防着我，基本不给我靠近他的机会。其实，在剧组，除了在片场正常拍戏，小叶也基本不跟别人接触，全组上下觉得他很孤僻。”

叶晨枫最近确实话说得越来越少，任彩怡感觉得到。

“不拍戏的时候，我给他发信息、打电话，他也基本不回应。”林超无奈地摇摇头，“我很后悔，也不知是哪根筋搭错了，竟然出卖自己的兄弟。现在看来，他应该要跟我绝交了吧。”

“他不会的。”任彩怡淡淡地说。

闻言，林超差点把刚刚喝到嘴里的咖啡喷出来：“真的吗？他说的吗？”

“没有，我猜的。”

“哦。”林超有点失望，“希望你猜得对。”

“他一直希望你好，你知道的。你现在挺好的，他会为你高兴的。”

“呵呵……”林超苦笑着，“是啊，确实比以前更容易接到工作了，可是骂我的人也比以前多了，这个卖友求荣的罪名我还得背几年。”

“不会的，看客们都很健忘的，只要你越来越好，他们一定会忘记最初的一切。”

“谢谢你，我做了这样对不起你们的事，你还安慰我。”

“他可能还需要一点时间吧，至于我呢，有时候还挺感谢你说出这件事情，不然我都不知道他会瞒我到何时。这是第二次了吧，每次都是你点醒我。”

任彩怡越是这么说，林超越是不好意思。他看着任彩怡，想着她跟叶晨枫究竟会怎样继续下去，慢慢地陷入沉思。

“只是，他的眼睛真的可以治愈吗？”任彩怡突然问。

“应该可以吧，虽然一直伪装得很辛苦，但他自己从没放弃过。不过，好像他并不是完全看不到，因为他总说他看得到你的色彩。”

“我的色彩？”叶晨枫之前也对任彩怡说过这样的话，但她还是不太明白。

“对，但是每次我问他，他都神神秘秘的，什么都不说，我想他大概是想对你一个人说吧。”

这次换任彩怡陷入沉思，嘴里还不停地念叨着：“他看得到我的色彩……只有我吗……为什么是我……”

任彩怡盼着他回来，每一天都在盼。只是他归来，又不得不面对新的问题。

叶晨枫和林超的新剧上档很快，只是……

“这部剧昨晚播了第一集，收视率非常不理想，到处是负面新闻，网上一片骂声。我有一种不好的预感，说不定电视台会把这个剧撤下来，如果是那样的话，对现在的小叶非常不利。”温姐忧心忡忡地说。

叶晨枫对制片方急于排播的做法也并不认同，但是，很多事，不是他左右得了的。他自然盼着这部剧收视长虹，最好成为一匹黑马。自己更强大，就可以多一分力量保护她。只是每每想到这些，他都会不由自主地想到那些白知行和任彩怡的新闻，心里便会酸得很。此时此刻，他倚在窗边，望着白色的天空，黑色的大楼，眼神一片涣散，情不自禁地长长叹了一口气。

紧接着，网络上出现大肆批评小鲜肉只会拿天价片酬而缺乏演技的新闻，铺天盖地的批评里不乏涉及叶晨枫的，毕竟以他为第一男主角的这部电视剧，剧情上存在种种瑕疵，后期制作也不尽人意，播出第一集之后，收视很不理想。

然而，仅仅一天的时间，微博上各种口风突然出现了大反转，一大批夸奖这部剧的评论不断涌现，各种热搜上了又上。但是，网友们对所谓的“好评”并不买账，抨击剧方以及剧中演员雇水军刷口碑，叶晨枫自然免不了受牵连。

温姐一行人回到公司时，李总已经接到电视台的正式通知——叶晨枫主演的这部剧被撤下了。一时间，网上众说纷纭，叶晨枫甚至关闭了微博的评论功能。

叶晨枫满脸疲倦地坐在李总办公室外的休息间里，眯着眼，偷偷看不远处的任彩怡，他特别不想以失败者的样子来见她。她低头忙碌着，时而用笔记录着什么，时而在电脑上噼噼啪啪地打字。他用手机偷拍了一张她的照片，淡蓝色的连衣裙衬得任彩怡格外清新。

他在微信上给她发去一句话：“今天的连衣裙很好看。”

任彩怡看到微信，瞬间从工位上站起来，环顾四周，却没有看到叶晨枫的影子。她连忙拿起手机回复：“你来了吗？你在哪儿？”

叶晨枫：“我又惹事情了，没脸见你。”

任彩怡：“幼稚鬼，躲着就能解决问题吗？”

等他回复的时候，他已经晃晃悠悠地出现在她的面前，敲了敲桌子，说：“不许说我幼稚！”

任彩怡抬起头，狠狠瞪了一眼面前的他，说：“这么容易就被打倒，就是幼稚。”

“我……”叶晨枫刚想回击，却无意间瞥见了任彩怡桌边白知行的小说。

任彩怡来不及阻拦，小说已被他拿起。他随便翻看着，露出不屑的笑容，说：“怎么，你已经成了他的粉丝吗？上次是粉丝接机吗？”

任彩怡一把抢过他手里的小说，说：“还说自己不幼稚？不过是一本小说，这个醋也要吃，真是浪费了李老大的苦心。”

“什么苦心？”

“你知不知道老大费了多少心思，才劝服白知行同意将小说改编权给我们，而且附加条件是由你主演！”

叶晨枫瞬间发怒了：“我拒绝，不需要你们费心。”他说得很大声，引得整个办公室的人都朝这边看过来。

任彩怡一下子紧张起来，朝四周张望了一下，压低声音说：“这么大声干吗？温姐没跟你说吗？你不知道吗？”

“呵呵。”叶晨枫哭笑不得，“我知不知道有那么重要吗？全世界有人在乎吗？”

“我……”

正在这时，温姐和李总从办公室里出来了。

“怎么回事？都是小孩子吗？还有心情拌嘴？小叶，快，阿良在楼下等着呢！我们走吧！”温姐冷冷的目光在任彩怡的身上游走了一圈，转身向着电梯间走去。

叶晨枫像一头狮子一样踱了两步，又回头对着任彩怡说：“感谢任老师的美意和提携，我想想要不要配合！”

任彩怡胸口憋了一口气，一时无语。

李总看出他们俩之间暗潮汹涌，静静地看了看，便转身回到了办公室。

中午时分，白知行准时出现在办公室门口。他穿着一件淡绿色的衬衫，眼角带着笑，整个人看上去清爽而柔和。

刚刚跟叶晨枫置了气，任彩怡还没缓过来，看到白知行来了，还是勉强挤出了笑容，说：“有什么好事吗，白主编？看上去心情很好的样子。”

“我一直这样啊，你见过我心情不好的时候吗？”

白知行的声音有一种中年男人特有的磁性，澄澈而有穿透力。他的脸上总是带着淡淡的笑容，好像永远没有忧愁的样子。

此刻，白知行像个小孩子一样搓着手站在她面前，脸上仿佛带着一丝红晕。她又想到刚才叶晨枫的反应，对啊，他的假想敌看起来很难对付的样子，也难怪他总爱吃醋。想着想着，任彩怡也咯咯笑起来。

“你又傻乐什么呢？”白知行问。

任彩怡憋着笑，说：“没什么，向你学习，乐观。”

白知行捏捏任彩怡的鼻子，嗔怪道：“在我心里，你一直是个乐观、不服输又不肯吃亏的人。”

任彩怡有点不好意思，她下意识地往后躲闪。

白知行收回自己的手，说："对不起，为老不尊了。"

总得给恩人一点面子吧，任彩怡只能接着他的话说："没有没有，我就是……不吃亏嘛。"

白知行也不再多说，他依旧笑着，走进了李总的办公室。

任彩怡送白知行离开的时候，两人之间还有那么一点尴尬。

到了公司楼下，白知行想和她一起喝杯咖啡再走，被她推脱了。

"你怕我再碰你吗？"白知行盯着任彩怡的眼睛，一字一顿地问。

任彩怡说："没有啊。"

白知行突然靠近她，伸手摸她的头发，轻声问："那我可以碰你吗？"

他的气息扑面而来，任彩怡心里立刻蹦出"不能"两个字，虽然没有说出口，但她后退的姿态已经表明了一切。

"这里人多，还是不要这样吧。"她怯怯地说。

"哈哈，男女朋友之间这样应该很正常吧。我们在大众面前永远相敬如宾才是最奇怪的。"

"呃……不用做戏做全套吧。"任彩怡喃喃地说。

白知行没有回答，他看着她，若有所思地笑了笑，便走出大堂，上了司机的车。看着他离去的身影，任彩怡如释重负。

她慢慢地走回公司，躲进卫生间，打开水龙头，哗啦啦的水声慢慢驱走了她内心的不安。她预感到白知行好像在计划着什么，至少她和他的"恋情"应该一直在他的计划中。

坐在工位上，任彩怡心神不定，手机"嘟"的一声，是白知行发来的信息："既然已经登场，自然要完美谢幕。"

任彩怡有些失神，觉得自己好像没了退路。

第十七章
这个人不简单

“听说你跟白主编进展神速啊。”任彩怡第二天刚到公司电梯口，身后就响起温姐熟悉的声音。

她回头，看到温姐一身干练的黑色套装，笑语盈盈。

任彩怡的心头一颤，嘴巴张了张，却一个字都说不出。稍一沉吟，她客套地笑道：“温姐，咱们不需要说这样的话吧。”

每一次见到温姐，她都有一种莫名的压迫感，无端感到紧张、手足无措。

温姐走到任彩怡的身边，轻声说：“我是想感激你，白知行的小说非常好，我很感谢你为小叶做的一切。希望这部片子尽快筹拍，能成为小叶的代表作。这样多好，你和白主编的搭配看起来有百利而无一害。”

“这样多好”四个字由温姐的嘴里说出来，似乎每一个字都带着千斤重的力量，低沉、严厉。

任彩怡的头“嗡”的一声，浑身的血肉都一波一波地抽搐着，可她还是假装云淡风轻，笑着说：“谢谢温姐，谁和谁搭配，最终走到一起，都不应该是我和你单方面能定的吧。”说完，她进了楼梯间，甩出一句，“我今天走楼梯锻炼身体，回见！”

刚到工位坐下，任彩怡才发觉李总和白知行不知何时已经在办公室里侃侃而谈了。

很快，李总笑眯眯地说："彩怡，倒杯茶。"

任彩怡不敢耽搁，低眉顺眼地送了杯茶进去，很快就回到了工位上。

她低着头在手机上忙碌着，想跟叶晨枫说点什么，编了一条微信，又删除，再编，始终觉得措辞不妥，索性也删了，不由得叹了口气。突然，她感觉似乎有谁的目光牢牢锁定在自己身上，这道目光中带着火焰，一浪比一浪高。

任彩怡抬头一看，只见叶晨枫靠在墙角，眸子清冷，嘴角带着讥讽的笑意。

他若无其事地打招呼："早上好啊，任老师。"

她收起手机，用同样的语气说："果然要努力了啊，这么早出现在公司。"

叶晨枫气呼呼地扑过来，两手撑在桌子上，低声说："一上班就能见到我，你不高兴吗？"还没等任彩怡回答，他又说，"也对，有人比我来得更早。"说着，斜眼看了看李总办公室。

任彩怡呵呵一笑："B市醋王的称号你不领，别人都不敢领啊。"

"我没吃醋，我是听话，任老师让我干吗我就干吗，李总让我跟白主编见一面，我就见。我又不怕见他，反正我比他帅。"

"帅能当饭吃吗？"任彩怡挑衅。

"那你是承认我比他帅了。"叶晨枫露出得逞的笑容。

"我拒绝回答你这个幼稚的问题。"

"你等着，早晚我要让你亲口说出我比他帅。"

"等着就等着，你能把我吃了吗？"任彩怡顺口反驳叶晨枫，一出口，又觉得好笑，在这公众场合打情骂俏，她竟然也干得出来了。

果然，叶晨枫脸上的阴霾散去。半晌后，他嘴角带着笑意，小声说："我就是想吃了你，你好好等着。"

“别贫了！”任彩怡红了脸，忙不迭地用眼角的余光环顾四周，说，“你要是来找李总，就赶紧进去。”

“好，我现在就进去会会那个大叔，看看他到底给我摆了什么局。”说完，叶晨枫便大摇大摆地走进了李总办公室。

办公室里，李总和白知行面对面坐在会客区的沙发上，叶晨枫走进去跟李总问了好。如果不是李总正式介绍，他都不会正眼瞧白知行。

还是白知行先开口：“久闻偶像大名，今天终于见到本人了。”

叶晨枫歪嘴一笑，挑衅道：“您这么想见我？对我这么好奇吗？”

白知行听出了他话里的意思，却仍保持着得体的微笑，轻描淡写地说：“我小说的未来男主角，我自然要见一下啊。”

“现在见到了，觉得怎么样？”

叶晨枫一步步走到白知行面前，仿佛要让他看得更清楚。白知行也站起身来，礼貌地向他伸出手。

叶晨枫却没有要去握手的意思，他用一种“我就是这么不懂事，你能拿我怎样”的眼神看着白知行。白知行也没有收回手的意思，他的眼神仿佛在说“没事，我不计较”。

李总受不了这样的剑拔弩张，一把拉过叶晨枫，让他坐在了两人对面。如果不是白知行坚持，李总是不会安排这次见面的，在最短的时间内结束两人的直接沟通才是最好的安排。

……

叶晨枫先一步走出了办公室，经过任彩怡身边的时候，他只说了一句：“这个传说中的白知行也不过如此。”

任彩怡只得翻个白眼，然后低头苦笑。

白知行稍后也走出了公司，但刚刚走出办公大楼，就被人叫住了。

“嗨，白主编，有时间吗？”

白知行转头看去，大楼后面的通道口站着的，正是戴着帽子和墨镜的叶晨枫。

白知行没有回话，干脆地转身向他走了过去，然后两人一起走进了通道的深处。

叶晨枫倚靠在墙上，点燃一支烟，递给白知行。

白知行推开他的手："谢谢，我不会。"

叶晨枫把烟放到自己嘴边，深深地吸了一口。过了许久，他才说："把别人的女朋友说成是自己的女朋友，感觉如何？"

白知行淡淡地说："她是别人的女朋友吗？"

"都是男人，别装糊涂好吗？"

"我不知道你在说什么。"

"她是我女朋友！"

"谁知道？谁相信？"

没想到白知行突然说出这样的话，叶晨枫愣住了。他压了压胸口的怒气，把手里的烟在墙上捻灭，转头看着白知行说："我不知道你同意让我演的目的是什么，但是，假的永远真不了。我和她的事，我们俩最清楚，谁也改变不了。"说完，便向外走去。

他刚走到通道口，白知行就说："你确定吗？别忘了，我可是媒体人，你的过往经历，你的眼睛问题，任彩怡未必清楚，但我也许清楚。"

听到这些话，叶晨枫有些意外，白知行果然不是什么简单的人物。只是他这么急着摊牌，不留一点余地，确实是叶晨枫没有想到的，这一切都让他禁不住浑身打怵。

他回头对白知行说："不管你清楚什么，我都不会放开任彩怡的。"

叶晨枫走了，白知行却还站在那里，他整理了一下自己的衣服，拿出手机拨打了电话。电话接通，白知行说："让你帮我查的事情，查到了吗？"

喧嚣繁忙的一天很快就过去了，临近下班的时候，任彩怡收到了叶晨枫的微信："我在日料店等你，你不来，我就一直等。"

她收起手机，露出甜蜜又无奈的微笑：臭小子，那就让你多等会儿，让你好好想想帅是不是可以当饭吃。

叶晨枫是一贯的清爽打扮，白衬衫、牛仔裤，简约、自然。他坐在日料店靠窗的位置，窗前一盆蟹爪兰正在怒放，他整个人沐浴在夕阳的余晖里，不停地看着表，脸上没有一丝表情。

比自己预想的可以见到任彩怡的时间已经晚了近一个小时，叶晨枫再次发出微信："你来不来？你要是不来，我就不演那个什么狗屁小说了。"

"敢威胁我！"任彩怡终于缓缓地出现在了他面前，"爱演不演，我又没有损失。"

看到任彩怡的那一刻，叶晨枫如释重负，露出了灿烂的笑容："我就知道你会来。"

"我为什么过来？还不是看不惯你这种自负的人？"任彩怡随意地坐在他对面，"还挑这种显眼的靠窗位置，生怕别人拍不到吗？"

叶晨枫随手把窗帘一拉："怕什么，又不是没被拍过。"

"顶风作案，非得在这种公众场合见面！"

"那我们回家也行啊，我巴不得呢。"说着，他便站起来，去拉任彩怡的手。

"别闹！"任彩怡警觉地甩开，"快坐下，公众场合还耍无赖！"

叶晨枫坐了下来，一副得逞的样子。这时，穿着和服的老板娘走了过来，没有多说什么，只是微笑着把一旁的屏风拉了过来，把他俩的桌子和公共区域隔开。

老板和老板娘按照他们的喜好给两人配了菜，等菜上齐了，叶晨枫也不动筷子，只是一直盯着任彩怡，看她吃饭的样子。

任彩怡不说话，不间断地吃着，也不看他。

"你相信吗？"叶晨枫咽了一下口水，"你在我面前不是黑白的。"

任彩怡头也不抬，依旧狼吞虎咽地吃着，轻松地说：“我相信。”

“啊？相信？”叶晨枫有点不太相信自己的耳朵。

“我不应该相信吗？咱们说好的，要信任对方啊，你以为我是你啊，总是这么多疑？”

“你都不问我为什么吗？”

“因为你迷恋我，我在你眼里一定跟花一样漂亮。”

听出任彩怡话里讽刺的意思，叶晨枫反而放松了：“你什么时候也变得这么不要脸了？”

“跟你学的啊，只允许你夸自己帅，不允许我说自己漂亮吗？”

叶晨枫用手拍了拍任彩怡的脸颊，说：“对，你最漂亮，咱俩一起才最般配。”

任彩怡早已习惯了他的甜言蜜语，放下筷子，喃喃地问：“还贫，说到你的眼睛，难道真的没有什么好的办法治愈？”说着，她伸手在他眼前晃了晃。

叶晨枫一下子抓住她的手，说：“我只是色盲，又不是瞎。”

“我是认真的，国外有什么好办法吗？有没有做过系统的检查？”任彩怡认真地问。

“呵，早就检查过了，不是一次两次，是无数次，我早就放弃了。”他温润地笑着，依旧紧紧拉着任彩怡的手，“不过，只要有你在，我就什么都不怕，因为……”

还没等叶晨枫说完，任彩怡又喃喃自语道：“那倒也是，色盲也不影响正常生活，是没什么可怕的。”

叶晨枫想说的话又憋了回去，只不过说到“怕”，他才想到了今天约她的目的：“差点忘了跟你说，白知行这个人不简单，你最好还是离他远点。”

任彩怡并不知道今天他们之间发生过什么，在她看来，叶晨枫说这话大概还是出于小男生的醋意吧。

任彩怡也紧紧握住他的手，说：“你啊，如果想让我跟他保持距离，少点关联，那就不要总是这么不分场合就任性。你不惹事，我就不用总是跟他演戏。”

叶晨枫无疑是懂她的，他像是从天而降，不管不顾地在任彩怡的心里攻城略地。他看似稚嫩不羁的外表下，有一颗柔软敏感的心，在任彩怡面前，他毫不设防，总是说些幼稚的话，却真实无比。

任彩怡盯着他，他的眼神干净而纯粹，眉眼里不隐藏丝毫思念，让人一眼就看穿，就好像另外一个自己，无端生出亲切来，令人想要靠近一点，再靠近一点。

她原本准备和叶晨枫讨论一下电影的事情，听听他的想法，顺便再嘱咐他几句，但这些话都被她生生咽了回去，今天大概不适合再提起跟白知行有关的任何事了吧。

叶晨枫上通告之前，温姐特意买了早餐送到他家里。

因为和任彩怡“冰释前嫌”，叶晨枫心情很好，吹着口哨晃晃悠悠地挑选衣服。

“心情那么好，那我大概知道你昨晚干了什么。”温姐给叶晨枫盛了一碗粥，像是不经意地轻声说。

叶晨枫调侃道：“你想不想知道更多细节？我可以都描述。”

温姐呵呵两声，说：“我知不知道不重要，媒体知道了，你们两个就等死好了。还有白主编，他们都不是吃素的，能捧你，就能毁你。”

叶晨枫倒吸一口冷气，放下碗筷，说：“姐，你觉得我从英国跑回来，是为了让别人捧的吗？更何况这个人是白知行。”

“我现在倒是真的有点不太明白了，吵着闹着要回国的是你，要当艺人的也是你，要……”

“我是要当歌手，不是演员！”

“有区别吗？”

“有区别！我是希望能站在人群多的舞台上，让我可以一眼就……”说到这里，叶晨枫突然笑了，“算了，现在也不需要了。”

“现在整个唱片行业都不景气，当歌手出人头地太难了。我们说好的，曲线救国，你的歌手事业依旧在我们的计划内。”

“可是已经不在我的计划内了，我可以不当演员，不在这该死的娱乐圈混，我都无所谓。所以，千万不要拿白知行牵制我，我不在乎什么捧杀。”

“那你为什么同意接这部戏？”

叶晨枫沉默了一会儿，若有所思地说：“这个，还真的是因为白知行。”

“什么意思？”

“哈哈，让白老板捧我啊，不好吗？”

这个世界，最不缺的就是秘密，谁都有。

叶晨枫摆弄着手里的打火机，若有所思地看着窗外。

他把自己和白知行比较了一下，一个是根基未稳的小明星，一个是地位稳固的媒体人；一个还在闯荡阶段，处处求人，甚至受制于人，一个坚如磐石，基本不需要再低眉顺眼了……

他有点惶恐，极力想抓住什么，又觉得力不从心。

他抬头直视着太阳，清晨的阳光并未让他觉得刺眼，他伸出手在自己眼前摇摆了几下，顿时觉得好无趣。没有她在，这个世界都是那么灰暗无趣。

面对无聊的采访、重复的问题，叶晨枫只能强打精神。直到被问到关于白知行的问题，他才又警觉起来。

“听说你跟白知行主编未来可能会有合作？加上之前误传的绯闻，你们看起来很有缘分啊。”提出问题的是一个戴着眼镜的男记者。

“我不太懂你的意思。”叶晨枫没好气地给了他一个眼神，放下话筒，并没有回答。

温姐刚想出手打断记者的提问，另一个人又问道："我们今天刚得到消息，白主编跟任小姐有订婚的打算，请问你有什么要说的吗？"

听到"订婚"两个字，叶晨枫猛地抬头，站了起来，指着那个提问的记者说："你说什么？你从哪里得到的消息？"

看到叶晨枫的反应，台下媒体的兴致一下子被调动起来。

"你有什么祝福要送吗？"

"你完全没有听说吗？"

"你跟任小姐真的没有什么吗？"

……

叶晨枫的脑子仿佛一下子空了，记者此起彼伏的提问声都变成了他听不进去的嗡嗡声。

看到他发呆的样子，阿良立刻把他从台上拉了下来，带到了休息室，温姐则留在现场安抚躁动的记者们。

被带回去的叶晨枫，立刻拨了任彩怡的电话。电话接通的那一瞬，他便着急地说："快告诉我，没有订婚这事，只要你说没有，我就信。"

电话那头的任彩怡一脸懵懂的样子："什么订婚？谁跟谁订婚？"

听到她的回答，叶晨枫大概知道是谁在搞鬼了，他说："好的，我知道了。"随即挂了电话。

任彩怡马上打开了电脑，搜索着相关新闻。肯定是发生了什么，他才会如此质问。叶晨枫则不顾阿良的阻拦，径直奔了出去。

白知行大概料到叶晨枫会来，已经早早等在了杂志社的四合院里。见到叶晨枫的时候，白知行已经为他泡好了茶。

招呼他坐下后，白知行便开门见山："你来得比我想的要快。"

叶晨枫也不拐弯，说："你比我想的还要老谋深算。"

"你比我想的更冲动。"

“别绕圈子了，你到底要搞什么？”

“我对媒体说的，就是我想做的。”

“你觉得这样有意思吗？假的玩多了，是不是自己就当真了？我是不是要劝你去看看心理医生啊？”

白知行依旧保持着绅士的笑容，淡淡地品了一口茶，说：“该看心理医生的人应该是你吧。”

叶晨枫瞪着他说：“你什么意思？”

“你的事情，打算瞒她多久？”

白知行这一句，让叶晨枫瞬间明白自己的秘密已经全在他的棋盘里了。

“怎么，你打算替我告诉她吗？”

“如果你需要我帮忙，我也可以代劳。”

叶晨枫大声地笑了，他知道是时候了，应该让她知道自己到底是谁了。他站起身来，对白知行说：“那就不劳您费心了，我和她的事情，您就不要掺和了。”

叶晨枫走了，白知行看了看手机上刚刚收到的信息，来自任彩怡：“我们见一面吧。”

白知行回复：“好的。”

任彩怡约白知行在小区附近的街心花园见面。

夜色阑珊，白知行因为一个紧急会议而耽搁了许久，任彩怡一个人在花园里踱步。一棵粗壮的梧桐树静静屹立着，不远处的花圃里种着很多香水百合，风带着花香无声无息地钻进鼻孔里，她感到无限惆怅。

接到叶晨枫的电话后，她和白知行要“订婚”，叶晨枫“耍大牌”的消息就在网上炸开了。看到这些，她立刻给白知行发了信息。

人生如此艰难，有时候明知道很多话说出口会伤人，但不说，会更伤人！

任彩怡长叹一声，思绪纷乱，一回头，发现白知行一路小跑过来，冲着她招手。

跑到任彩怡面前，他气喘吁吁地笑着说：“等着急了吧？一散会我就立马开车过来了。有什么话这么急着想跟我说啊？”

“我、我、我……”任彩怡支吾着，反复酝酿，打了无数回腹稿的一番说辞在即将要冲破嗓子眼的那一刻又咽了回去。她咬着嘴唇，感到胸闷气短，不知道该用怎样的开场白才能进行这场艰难的谈话。

白知行沉默了，凝视着任彩怡，良久后，笑了：“怎么，是因为今天网上的新闻吗？”

任彩怡深呼吸一口气，问：“为什么会有那样的新闻？是你说的吗？”

“是我啊！”白知行承认得很坦然。

“有必要吗？”被牵着鼻子走的感觉让任彩怡不悦。

白知行抿嘴一笑，伸手摸了摸她的头发，说：“你不喜欢的话，下次就不说了。”

任彩怡习惯性地往后退了退，她犹豫了一下，决定豁出去，说：“白主编，我们的事，到此为止吧，继续演下去，我怕最后连朋友都做不成。而且，目前这个发展，我确实不喜欢。我知道这样可能会给你带来一些麻烦，也辜负了你的好意，但是，我真的不喜欢现在这种虚假的生活。”

白知行仔细听了她说的每一个字后，笑着问：“你确定吗？你真的不考虑一下跟我在一起吗？”说完这句，他往前走了几步，夜色清冷，周遭一片寂静，白知行的声音带着清澈的穿透力，一个字一个字地蹦进任彩怡的耳朵里，“人生的出场顺序是无法改变的，就像你先认识了叶晨枫，后来才认识了我。于千万人之中相遇，你刚好回眸，我刚好一笑，是多美妙的事情。我也不止一次跟你说过可以来我的身边，我想你那么聪明，也早就明白了我对你的感情。只是可惜，我的出场太晚了，你的心里已经满了，但是我仍然想努力地向你靠近，因为我始终认为，我比他更适合留在你身边。”

白知行的话，让任彩怡红了脸，此刻，除了一句“对不起”，她再也说不出别的话。她叹了口气，接着就是长久地沉默。

白知行走到她身边，轻轻在她肩上拍了拍，安慰道：“‘对不起’应该是我最不想听的话吧，当然，还有一句‘谢谢你’。”

任彩怡“扑哧”一笑，说：“那我只能不说话了。”

“你最好不说话。”白知行笑道，“眼下，我们俩没有退缩的余地，知道吗？如果此时对所有人说一切都是假的，再加上今天叶晨枫在媒体面前的表现，你觉得事情会怎么收场？除非你们已经做好了一切心理准备。”

任彩怡依旧沉默，她明白，今天的局面，她入得容易，想出来却没那么简单。

第十八章 明亮如你，灰暗如我

从白知行那儿出来后，叶晨枫觉得无处可去，甚至找不到人说说话。他一个人在路上走着，脑子里一片空白，不知不觉走到了林超的录音棚。

叶晨枫还愿意来找自己，林超很高兴。虽然这段时间两人少了交流，但林超仍可以一眼看出他的心思。

两人没有多余的寒暄，林超拿出啤酒，放了点音乐。叶晨枫和林超碰杯，此刻，林超是他唯一可以说话的人。

“我不知道该怎么办了，兄弟。”叶晨枫的心有点慌，全然没了刚才面对白知行时的无所畏惧。

听到“兄弟”两个字，林超眼睛有些红，坐到叶晨枫的身边，一把搂过他的肩膀，感慨道：“还能听到你叫我兄弟，我真是……”

叶晨枫自嘲道：“我现在也只有你这么一个兄弟了。”

林超长叹一声，说：“唉，我害过你，利用过你，你还把我当兄弟。我至今都不明白自己为什么鬼迷心窍，竟然做出那样的事情来。”

叶晨枫打开一罐啤酒，递给林超，自己又开了一罐，说：“过去的事就让它过去吧。”

“好。”林超本不是个话多的人，听叶晨枫如此一说，不由得轻松了许多。

叶晨枫问："你最近过得还好吧？"

林超举起啤酒"咕咚咕咚"灌了几大口，苦笑道："我靠着那点热度，接了几个活儿，挣了一点钱，现在一样没事干。我就不适合这个圈子。"

叶晨枫拍拍他的肩膀，说："是这个圈子不适合我们，还好我们有彼此。"

"你说得对，我也只剩你这一个兄弟了，过去的事让它过去，兄弟对不住你的，拿一辈子还你。"

叶晨枫又长叹一声："能过去的都不是事，有些事根本就过不去。其实我还挺羡慕你的，起码，你和家里的关系还蛮不错的。我都已经好长时间没给我妈打电话了，不知该说些什么。真的，有些事在我心里就是过不去。"

"你说的这些事跟任彩怡有关系吗？"

叶晨枫又灌了半罐酒，然后点点头。

他又想起了那个像恶魔一样的男人，还有每天都在哭诉和打骂中度日的妈妈。他不愿意回忆自己在英国的日子，那段灰暗到令人窒息的生活。

"你知道我为什么喜欢音乐，想当歌手吗？"叶晨枫问林超。

都爱音乐的他们，却从来没有讨论过这个问题。

"为什么？"

叶晨枫走到林超常用的键盘旁，随便弹了一段旋律。然后，他抚摸着那些熟悉到不能再熟悉的琴键，说："对于一个色盲来说，在我的灰暗世界里，黑白色的琴键和黑白色的五线谱，就是仅有的活力，也是我应付起来最没有压力的东西。所以，当医生治不好我的眼睛时，我就把全部精力投入音乐里。我许了个愿望，一定要成为一个可以站在舞台上的歌手——我总觉得站到高处，站到可以看见人山人海的舞台上，就可以更快找到她。因为，人群中只有她是有色彩的，我一眼就可以看到。"

“所以，一直以来，你说只有看到她才看得到色彩是真的？”

“是不是听起来有点荒谬，连你也觉得难以置信？”

“听着是有点玄，不过还挺浪漫的。她知道吗？”

“我会让她知道的，所有的事情，我都会告诉她，不会把机会留给别人。”叶晨枫的眼神逐渐尖锐起来，手里的啤酒罐已被他握扁。

林超抢过他手里的罐子，又重新给他开了一罐，说：“我知道你是个有故事的人，你不说，肯定有你的理由。不过如果是认定的人，就好好抓住，任彩怡也是喜欢你的，这一点我看得出。”

叶晨枫笑了，笑得很苦涩，也很满足。

走出录音棚的时候，天已大亮，叶晨枫打开手机，看到了温姐的微信：“你妈妈病了，给她打个电话吧。”

关上手机，叶晨枫的脑海中浮现出妈妈的脸，她早年精致无瑕的脸已经开始有了皱纹，每次一吵架，她的泪水都像决堤的河水一样流个不停，边哭边对他说：“我能怎么样？我知道那件事成了你的心理阴影，可是，如果我们继续生活在那里，我会死的，我真的会活不下去的……”

很多画面都变成了灰色的，叶晨枫其实不记得自己是从什么时候开始陷入黑白世界的，也许是在那件事发生之后吧。

他又情不自禁地想起任彩怡，想起她清透的脸，米色的开衫，蓝色的裙子……那种幸福的眩晕感，是很多年以来都不曾有过的。

自从离开英国，离开妈妈的身边，一个人习惯了来来去去，叶晨枫的脸上早已被尘世的风霜镀上一层冰。他对谁都是笑容可掬，一举一动成熟而老练。只是，谁都难以轻易走进他的内心深处，包括温姐和母亲。只有在任彩怡面前，他才可以像孩子一样，把自己的幼稚和简单都毫无保留地呈现出来，丝毫不设防。他想笑，想拥她入怀，他们像是认识了很久的恋人，熟悉彼此的气息，包括对方生气的样子，都带着亲昵和浪花入海一般的悸动。

回到家，叶晨枫躺在床上翻来覆去，怎么也睡不着，干脆起床给妈妈发了一条问候的短信，却久久没有得到回复。他自己都记不清到底有多久没跟妈妈联系了。

他打开冰箱拿出一小瓶苏打水喝了几口，心里的焦躁才缓解了一点。

是时候了，他要让一切都明朗起来，这一步必须由他自己迈出。

于是，叶晨枫给任彩怡发微信："今天晚上我们日料店见吧，你不来，我不走。"

任彩怡秒回："好，我来。"

今天的任彩怡特意扎了马尾，这是他喜欢的样子。

到了下班时间，她第一时间走出了办公室。还说要努力工作，天天向上呢，此刻却如此急迫地想奔到他身边，任彩怡在心里微笑着鄙视了一下自己。

她刚刚走到路边，便被人叫住了。

"是任小姐吗？"

任彩怡回头，一位打扮得体，非常有风姿的妇人走到了她面前。

妇人看起来大约四十岁的年纪，穿着驼色风衣，头发高高束起，化了淡妆，将额头和眼角的皱纹遮挡得刚刚好。

"你好，找我吗？"

"我果然没认错，这些年，你的变化真的不大。"这个女人上下打量着任彩怡。

任彩怡一脸错愕，看起来应该是旧相识，可是面前的这张脸如此陌生。她问："我们认识吗？"

女人叹了口气，说："看来，我是真的老了。有时间一起坐坐吗？"

任彩怡想拒绝，她知道叶晨枫在等她，而她也实在没想起眼前人是何人。她说："不好意思，可能是我健忘，真的不记得咱们在哪里见过了，一定要今天吗？"

“是的，你绝对不会后悔跟我坐下来说说话的。”

女人笃定地看着任彩怡，看得她有点发毛。随后，任彩怡鬼使神差地跟她一起走进了楼下咖啡厅。

女人帮她点了咖啡，自己先品了一口，即刻露出了不满的表情，说：“国内的咖啡还是没有长进，这味道跟水有什么区别？”

任彩怡也象征性地喝了一口，然后问道：“我们应该是认识的吧？请问应该怎么称呼？”

女人悠悠地回道：“在咱们A市那个弹丸之地，大家想不认识都难。”

任彩怡突然警觉起来：“你也是A市的？”

“以前是，我离开那儿已经十年了。你真的不记得我了吗？我还以为你一直在找我。”

任彩怡心里一咯噔，很多情景突然一下子涌上了心头，对面这个女人的脸也渐渐变得熟悉起来。

“你是……那个……”任彩怡越来越肯定自己的判断，她拿着咖啡杯的手开始颤抖起来。

“我是叶敏。”女人微笑着说。

叶敏，这个名字和十年前她生日那天发生的一切，她一辈子也忘不掉。

“是你，你竟然回来了，你竟然来找我！”这么多年过去了，任彩怡依旧压不住自己心里的愤怒。

女人淡然一笑：“如果不是因为你，我也许一辈子都不会回来。”

“因为我？”任彩怡轻蔑地一笑，“怎么，你是回来低头认错的吗？”

“认错？这么些年了，还有那个必要吗？我看你现在也过得挺好的。”女人轻描淡写地说着，仿佛对任彩怡的状况非常了解。

“如果你自己良心上过得去，我也不强求。已经十年了，你的道歉现在对我来说一文不值。”

“果然还是当年那个脾气，一点也没变，怪不得他会这么喜欢你。”

“他，哪个他？”

“哈哈哈……”女人笑了，笑得肆无忌惮，她把腰板又挺直了一些，说，“看来，你还没有完全知道我是谁。”

“你到底什么意思？我可没有时间跟你废话，我还有约。”说着，任彩怡拿起自己的包，起身要走。

“约了叶晨枫吗？”

听到“叶晨枫”这三个字，任彩怡停下了脚步，回过头来，愣愣地看着这个曾经把她和家人推到风口浪尖的女人。她怎么会突然提到这个名字？

“你在调查我？”任彩怡问，“你到底为什么找我？”

女人慢慢地收起了脸上的笑容，一字一顿地说：“因为，我是叶晨枫的妈妈！”

任彩怡的脑子一下子空白了，有一种嗡嗡的声音开始不停地在耳边回响。她努力地把自己的镇静找了回来，然后反复思索着，回忆着。

叶敏，叶晨枫……

叶晨枫，叶敏……

她好像突然一瞬间明白了所有事情，但她还是想再确认一下：“所以，叶晨枫就是……”

女人叹了口气，点了点头：“是啊，我就这么一个儿子。只是没想到，到头来他还是找到了你。”

“所以，这些年，你们躲去了英国？”任彩怡冷冷地问道。

“你根本不知道我们经历了什么。”女人说着，脸上露出淡淡的忧伤。

十年前，A市。

叶晨枫从来没有见过他的父亲，每次问妈妈，她都说那个人死了。

大概从他八岁开始，妈妈身边就出现了另一个男人，而这个人就是他的噩梦。在他的记忆里，自从这个男人走进他们的生活，他的世界就再也没有了快乐。他不知道妈妈为什么要跟这个男人在一起，为什么要每天承受这个人的辱骂和无止境的索取。

那一天，那个男人又回来了，从怀里掏出一小瓶酒，跟妈妈说：“哈哈哈，我早就知道有这一天，把我利用完了，就甩了，是吗？你这个贱人！”说着，他把酒瓶砸了个粉碎，“当啷”一声，把叶晨枫吓得浑身发抖。

母亲不知哪来的底气，再也不默默流泪，再也不带着他躲到卧室去，而是直接迎了上去，大声说：“对，我们分开吧，反正孩子也不是你的，你就放我们娘俩走吧。”

“我给你这个不知道从哪里来的儿子当了几年爸爸，你说分手就分手，想让我答应？好啊，给我三十万，算是补偿，你给了，我就答应！”男人红着眼圈，眼珠子瞪得鼓胀胀的，像是要打人！

妈妈吓傻了：“我……我哪有三十万？”

男人露出狰狞的笑容，说：“你没有，可以找孩子他爸要啊。你当年不就是傍上了那个大款，才生下了这个野种吗？后来人家不要你了，你就跟了我，我凭什么帮他养你们娘俩？”

他的话让妈妈绝望，妈妈原本是一个品学兼优的学生，叶晨枫那时当然不明白未婚先孕又坚决生下孩子对她意味着什么。所以，当时的他也不会理解妈妈为了让他有个“爸爸”，才会任由这个男人予取予求！

“我没有钱，他爸爸已经死了。”妈妈倔强地说。

“放屁！”男人怒了，顺手抡起一把椅子就往叶晨枫身上砸，妈妈本能地护住叶晨枫，男人仍旧不收手，朝母子俩人冲过去。妈妈拉起叶晨枫奔了出去，男人已经是一副醉态，也跟着追了出去。

男人把他们母子俩堵在了路口，继续疯狂地打骂他们。叶晨枫蜷缩在妈妈的怀抱里，哭得特别厉害。妈妈不断地向男人求饶，男人的面孔却越来越狰狞。妈妈被打了多少下，他已经记不清楚了，但他清楚地记得有一个小姐姐冲了出来，拦在了他和妈妈面前。小姐姐和男人争执着，好像是在保护他们，可是男人也打了她。

叶晨枫越来越害怕，可是除了哭，他不知道要做什么。后来，又有一个男人冲了过来，他们打成一团。妈妈仍旧抱着他，安抚着他，可是慢慢地，叶晨枫几乎听不到妈妈说话了，他眼睛里妈妈的蓝色外套也渐渐褪了颜色。

当妈妈放开叶晨枫，再次扑到那个可怕的男人身边时，叶晨枫的世界突然变成了一片黑白色，没有了任何色彩。他愣住了，变得更加害怕，不知道究竟发生了什么。

这时，那个之前保护他的小姐姐，再次来到他身边。她俯下身来，一把抱住叶晨枫，用手挡住他的眼睛，不让他看眼前的暴力情景。

奇怪的是，叶晨枫发现，虽然四周的一切都变成了黑白色，但这个保护着他的姐姐是彩色的。他盯着她头上的红色蝴蝶结发夹，看得出神。

妈妈的一声尖叫让他回过神来。看到那个男人又要对妈妈动手了，叶晨枫冲了过去，拿出常年藏在口袋里的一把小刀，猛地朝男人的腹部扎了下去，血液从男人的腹部涌出来……

剩下的事情，叶晨枫全不记得了，他只记得自己在医院醒来，身边都是警察。他们都是黑白的，所有东西也都是黑白的，他一度怀疑自己已经到了另一个世界。

后来，他被妈妈带回了家，不停地有人上门想找他问话，妈妈也一直袒护着他。他知道妈妈撒谎了，用刀伤了人的不是那个叔叔，是他自己，只是越多人来问，他就越害怕，越不敢说话。

那个姐姐也来了，她穿着蓝色校服，围着黄色围巾，头上的红色发夹却不见了。叶晨枫躲在自己的房间，透过门缝看着那个彩色的小姐姐，那一刻，眼前的她变成了这个世界上仅存的最好看的人。

她好像跟妈妈在争执着什么，可是妈妈把她推出了家门。

从那天起，她再也没有出现过。

后来，他被妈妈带去了英国。妈妈说，那个恶魔一样的男人再也不会骚扰他们了，他们以后可以安安稳稳地过日子了。

只是，对于叶晨枫来说，都一样。因为哪里都是黑白色的，没有一点生气。他再也无法把蔚蓝色的天空尽收眼底，再也无法看到鲜红的草莓或者焦黄色的煎鸡蛋，他也变得越来越沉默寡言。他和母亲之间也像是隔了千山万水，无法亲近。无数次，母亲满面愁容地摇晃着他的肩膀，说："儿子，你怎么了？你在记恨妈妈是不是？说话呀，儿子！"

他只是无声无息地盯着妈妈的脸，一个字都不说。

他经常会梦到那个彩色的小姐姐——小姐姐保护着她，用温柔的话语安抚着他。在梦中，他会笑，只是醒来时，她不见了，世界还是一片灰暗。

妈妈也曾带着他看了无数医生，却没有一个医生能治好他的眼睛。

很快，妈妈又嫁人了，嫁给了当地的一个音乐老师。新爸爸很和蔼，他会弹琴给叶晨枫听。听着美妙的音乐，看着新爸爸手下跳动的黑白琴键，以及台前跃动的五线谱，叶晨枫才渐渐找回了生活的依托。

他每天把自己关在琴房里，用音乐麻醉自己，他觉得除了音乐，自己什么都没有。

有一天，新爸爸把他带去了一个演唱会，台上是动情演唱的歌手，台下则是成千上万的听众，歌手一眼就找到了台下人海中自己的爱人。叶晨枫说："我也要站在舞台上，我也要一眼就找到她。"虽然没有人懂他在说什么，但是说这句话的时候，他笑了。

妈妈很欣慰，只要儿子脸上还有笑容，她愿意付出一切。

数年之后，叶晨枫开始一个人漂泊，母亲很贴心，联系了当年闺密的女儿温姐做他的经纪人。他却仍旧感到孤独，无边无际的孤独感，令他总有一种焦灼和不安。

直到那一天，在拍摄现场遇到任彩怡，瞬间，他的世界亮堂起来了。

从看到她的第一眼开始，他就笃定地认为找到她了，那个常常出现在梦中的彩色的她，那个保护了他却又被他牵连的她。

从那天开始，他常常偷偷去观察她，看她兢兢业业工作的样子，她时而皱眉，时而微笑，无论在哪里，她都是这个世界上唯一的亮色。直到有一天，见不到她，他就魂不守舍，他终于明白，他真的爱上任彩怡了！

他一直不敢对任彩怡说明真相，他怕她生气，怕失去她。他患得患失，一次次错过机会。

此刻，他正紧张地坐在日料店的小包间里，等着任彩怡到来，等着跟她说出一切。只是他不知道，妈妈已经回来了，任彩怡已经知道了一切。

“原来他就早知道我是谁了。”任彩怡突然觉得自己特别可笑。

她曾经无数次问过叶晨枫到底喜欢她什么，无数次觉得自己拥有了莫名的幸福，只是从没想过他就是那个男孩。

“见到你之前，我还在怀疑，也许他只是认错人了，只是一厢情愿，自欺欺人。但是现在，我知道他没有认错，没想到他能那么快找到你，而且那么快认定你。”叶敏的言语变得温柔起来。

任彩怡的脸上没有任何表情，她出奇地冷漠：“所以你特意回来告诉我这些，是想让我怎样？离开他？”

叶敏沉默了片刻，突然抓住了任彩怡的手，说：“孩子，你也许还把我当仇人，但我是个母亲，我的一切初衷都是希望我的儿子好。所以我并不反对你们在一起，但我必须告诉你他是谁、我是谁。这么些年过去了，我不怕面对你，但是我怕你知道了这些之后会记恨我的儿子，怕你会伤害他。”

听了她的话，任彩怡仍然没有过多的反应，只是愣愣地盯着自己手腕上的那条链子。

叶敏的眼睛有些湿润，她说：“小枫这几年一直活在各种不安和压力里，他的眼睛……我想你也知道，我们看了很多医生，都治不好。这些都是我一手造成的，是我的错误选择让他的童年一直不快乐。发生那件事，也是我没预料到的，自那以后，他就变得不愿意说话了，眼睛也成了这样……唉……”

任彩怡打断她的话，苦笑着说：“你们过得不快乐，就要把别人拉下水吗？现在是让我当什么事都没发生过吗？”

“我没有别的选择，我不能再让小枫受到伤害了，我不想他变成一个人人指责的小孩。那个时候，我只想带着他离开，离开那个禽兽，离开那个是非之地。那个时候，我只是一个妈妈。”她开始抽泣，眼泪大颗大颗地滚下脸颊。

任彩怡也激动起来：“所以就让我们帮你赔钱，让我们帮你背锅。这样，你们就能远走高飞，去过快快乐乐的生活了！”

“小枫好像一直没有快乐过，我们看了很多医生，都说他的眼睛是因为心理问题造成的。初到英国的那几年，他甚至得了抑郁症，每天把自己关在屋子里，不见人，不说话……我特别怕失去他，他是我唯一的亲人。我很清楚，他一直在怪我，怪我把一个魔鬼一样的男人带进他的生活，怪我把责任推给你们，他一直没有原谅我。我知道他一直在找你，他大概也想赎罪吧。”

“赎罪？”任彩怡盯着叶敏，一副想要看穿她的样子，“你这么说也太有心机了吧。”

叶敏心里咯噔一下，她不敢直视任彩怡，目光闪烁，她说：“我不明白你的意思。”

任彩怡笑了笑，镇定地说：“你口口声声说不反对我和叶晨枫在一起，却抛出了‘赎罪’两个字，无非是想让我觉得他是因为想赎罪才跟我在一起的，是吗？”

叶敏没有回答。

任彩怡接着说：“所以，你期盼的回应应该是，我接受不了事实——无论是你们以前犯的错，还是所谓叶晨枫的赎罪态度，我不应该再跟他在一起了，是这样吗？”

听了任彩怡的话，叶敏又一次露出了笑容，她开始整理自己的头发，刚才情绪激动，难免失了仪态。

任彩怡则开始整理自己的包，她拿出钱包，把自己的咖啡钱摆在桌上，起身说：“我想我该离开了，谢谢你今天跟我说的一切。不过，现在我仍要去见你的儿子，你可以拦着我，也可以跟我一起去。”

“你就那么想跟他在一起吗？”叶敏终于开口。

“我想怎么样，没有必要跟你交代。”任彩怡决绝地离开，只留下身后两眼怒睁的叶敏。

天空开始下起绵绵小雨，任彩怡走在路上，却感觉没了方向。刚才的倔强已经一跑而空，剩下的只是不知要如何开口的迷茫。

该去问他吗？问他是谁，为什么隐瞒，为什么把自己拉入这不舍放手的爱情里，还是干脆走开，不问、不听，或者不管、不顾？

任彩怡又想起了这些年来一蹶不振的爸爸，如果她把叶晨枫带回家，爸爸应该会哭笑不得吧。

走着走着，她身上的衣服和头发已经被雨打湿了大半，抬头却发现自己已经站在了那个日料店的对面。

她知道他在等着她，她的手机上早已显示很多他的未接来电和信息。她拿出手机，轻轻敲下一行字：“下雨了，我今天不来了，你回去吧。”

消息发出去，她却还站在那里，久久没有离去。直到看见叶晨枫从店里走出来，任彩怡才慌忙躲进昏暗的角落里。

他站在店门口，有些失落的样子，伸出手接了接天空中飘落的雨滴，然后把衣服上的兜帽戴在头上，就这么走进了雨里。

她犹豫了，她根本不敢去问他，怕他的回答根本与她想的不一样。看着他的背影，想着他眼前的黑暗，她又不自觉地担心他，他应该很害怕吧。可是无论怎样，任彩怡都迈不出追赶他的那一步，就这么看着他消失在夜色中。

她哑然失笑，他们都得逞了，而她是个胆小鬼。

第十九章
对不起，我爱你

叶晨枫回到家里，从衣橱里随便拿出一件衣服换上，呆坐在沙发上，心里沉沉的。他想拨通她的电话，却又按不下通话键。

“叮咚——”门铃响了。

是她吗？

这个念头只存在了一秒钟，便被他否定了。然而开门的一瞬间，他就明白了一切。

“你果然回来了！”

“怎么，连妈妈都不愿意叫？”叶敏拖着行李箱进了屋，环顾了一下整间屋子，“都没人帮你收拾吗？这么乱，阿温应该找个人照顾你的生活才是。”

“我不需要。”叶晨枫冷冷地说。

叶敏不停地在屋里走动着，似乎在寻找着什么痕迹，叶晨枫并不阻拦，任她翻动任何东西。从卫生间出来后，她说：“看来，任彩怡也没有很好地照顾你啊。”

听到任彩怡的名字，叶晨枫拉住了叶敏的胳膊，说：“你果然去见她了。”

叶敏温柔地拿开叶晨枫的手，说：“早晚要见的，将来都是一家人。”

“你跟她说什么了？”

“放心，我只是告诉她我是谁，你是谁。我可不是影视剧里的那些恶婆婆，你喜欢谁，妈妈就喜欢谁，只要她对你好。”

叶晨枫半信半疑地听着叶敏的话。收到任彩怡信息的那一刻，他就感觉到肯定发生了什么。他曾设想过如果白知行早一步把一些事情都告诉任彩怡会是什么结果，他不想成为别人口中的他，只是没想到抢先一步的是自己的妈妈。

“是吗？如果你没有让她不高兴，那她今天为什么不来见我？”

“你们没见面吗？”这是叶敏没有想到的，但是她也没有告诉叶晨枫任彩怡最后的态度，“要不要我再去帮你说点什么？”

“不用了！”叶晨枫拒绝得很干脆，“我们俩的事我们自己处理，拜托，请您下次要做什么之前先问问我的意愿。”

“好吧，妈妈不会了。”叶敏用手抚摸叶晨枫的脸，“儿子，我们有多久没见了？妈妈特别想你。”说着，她抱住叶晨枫，抒发着自己对儿子的思念。

“妈妈！”叶晨枫没有回抱她，但叶敏已经被他的一声轻唤感动得湿了眼眶。

“妈妈在呢。”

“我想带任彩怡回英国去。”

叶敏缓缓松开怀抱，叶晨枫有这样的想法，她并不惊讶，而是轻轻拍拍他的头，说：“如果她愿意，我们就一起回去。”

闻言，叶晨枫笑了，笑得很孩子气，笑得很满足。

天刚蒙蒙亮，任彩怡就起床了，或者说她根本一夜没睡。看了看镜子里自己的黑眼圈，她觉得自己既丧气又好笑。

她最早一个来到公司，打开电脑，埋头开始工作。

等到大家陆陆续续地都来上班了，任彩怡又泄下气来。她不想见到任何人，想到没人的地方躲着，又不知道该躲到哪里去。

叶晨枫不停地打来电话，任彩怡都没有勇气接，她怕他突然坦白，她不知该如何应对。

直到白知行的电话打来，她才勉强接通。

“晚上有时间吗？陪我去参加一个酒会吧。”

“啊？不太好吧。”

“算是帮我一个忙吧，毕竟我们现在官宣的关系还没有结束。”

“可是……”

“放心，你上次说的我都记得，我们再一起面对一下，就当这是最后一次。之后，我会让我的团队想办法跟媒体交代我们已经‘结束’的事情。”

“哦。”任彩怡没有辩驳的力气，也好像什么都没有听进去。

“就这么说定了，下班来接你。”

晚上，白知行早早就去公司接任彩怡。

“其实让小唐过来接就行了！”任彩怡一副无精打采的样子。

白知行笑了：“毕竟是最后一次了，我怎么会把机会让给小唐呢？”

任彩怡不知道该怎么回答，只是尴尬地一笑。

“你的脸色很不好，生病了吗？”

“没有啊，可能没休息好吧。要不然，我还是别去了，我这个样子，给你丢人。”

“别想拒绝我，我人都来了，接不走你，多没面子啊。”白知行还是笑语盈盈的，让任彩怡没有退路。

车子缓缓驶向郊外的一座别墅，来来往往的人很多，看起来不像圈里常规的聚会，任彩怡有点后悔答应他了。

她穿着最普通的衣服，跟着白知行穿梭在人群中，脸上带着不自然的浅笑，思绪飘飞。

恍惚中，有人端着酒杯向她走来：“恭喜呀，彩怡姐！以后多多关照！”

任彩怡定睛一看，是Milky，她踩着十厘米的高跟鞋，笑容满面地站在自己面前。

终于有认识的面孔出现了，虽然是她不想见到的。Milky仍旧娇俏动人，只是这喜从何而来，任彩怡却不知。

看着她疑惑的表情，Milky笑着说：“听说你和白大哥要订婚，还不值得恭喜吗？”

任彩怡刚想说出“并没有”三个字，却被人拉住了手，白知行抢着说：“谢谢了，我们还是希望低调点。”他又贴近任彩怡的耳边，悄悄地说，“不用多说什么，大家会慢慢淡忘的。”

白知行拉着任彩怡走开，几番应酬之后，任彩怡拿了一块蛋糕躲在角落的树后吃了起来。她刚吃了一口，就见杨玥穿着她的小礼服裙从花园入口处跑来。

她怎么会在这儿？还是这种打扮。

任彩怡刚想走过去问她，不料正好有个男人端着酒杯从灌木丛后的小巷出来，东张西望，似乎在找人，一不小心和杨玥撞了个满怀。“刺啦”一声，杨玥的裙摆被旁边斜出的树枝牵绊住，竟然生生被扯掉了一大块纱，露出雪白的大腿。

“你这人怎么搞的啊？”杨玥的性子原本就火爆，哪吃得了这样的亏，随即怒道。

那男人的背影看上去似曾相识，今晚能来的基本是圈内人，杨玥这个没心没肺的，说不定又要闯祸。想到这儿，任彩怡急忙放下蛋糕，往杨玥的方向赶去。

“林超！”等任彩怡走近了，才发现和杨玥相撞的男人居然是林超。

林超的嘴角带着一抹坏坏的冷笑，对杨玥说：“穿着华服就不要横冲直撞嘛！”说完，他径直往前走去。

“站住！你还没给我道歉呢！”杨玥也是个不服输的，她上前几步，挡在林超的面前。

任彩怡及时出现在两人中间，她拉起杨玥，问：“玥，你怎么来了？”转头又对林超说，“林超，你怎么也在这儿？”

听见林超的名字，杨玥更加不客气了，说：“原来你就是林超啊，连自己兄弟都坑，怪不得撞了人还那么理直气壮。”

林超回头，上下打量了一下杨玥，同样毫不客气地说：“原来你就是杨玥啊，任彩怡有你这样的同学，也真是够没面子的。”

“你什么意思？”杨玥不解。

“穿着质量这么差的裙子就来参加晚宴，是想故意走光吧？那我还道歉干吗？这不是正好成全你了吗？”

杨玥气愤不已，脱掉脚上的高跟鞋朝林超扔过去。

“哎呀，干吗啊？”任彩怡阻拦不及，高跟鞋正好砸中林超的脑袋，他捧着头“呀”的一声，嘟囔着，“喂，你个狠毒的女人！”

“怎么样？还想打女人吗？”杨玥耸耸肩，一副天不怕地不怕的样子。

看着两人毫不相让的样子，任彩怡有点想笑。她知道林超是不会动手的，反而怕杨玥控制不住自己。她再次把杨玥拉开，替她整理了一下裙子，说：“你俩别吵了，能不能先告诉我你们怎么会在这儿啊？”

“叶晨枫叫我来的。”两人异口同声地回答。竟然有这种默契，连他们自己也没想到。

“叶晨枫？他也来了？为……为什么？”任彩怡四处张望着，却并未看见他的身影。

“我也不知道，他只说让我来帮忙。”林超说。

“我也不知道，他也是这么跟我说的。”杨玥不好意思地重复着林超的话。

“他为什么会知道我在这里？”难道是白知行告诉他的？任彩怡猜测着，却又不敢多想。她有些慌张，她怕面对叶晨枫，也怕叶晨枫在这种场合会不冷静。

“玥，我有不好的预感，快带我走吧。”她拉起杨玥的手，想逃走。

叶晨枫却突然从身后拉住了任彩怡的胳膊：“别走！”

听到他的声音，任彩怡怔住了。她不敢回头，也不敢用力挣脱，生怕两人的争执会招来旁人的关注。

叶晨枫的出现还是引起了在场人的注意，很快就有一些端着酒杯或者拿着盘子的人围了上来。看到聚拢上来的人群，任彩怡甩开了他的手，压低声音说：“你在做什么？不要闹啊！”

“我没闹，我要告诉你我是谁。”

“非得现在吗？”

“我怕你再也不想见我了。”

“有话以后再说吧，现在不是时候。”

“我管不了那么多了，不想等了，我要亲口跟你说……”

看着围过来的人越来越多，任彩怡更加着急，她不想叶晨枫在众人面前说出那些话，便决绝道：“不用说了，我都知道！”

“我……”

“不要说！”任彩怡堵住自己的耳朵，说，“给我点时间，让我想想行不行？”

她的脑子嗡嗡响，人群中开始响起照相机的咔嚓声，闪光灯的光束晃得她脑袋疼。她浑身发抖，一刻也不想停留。杨玥看出了她的不安，拉起她的手就往人群外冲。

“让一让，让一让……”杨玥顾不得自己还光着脚，用最大的力气拨开人群，用手替任彩怡挡着镜头，又转头冲林超喊道，“愣着干吗，还不快把你兄弟带走！”

眼见现场聚起的媒体越来越多，林超也觉得这次事情闹大了，他搂住叶晨枫的肩膀，要把他往另一边带："跟我走，剩下的事以后再说。"

叶晨枫抗拒着，仍执意要去追赶任彩怡，却被林超阻挡，走不得半步。他突然大喊一声："任彩怡，对不起！"

已在人群外的任彩怡听到了他的喊声，怔了一下。杨玥又示意她快走，她才又动了起来。

"任彩怡！对不起！我爱你！"

无论林超怎么阻拦，还是没挡住叶晨枫喊出这句话。

现场人群终于炸开了锅。

任彩怡心里一颤，"我爱你"三个字回响在耳边，也绊住了她的脚步。她慢慢地回过头来，穿过人群，看到叶晨枫就站在那里看着自己。他的眼睛特别亮，闪着光。任彩怡的眼睛也湿润了。

"还走吗？"杨玥小心翼翼地问。

任彩怡擦了擦已经流下的眼泪，忍了忍，说："走！"

叶晨枫没有再追赶，一直站在那里，任由大家拍照、议论。

不远处的角落里，白知行看着这一切，一言不发。

顶着各路媒体的追赶，林超把叶晨枫护送回了家。

坐在车上，林超仍旧帮他挡着车窗外的闪光灯，说："你这是何必呢！早知道你拉我们来是干这个的，我根本不会让你来。"

"我需要有朋友给我勇气。"叶晨枫淡淡地说。

"破釜沉舟了是吗？"

"是，不回头了。"

林超叹了口气，搂着他的肩膀，说："好，无论发生什么，兄弟都陪着你！"

叶晨枫看着林超，微微一笑，说："我今天帅吗？"

林超竖起大拇指，说："特别帅！"

两人一进门，就发现叶敏已经等在了家里，温姐后脚也用备用钥匙进来了。她一脸的怒气，“啪”的一声把钥匙扔到桌子上，质问道：“你发什么神经，做事情能不能用用脑子？”

叶晨枫跟没听到一样，只是默默地坐在沙发上，用力扯着自己的头发。林超站在一旁，也不敢出声。温姐叹了一口气，无奈地看了一眼叶晨枫，转身进了厨房，打起了电话。叶敏也起身走进厨房，从厨房端出一碗粥，送到了叶晨枫面前。

叶晨枫一句话也不想说，整个人疲倦到了极点，甚至头重脚轻。他喝完粥，也不管温姐还在家里，送走林超，就爬上床，盖上被子，准备睡了。

温姐望着叶晨枫闭上眼睛装睡的样子，轻声叹了一口气：“总是那么倔！”

叶妈妈安抚着焦躁的温姐：“已经这样了，就别说他了。”

温姐不停地叹气，无奈地说：“阿姨，我是真的没办法了。”

“我知道，随缘吧。”

这是一个混乱的夜晚，叶晨枫感到身子轻飘飘的，他躺在床上翻来覆去，好像睡着了，又好像没睡着。屋子里出奇地安静，叶敏在一旁收拾着，好像什么都没发生一样。温姐抱着电脑坐在沙发上忙碌着，神情严肃。

过了许久，温姐突然情绪激动地说：“最怕的事情还是发生了，小叶，还不快来看看你捅出的篓子？你自己豁出去了，还连累到你妈妈！”

叶晨枫早就做好了面对一切的心理准备，他无精打采地从床上爬起来，打开手机微博，才发现热搜上早已是自己的各种八卦——

叶晨枫劈腿白知行的未婚妻任彩怡，探秘任彩怡的前世今生

叶晨枫之母净身出户傍大款，揭秘一个乡村女子如何逆袭成为英国贵妇

叶晨枫海外经历是真是假？眼疾原因疑点重重

……

一系列的娱乐大号用了各种耸人听闻又极度吸睛的标题，好几篇稿子都被刷屏！叶晨枫母亲的照片被曝光，就连英国继父的照片也被发布在了网上。

“砰”的一声，叶晨枫的心像是被谁扔了一块大石头，他知道自己会被扒，但没想到会被扒得这么彻底。

当初出道时，他被公司包装成从英国归来的富家少年形象，出身良好，秉性纯良。这个时候，母亲离婚再婚的事情被曝光，加上勾引别人未婚妻的罪状，当初精心计划的人设几乎瞬间坍塌。

叶晨枫呆坐在床上，他的身子像是漂浮在一片大海上，时而平静，时而剧烈颠簸。沉默了许久，他说：“不管是谁干的，干得漂亮，我被踢出娱乐圈的话，就再也不用顾忌什么了！”

温姐说：“做梦！没有你姐我处理不了的事，你别想退缩！”

此刻，任彩怡正脑子空空地坐在街边，杨玥已经换上了一身休闲的衣服，两人身边各放着一罐啤酒。

任彩怡的手机不停地有电话打进来，都是未知的号码，她不想理会。

“谁给你打电话啊？你接一下吧。”

任彩怡摇摇头，也不说话。

“到底怎么回事啊？你倒是说说啊，我就这么干着急，也不知道能帮你做点什么。”杨玥急得要死，莫名其妙地被叶晨枫叫来，又莫名其妙地见识了这种场面，就是没人告诉她到底发生了什么。

任彩怡灌了几口酒，终于开口：“我找到那个小孩了。”

杨玥一时没反应过来：“哪个小孩？”

任彩怡并没有回答杨玥的问题，自顾自地说：“原来他躲到英国去了，全家都躲到英国去了。”

“啊！”听到这些，杨玥好像有点明白了，“你是说，叶晨枫他……”

“玥，你说我是不是傻？明明他有这么多暗示，明明有这么多巧合，他明明也姓叶，我为什么不知道？”任彩怡说完，咕咚咕咚，又是几口酒下肚。

竟然有这么巧的事，杨玥也惊得张大了嘴巴。她突然明白了叶晨枫今天的举动，石头已经浮出水面，为什么还要装作没看见呢？

“你打算怎么办？”

任彩怡摇摇头，她真的不知道。但有一点她心里清楚，她说：“我也爱他。玥，你知道吗？我也特别爱他。”

“我知道，看得出来。只是你没有他那么有勇气。”杨玥说。

任彩怡笑了，接着把剩下的酒都灌入肚中，说：“我以为我会记恨，为此，我反复地问自己，结果发现我心里竟然一点恨的感觉都没有。每每确认这一点后，我都更加害怕，我怕……”话到嘴边，她又咽了下去。

“你是怕舆论，怕那些胡说八道的人吧。唉，真是怕什么来什么，今晚过后，不知又有什么狂风暴雨等着你们呢。”

任彩怡又摇摇头，抬头看着天空，天上没有一颗星星，黑得看不到边。她身旁的手机依旧闪烁着，杨玥不耐烦了，抢着接通了来电：“你谁啊？烦不烦？一遍又一遍……林超！你有事吗？我们……真的吗？行，你来吧，我发定位给你。”

挂了电话，杨玥一脸紧张地看向任彩怡，小心翼翼地把手机塞到她手里，想说什么又不敢说。

“怎么了？”

“呃……你要有心理准备……网上已经……”

还没等杨玥说完，任彩怡便急忙打开了微博，瞬间傻了眼。她虽然已经做好了挨骂的准备，只是没想到这次连叶晨枫也被彻底拉下了船，他从小到大的经历被扒得一干二净，某些小公众号甚至隐晦地说出了他小时候的事情。

职业敏感性让任彩怡隐约感觉到仿佛有人在引导媒体，引导大众去追寻叶晨枫小时候的经历，探究他的眼睛到底为何所伤。

任彩怡不停地翻看着大家的讨论和猜测，生怕已经有人说出叶晨枫伤人的事情。

林超急着赶了过来，还没来得及喘口气，就被杨玥骂了：“这么快又见了，真是倒霉。”

林超白了她一眼，缓了缓急促的呼吸，回道：“我也纳闷呢，怎么今天这么丧？看见你我就明白了。”

“你！”杨玥气得瞪眼睛。

林超上下打量了一下她，又说：“竟然还有心思换衣服，真当自己是女主角啊！”

杨玥说：“我不是什么女主角，我就是一普通白领，总比某些人好，拼命往上挤，也不过是个十八线小偶像。”

“哈哈哈！多谢杨姑娘，十八线也好，三十线也好，至少你还说我是个偶像，说明我在你心里还是帅的。”

“不要脸，你平时不照镜子啊？自己长什么样，自己不知道吗？”

“怪不得嫁不出去，嘴巴像刀子一样！”林超给了她一个不屑的笑。

杨玥一时气结，看了看任彩怡，又瞪着林超说：“你怎么知道我还没结婚？”

林超呵呵笑着，说：“你浑身都散发着剩女的气息呗！”

“你！”杨玥气得端起啤酒“咕咚咕咚”喝了两大口。

这一局，林超暂时占了上风，便不再多说。他转过头来看着呆呆的任彩怡，抢过她手里的手机，说：“别看了，已经这样了，大家想想怎么解决吧。小叶那边，公司应该会有对策，你自己也得有点心理准备才行。”

看任彩怡不说话，林超轻叹一声，低声说：“希望你别怪他。自从认识你之后，小叶真的开心了许多。真的，人生在世，能有勇气敞开心扉来喜欢一个人，不容易，他太想抓住你了。”

任彩怡也“唉”了一声，她忽然想起了什么，问：“刚才你说是叶晨枫叫你们两个来酒会的？”

“是啊。”两人一起回答。

“叶晨枫为什么会知道我在那里？”任彩怡从来没有告诉过他。

“好像……是白知行告诉他的。”林超说。

任彩怡“哦”了一声，好像这个答案并未出乎她的意料。她思索了片刻，说：“我要回去了。”说着，起身就要走。

杨玥也跟着站了起来：“等等我，我陪你一块儿回去！”

杨玥招手拦了一辆车，任彩怡若有所思地上了车。林超也想跟着上车，却被杨玥一把推开，她说：“你凑什么热闹？”

“我陪你们啊！这么晚了，你们两个不安全，我得替我兄弟保护你们。”林超大义凛然地说。

杨玥不屑地说：“得了吧，任彩怡家门口肯定围了一大堆媒体。你可是叶晨枫的人，要是他们看到你跟我们在一起，就更有文章可做了。傻不傻？”说完，她便粗暴地关上了车门。

林超站在原地，看着车子远远开走，心想：这个杨玥还有点脑子。

很快，出租车就在夜色中安静地驶入了任彩怡所在的小区。

任彩怡一下车，就被埋伏在单元楼下的各路记者包围，各种问询接踵而至。就在她完全不知所措时，一群愤怒的粉丝从远处扔了几个臭鸡蛋过来，其中一个正好砸在她的头上，蛋液顺着头发往下流，臭气熏天。她的血液几乎凝固了，整个人完全蒙了，根本无法应付这一切。

杨玥也吓蒙了，嘴里不停地喊着：“干吗啊？干吗啊？你们凭什么啊……”

正在这时，白知行的司机小唐出现，他大力推开众人，掩护着任彩怡到了车上。杨玥特别仗义，挡着车门，说：“快带她走，我掩护。”

小唐顾不上回答，一踩油门，扬长而去。

终于安静了，任彩怡这才发现白知行也在车里。车里温度适宜，白知行戴着墨镜。他递给任彩怡一盒纸巾和一瓶水，说：“擦一擦，再喝几口吧，会舒服一点。”

任彩怡用纸巾擦着头发，她并不慌张，反而出奇地淡定。她没有问白知行要带她去哪里，只是出神地看着前方。沉默了许久，她问：“你怎么会在这里？”

白知行抿着嘴叹了口气，说：“我看了网上的新闻，想着你肯定需要帮助，结果真让我赶上了。”

任彩怡没有为之所动，她喝了一口瓶里的水，说：“好像每次我有难，你都会出手帮忙。”她的语气特别冷，冷得出乎白知行的预料，“那么，酒会上的事情发生的时候，你在哪里？”

白知行没有笑，也没有回答。任彩怡更坚信了自己的判断，她轻笑了一声，说：“让我下车吧。”

“你要去哪儿？我送你。”

“去叶晨枫那儿，你送吗？”任彩怡盯着白知行。

白知行脸上难得露出了不悦的神情：“停车！”

小唐紧急把车停在了路边，任彩怡想下车，却被白知行一把拉住。

“怎么，不让我走吗？或者你也可以把叶晨枫叫来这里。”

白知行微微一笑，说：“你都知道了？”

“你好像也没想隐瞒。”

“那他的事，你也都知道了？”

任彩怡抬起头，说：“当然知道，他是我男朋友，他的事我都知道。”

这是第一次，任彩怡在他面前称呼叶晨枫为男朋友。

“你确定他的事，他是谁，你都知道吗？”

任彩怡推开白知行的手，故意提高声音说：“看来，你比我知道得还要多。所以，今天你故意把他叫来，就是想看这出戏吧。”

听了两人的对话，坐在前面的小唐，觉得特别尴尬，他小心翼翼地说：“白总，我下车抽支烟。”说完便迅速躲到了车外。

“他应该为他自己做过的事情付出代价！”小唐刚下车，白知行就说出了这句话。

“代价？他曾经做过什么跟你有关系吗？你凭什么向他讨代价？你想要的代价是什么？让他在娱乐圈混不下去吗？”

白知行没有回答，反问：“你不记恨他吗？”

“恨不恨他，是我的事，不需要别人帮我出头。”任彩怡再次打开车门，“不需要你送我，我的事情我自己去解决。”说完便下了车。

没走两步，她想起什么又走回来，敲了敲车窗。白知行把车窗按下。任彩怡说：“谢谢你以前帮我，我无以为报。从现在开始，我只希望，无论你调查出多少有关叶晨枫的事情，都请不要再对外公开了。否则，我会记恨你一辈子！”

任彩怡决绝而去。白知行坐在车里，一语不发。小唐回到车上，轻声地问：“白总，我们现在去哪儿？”

白知行无心回答，他拿出手机，刷着网上的各种信息。小唐见状，只得发动车子，往白知行家的方向而去。

“我不是什么富二代，我母亲确实是离婚之后才把我带到英国的，对不起，欺骗了大家，尤其是一直支持我的粉丝。大家可以责备我，但请不要牵扯我的家人，他们都是普通人，不应活在公众视野下。”叶晨枫一字一字地在微博上敲下这些话，发了出去。

上万条评论，瞬间袭来。有骂他骗子、渣男、伪君子的，也有依旧支持他的铁粉儿，但大部分网友都在追问有关任彩怡的问题。

不想再隐瞒了，他现在就想再发一条微博告诉全世界，任彩怡就是他所爱的人。但是，看到那些谩骂任彩怡的评论，他又犹豫了。

此时，他才真的意识到自己行为的冲动。

下午接到白知行电话的时候，他几乎要崩溃。电话里，白知行邀请他去参加自己跟任彩怡的订婚酒会。叶晨枫无数个电话打过去，任彩怡都不接。他想，一定是任彩怡在怪他，怪他欺骗和隐瞒，他必须要见到她，阻止她，夺回她。

他无法想象自己在现场会做出什么，他不想伤害她，所以提前叫了林超和杨玥一起去，希望能在关键时刻得到他们的帮助。只是没想到他的行为还是伤害了她，让她成了所有人指责痛骂的对象。

深深的悔意折磨着他，他不知此刻要说什么才能结束这一切。

温姐拍拍他的肩膀，说："想做什么都不要马上去做，想清楚再行动吧，为了你，也为了她。"

果然，接下来的几天，各种深入揭秘叶晨枫身世的文章以龙卷风的姿态刷屏。他代言的多个重量级广告都被拿下，甚至有人喊出了"让叶晨枫滚出娱乐圈"的口号。

任彩怡已经不再看网上的任何言论了，这几天，她把自己锁在家里，拒绝了所有人的关心和帮助。

叶晨枫也只发来了一句简单的话语："对不起，欠你的所有，我还。"

今天，任彩怡终于鼓起勇气再次来到公司，随身带着自己写好的辞职信。

"真的要走吗？"李总根本不看她信上究竟写了什么。

"让我走吧，我在这儿，您也没面子。"

"你能去哪儿？"

"唉，我也不知道，反正肯定不能留在这儿了。外面的人怎么说我，我想您都知道，老牛吃嫩草，也有说我是您小三的，我也懒得解释，我还是走吧，大家都舒服。"

"啧啧，玻璃心，还有说你整容的呢，我差点就信了，你怎么不提？"

任彩怡一脸丧气地看着李总，说："老大，您现在开什么玩笑，我都不会开心的。"

李总推了一下她的脑袋，说："谁跟你开玩笑了？你要走，这次我绝对不拦。”

“哦，谢谢老板！”

“但是，该处理的还是要处理好，不然，你走了，我这儿也少不了麻烦。”

任彩怡已经无力回击李总的任何话，她只是一味地点头，做出随时要撤的姿态。

她走到自己的工位上收拾东西，躲避着周遭各种异样的眼光。全部打包好之后，她突然觉得有一丝不舍。

她没有跟任何同事告别，走出办公楼后，又给李总发了一条信息：“对不起，老大。”

李总回复：“处理好自己的事情，随时欢迎回来。”

第二十章
用尽毕生运气，只为遇见你

任彩怡仍旧不想出门，不想理会别人的言语，昏昏沉沉地睡了一天。她头重脚轻地起身，恍惚看到客厅有人，心想肯定是杨玥。

她边走边说：“你又来救济我了！你这家伙，也就你最关心我了。放心，我还活着呢！”

揉了揉眼睛，任彩怡才看清穿梭在客厅和厨房之间的人竟是叶晨枫。

看到任彩怡醒了，叶晨枫反而紧张起来。他只是站在原地，不敢靠近她，说：“你醒了，我煮了粥，喝点吧。”

任彩怡怔怔地打量着他，忍了很久的眼泪哗哗地往下流淌，多少柔情蜜意在心里翻腾着，多少千言万语在喉咙间嘶吼着，嘴上却硬邦邦地说：“你来干什么，还嫌事儿不够大吗？想继续添砖加瓦吗？还嫌自己被骂得不够吗？我不吃，你快点回去！”说完，她转过身去，不想让叶晨枫看到自己的泪水。

叶晨枫急忙放下勺子，走到任彩怡身边，抱着她，深深吸了一口气，一句话都没说。

此刻，任彩怡心里真的一点埋怨都没有，她只愿就这样永远被他抱着，让他炙热的怀抱安慰自己。

叶晨枫满脸哀伤地抱着她，小声说：“对不起，我大概欠你一万句对不起。我知道我妈把一切都告诉你了，我知道你恨我，十年前就恨我，我不知道你还会不会原谅我，我怕你不会再见我了，真的好怕。”

任彩怡贴在他的胸口，小声地说：“可是，我不恨你。”

叶晨枫不敢相信自己的耳朵，难以置信地说：“我做了那么多不该做的，我……我总是给你带来麻烦。”

“我也想恨你来着，总觉得是不是我恨你，事情就简单多了，可是，有什么办法呢……”任彩怡说道，“我也爱你啊。”

叶晨枫一下子红了眼眶，透过眼里的泪珠，眼前的任彩怡变得更加五彩斑斓。这是任彩怡第一次对他说“爱”，在他几近绝望的时候，她竟然对他说了这样的话，她竟然还在。

叶晨枫抱得更紧了，他不想放手，害怕一旦放手，便会失去她，而他的人生也将再无颜色。

任彩怡也紧紧地圈着他，她也不知道要怎么处理现在的状况，但是，接连发生的事情让她知道自己有多爱叶晨枫——爱到根本不在乎他是谁，只是心疼他，只想抱着他。

抱了许久的两人坐了下来，任彩怡喝着叶晨枫亲手熬的粥，叶晨枫就坐在她对面，眼睛一秒钟也不愿从她身上离开。

“你不喝粥吗？”任彩怡问他。

叶晨枫摇摇头，说：“不敢。”

“为什么？你在粥里下药了？”

“嗯，下了。”

任彩怡低头看了看碗里，迟疑了一秒钟，又重新大口吃起来。

“你不怕？”

“我觉得我早就中了你的毒了，所以再多点也无所谓。”任彩怡一副无所谓的样子，干脆端起碗直接灌。

“好，那就再多点。”说着，叶晨枫起身走到她身边。

任彩怡抬头的一瞬间，一口粥还没咽下去，便被他封住了唇。

她先是一蒙，还来不及闭紧嘴巴，双唇就被他的舌头撬开了。她用力推开叶晨枫，捂着嘴说：“干什么啊？我嘴里有粥！”

“正好，你不是让我喝粥吗？来，一起中毒！”

说着，他又吻了上来，这次力度大得让任彩怡推也推不开，只能慢慢地瘫软在他的怀里。

叶晨枫的手机接连不断地响起铃声，任彩怡用被他吻着的嘴巴勉强说：“接电话吧，肯定有急事。”

叶晨枫依依不舍地放开她，果然是温姐的电话，他不情愿地接起。电话那头的温姐情绪激动，叶晨枫好像也傻了眼。

见他挂了电话，任彩怡问：“怎么了，出了什么事？”

“我妈跟记者打起来了，进了医院。”叶晨枫有点慌了神。

任彩怡二话没说，拿起沙发上他的帽子和口罩，给他戴上，说：“快去吧，别让他们着急。”

“那你呢？”

“我在家把你给我做的粥喝完。”

叶晨枫笑了笑，用手指擦了擦她的嘴，说：“好，等我回来。”

任彩怡点了点头。

叶晨枫离开了，任彩怡有一种特别不好的预感。她冲到阳台，把窗帘拉开一丝缝隙，看着他的背影远去，直至消失在街角。

没过多久，果然有叶妈妈与媒体起了冲突的新闻发了出来。新闻中，叶妈妈否认儿子小时候曾经持刀伤人的事情，并与记者大打出手，最后晕倒，进了医院。

任彩怡也方寸大乱，没想到这件事情最终还是被揪了出来，媒体顺藤摸瓜，甚至找去了他们曾经生活的A市，叶晨枫的一切都被曝光。任彩怡也没能幸免，她在A市的住址，曾经就读的学校也被一一人肉出来。

原来暴风雨真的躲不过去，必须要解决了，只有她才能结束这一切。

第二天，她收到了白知行发来的新闻链接，是白知行发布的声明：“白知行先生宣布和任彩怡小姐已经和平分手，交往过程中，任小姐从未有劈腿行为，希望大家给彼此空间……”

白知行发微信说：“我也有控制不住的事情，不知道还能为你做什么，只能这样放你自由，愿你安好。”

任彩怡回复：“谢谢你。”

然后，她打开微博，把自己想了一晚上的话，一字一字地敲在了手机上：“我与叶晨枫都来自A市，网上相传的与我有关的伤人事件并不是叶晨枫所为。事情已经过去十年，一切都已经有了定论，希望大家不要再过多追究。我和他只是朋友，希望粉丝们继续支持他……”

她刚想按下发送键，杨玥的电话就打了过来。

“老任，你看微博了吗？叶晨枫刚刚发的微博，你看了吗？”

什么？叶晨枫也发了消息？任彩怡顾不上自己写的东西，转头搜出了他的微博，发现他五分钟前发出的一段话已经上了热搜——

“不想在微博上说隐私，却又不得不说。

“我确实来自A市，也确实在十年前犯下了错误，为我一直隐瞒着这件事情，向大家道歉。身为一个偶像，对公众做出了错误的示范，理应受到惩罚。

“任彩怡小姐与我的过往没有任何关系，一直是我一厢情愿，是我的鲁莽行为给她带来了负面影响，在此，向任小姐表示抱歉，也希望大家不要再打扰她的生活。

“最后，我宣布，从今天起正式退出娱乐圈，不再出现在公众视野中。工作上的未尽事宜已交由公司处理，望大家尽快将我忘记。”

到底发生了什么？好像一夜之间整个世界全变了。任彩怡迅速拨打叶晨枫的电话，却一直没有人接。她又打给林超，此时，她能问的人也只有林超了。

“我也不知道发生了什么，我也联系不上他。正打算一会儿去他家看看。”

“我……我也想去。”任彩怡说。

“你还是不要去了，白知行和叶晨枫同时发出这样的东西，应该不是巧合。白知行是不是在保护你，我不确定，但小叶一定是。这个时候你再出现在不该出现的地方，他们的心思就都白费了。”

对，白知行，还可以问白知行。任彩怡挂了电话，出了门。

白知行在杂志社等她，说：“来我这里也不一定安全，媒体记者向来无孔不入。”

今天的四合院里，少了往日静谧的气氛，大家都是紧张忙碌的样子，见到任彩怡也都是异样的眼光。

“你们是商量好的吗？”任彩怡开门见山地问。

“昨晚叶晨枫确实给我打电话了。”白知行稍作停顿，又说，“但是没说要退出娱乐圈。”

“他都说了什么？”任彩怡追问。

“怎么，你联系不上他了吗？”白知行很聪明，如果不是失联，任彩怡大概再也不会踏进他这四合院半步。

任彩怡低头不语，白知行安抚她坐下，给她倒了茶。

“我不能告诉你昨天我们聊了什么，我答应他，那是我们的秘密。”

“所以，这次的消息不是你放的？”任彩怡迟疑了。

白知行无奈地笑了：“原来我在你心里已经是这种形象了。”看任彩怡没有否认，他叹了口气，平静地说，“我知道你还在气我安排了酒会上的事，我也承认，叶晨枫‘出身’造假的事也是我安排人向媒体爆料的。虽然我也知道他小时候伤人的事，但这一次说出去的并不是我。”

任彩怡看着他，眼神中透露着怀疑。

“哈哈哈，看来我的人设也坍塌了。不管你信不信，这些天，我的人都在四处灭火，想把对所有人的伤害减到最低，也算是我对你和他的一个补偿。但是这次，我这个在圈里混了二十年的媒体人却小看了媒体，我没想到所有事情会发酵得那么快，一旦冰山露出一角，他们总有办法挖出整座冰山。”

白知行说得很真诚，他的人进进出出的，不停给他送来消息——关于哪家媒体同意撤稿，哪家仍坚持不放过，继续挖底。

任彩怡想开口说谢谢，白知行却抢着说：“我不想再听谢谢了，李总也谢我很多次了，这些对我都没有意义。”

“那我……”

“你要走了是吗？我让小唐送你，他已经在后门等着了。”

“不用了，不太好。”

“你现在大摇大摆地从我这儿走出去才不好。我灭火灭得也挺辛苦的，咱们还是互相配合吧，我可不想明天又有一篇新闻说你找我求复合，那我就只能再发篇稿子狠心拒绝了。”

任彩怡叹了口气：“唉，看来我才是那个总给人家带来麻烦的人。”

“自古红颜都是祸水。”白知行继续跟她开着玩笑，让她放松下来，“再去找找叶晨枫吧，那小子是真的爱你。”

“我知道。”任彩怡脸上没有表情，心里却甜甜的。

“我送你出门。”

任彩怡上了车，白知行站在门后目送着车子消失在巷口。

任彩怡四处寻找叶晨枫，却始终联系不上他。她焦急，担心，最后慢慢转变成气愤，她给他发出最后通牒：“叶晨枫，马上滚出来见我，否则，我就再也不理你了！”

不知过了多久，她终于收到了叶晨枫的回复：“对不起，彩怡，我走了。我是个大麻烦，离我越远越好。不要找我，好好过自己的生活。

恨我吧，我爱你。”

任彩怡再次拨打叶晨枫的电话时，他却已经关了机。

没有人知道他去了哪里，温姐也不知道。她只对任彩怡说了一句话：“不要找他了，他不会回来了。”

任彩怡想去他家里守着，可是，备用钥匙已经不在老地方了。她在门口询问保安的时候，被蹲守的记者认了出来，一堆人涌上来，拿镜头对着她，都在问她叶晨枫去了哪里。她顾不上各种质问，仍旧在叶晨枫楼下寻找着各种痕迹，她始终不相信他就这么抛下她走了。

“你发什么神经，跑去他的小区，快点回来！”杨玥在电话里也急得上蹿下跳。

任彩怡又找到了林超的录音室，问：“他到哪里去了？快点告诉我！”

林超安抚她坐下，平静地说：“我真的不知道，但是我相信他一定会回来的。给他点时间处理好所有事情，他那么爱你，不可能放下你。”

“求你了，你肯定知道，告诉我吧！”任彩怡哭了，她拉着林超的胳膊，仿佛这是她最后一根救命稻草。

林超也红了眼睛，他没有劝阻，而是让她哭，让她释放。

等她的哭泣渐渐平息下来，林超悄悄打开一旁的音箱，叶晨枫的歌缓缓地响了起来。

黑白是我的世界
直到看见你出现
才发现小小改变
无意中我红了眼

这些年好久不见
原来一切还没变
是我怕让你看见

我已不再如从前

遇见你花光我这辈子所有运气
是你让我渐渐学会不放弃
雨过后的晴天
不会再说再见
我们笑得很甜

拥有你等于拥有全世界
请闭上眼让我再用力爱一遍
雨过后的晴天
不会再说再见
紧紧拥抱你
亲吻你微笑的脸
愿付出一切

“有时候想想你们俩的事，我都觉得不解，明明是那么相爱的两个人，为什么一靠近就会痛？”播放这首歌是林超能用的最后的安抚方法，除此之外，只剩无奈。

任彩怡听着歌出神，现在她才真正明白歌词的意义，只是雨过天晴后，想说再见却找不到他。

三年了，那个人已经消失了三年。

任彩怡又是一夜没睡，对着电脑上刚刚修改好的小说章节，露出了满意的微笑。今天是截稿日，赶在最后一刻在电脑上敲下了“完”这个字，她总算对得起每天都在鼓励她的编辑了。

累，却没有睡意，任彩怡伸伸懒腰，索性去厨房给自己煮了一杯咖啡，又顺手拿起茶几上的一支烟，坐到了小阳台的窗边。

她熟练地点燃手里的烟，但每次只是浅浅地吸一口。每当这时，杨玥总要骂她“装腔作势，明明不会抽，非要学文艺青年”，她总是笑而不语，眼前总会出现他的样子：楼后狭窄的过道里，他倚靠着墙壁，低着头，细长的烟卷夹在食指和中指之间，每吸一口，都会吐出美丽的烟圈。她向他靠近，他转过头来，冲她微笑。

这是她心里最美的画面。

这三年里，她总是有意无意地模仿他抽烟的样子，便慢慢地习惯了手边有烟的状态。她时常把自己关在家里，看书，写字，回忆着与他的点点滴滴。她总是有意无意地记录着什么，不是怕自己忘记，她只是相信，无论他在哪里，他都会看到，无论过了多久，他都会回来。

杨玥照常每周末来家里给她做饭，只是家里又多了一个人。

“你们打算什么时候结婚？”

“这么急着把我嫁出去吗？”杨玥一边洗菜一边回答，脸上洋溢着幸福。

“是啊，怕你被我传染，跟我一样孤独终老。”

杨玥抬手向她脸上弹了几滴水，说：“胡说什么！你还有我呢。以后，我的家里永远都有你的房间。”

任彩怡笑了笑，回头看了看客厅里正在给自己换灯泡的林超，说：“没想到你也会步我的后尘，跟艺人谈起了恋爱。”

杨玥立刻摆摆手，否认道：“不，我家林超不是艺人，是音乐人。”

“哦，反正我提醒你了，一把年纪了，赶紧嫁了吧。林超这两年越来越好，哪天把你甩了，你可别来找我哭。”

杨玥还是一副没心没肺的样子，她把玩着手里的菜，偷偷地笑着说：“他说等这次演唱会成功了，就娶我。”

“你怎么不早说？原来林超是这么靠谱的人啊。”闺密终于有了归宿，任彩怡开心得差点跳了起来。

杨玥害羞得红了脸，做了一个“嘘”的手势，说：“小点声，姑奶奶，别让他听见，我们俩都低调。”

“低调也不能瞒着我啊，该打！”

“好，我错了，今天给你做煲仔饭，向你赔礼道歉好不好？”

“哎哟，手艺见长啊。”

“不然你以为我是怎么拿下我们家大音乐人的，必须先拿下他的胃！”说着，杨玥一握拳，一副势在必得的样子。

其实，没有叶晨枫，生活也照样过。任彩怡常常宽慰自己，转念又会想念他的气味，他的拥抱，他的吻。

“下个月我的演唱会，你一定得来啊。”林超打断了任彩怡的思绪，发出邀请。

“算了吧，别因为我的出现给你们带来麻烦。”

任彩怡习惯了宅在家的生活，人多的地方她都不想去，她想跟他一样，做个隐形人，等着被大众永远忘记。

如果不是杨玥偷偷把她的小说和文章传上网络，引起读者的注意，她大概早就与世隔绝了。哪怕现在，她也只与自己的编辑交流，成了一个靠码字为生的人，没人知道笔名为“尘封笔忆”的人就是三年前被骂得无处可逃的任彩怡，也没人知道她的故事里都是自己最痛的思念。

“来吧，这是我的第一次演唱会，很多歌都是以前他和我一起写的，你应该来听听。”

任彩怡的眉头微微一皱，跟叶晨枫有关的事情仍然可以轻易戳中她的心，让她没有拒绝的理由。虽然她已经不再疯狂地寻找，但与他有关的一切，她都不会拒绝。

庆幸身边还有这样的朋友，三年来，他们从不劝她忘记，只是默默陪着她，帮她收藏所有记忆。

任彩怡又点燃一支烟，独自躲到阳台，虽然在阳台上看不到夕阳，光线却依旧刺眼。她看着远方，想着没有她在身边，此刻他那里的云朵是否也是红红的。

林超开演唱会当天，杨玥不断发来微信，催促她出门，看起来很紧张的样子。

“这么怕自己嫁不出去啊？放心，演唱会肯定成功。”任彩怡打趣。

好久没打扮过了，打开衣橱，她才发觉所有的衣服早已被她换成了五颜六色的。她总想着，如果某一天在街角偶遇，他会第一眼看到她。

林超为她预留了第一排的位子，杨玥就坐在她身边，一副女主人的姿态。

记得他曾说过，他也想站在舞台上，唱歌给她听。没想到，三年后，她最好的朋友拥有了这样的幸福。

现场坐满了林超的粉丝，他们举着灯牌，呼喊着他的名字。杨玥激动得流下了眼泪。任彩怡搂搂她的肩膀，心里一半苦一半甜。

林超果然在舞台上向杨玥求了婚，用最质朴的语言：“亲爱的，谢谢你三年来的不离不弃，让我可以重新站在舞台上。希望以后每天早上一睁眼就可以看到你，每天晚上都可以跟你说晚安，希望我以后的每一首歌里都有你。”

此刻，全世界最幸福的人应该就是杨玥吧，这个幸福的人早已泣不成声。任彩怡把杨玥送上舞台，看着他们相拥在一起。那画面真美，可是，她的心为何还是隐隐作痛？

她特别想到外面抽支烟，刚刚转身准备离开，台上却响起了熟悉的音乐声。这是她三年来无限循环播放的音乐，只需听到最开始的一个音符便知道。

她猛地转过头来，看着台上，角落里白色的幕布伴着歌曲的前奏徐徐落下。一束灯光突然打下来，照在幕布上，幕布后的剪影渐渐清晰，一个男人端坐在钢琴前，轻抚着琴键。这个身影好熟悉，任彩怡看得出了神，不自觉地向舞台方向走去。

黑白是我的世界
直到看见你出现
才发现小小改变
无意中我红了眼
……

幕布后的人唱出第一句的时候，任彩怡已经不能自已。他回来了，他真的回来了！

确定了之后，任彩怡反而一步也前进不了。她怔怔地站在原地，认认真真地听着他唱出的每一个字。

台下座无虚席，大家都还沉浸在林超和杨玥的幸福当中，没有人在乎现在幕布后唱歌的人是谁，也没有一个人知道这首歌的意义。只有她在乎，只有她知道。歌词中的每一个字早已刻在了她心上，一笔一画都是痛。

整首歌的时间，她的眼睛不曾从幕布后的人影上离开过。直到音乐渐弱，追光熄灭，幕布后的人消失不见，任彩怡才疯了一样向后台跑去。

他回来了，为什么不来找她？他肯定知道她在台下，为什么避而不见？

她顾不上工作人员的阻拦，肆无忌惮地搜索着后台的每一个角落。直到林超、杨玥回来把她抱住，她才停下，接着便放声哭出来。

“叶晨枫，你出来，为什么敢在台上给我唱歌，却不敢出来见我？

“叶晨枫，你欠我那么多，凭什么躲起来？

“叶晨枫，我恨你！”

……

可是，直到演唱会落幕，他也没有现身，刚刚弹奏过的钢琴上仿佛还留着他指尖的温度。任彩怡呆呆地坐在钢琴前，一只手指敲打着黑白琴键，敲出的是那首歌的旋律。

林超和杨玥站在她身后，没有上前打扰。

“他回来了是吗？”任彩怡问他。

林超说：“是。”

“你帮我告诉他，我刚才说恨他，是假的。”

“好。”

“从今天开始，我每天都会去那家店等他，直到他来见我。”

林超没有再回答，他推了推杨玥，杨玥走过去坐在任彩怡身边，抱着她。

三年了，他终于回来了。

任彩怡的话，不需要林超转达，叶晨枫躲在黑暗的角落里全听到了。直到看见任彩怡被杨玥带走，他才有勇气走出来。

“何必呢，既然都回来了，何必再躲着她。”

“我怕再伤害她。”

“矫情，你这明明就是害人害己。大大方方地去见她，这三年就算赎罪也都赎清了。”

叶晨枫倚靠在墙边，眼睛红红的。这三年真的好漫长，决定走的那一刻，他就做好了再也不相见的准备。那一刻，他的心跟死了一样。

决定了自己承担这一切后，他带着妈妈回了英国。走之前，他找到白知行，以自己退出娱乐圈和消失在任彩怡面前为条件，恳求他与自己一起发文，将任彩怡推出整个故事之外，恳求他帮忙把媒体对任彩怡的伤害降到最低。白知行答应了他，也配合了他。

这三年，他又把自己关了起来，直到妈妈的身体真的出了问题，他才走出了屋子。原来妈妈在回国找他之前就已经被医生断定了死期，她想见儿子，想找他回去，陪她走完最后的日子，只是没想到他已经深陷，根本不愿离开。因为与记者起了冲突，进了医院，妈妈的身体状态再一次跌到谷底，但是她还是没有说，只是求他跟她回去，不想他在这里继续挣扎。那一刻，他才发觉自己已经欠下太多。

一年前，妈妈走了，他好像又一次失去了一切。温姐劝他回国，说国内已经风平浪静，他却仍不敢面对。

她应该跟白知行在一起了吧，他们应该过着没有他参与的生活，自由快乐。直到林超找到他，告诉他三年来任彩怡的一切，他才鼓起勇气，想回来找她。

她竟然还在等他，她每天听他的歌入睡，他送她的手链她仍然戴着，一刻也不离身。

那一天傍晚，他站在她家楼下，看着窗口中出现她的身影，看着她手上的烟一点一点燃烧殆尽。他抬头跟她看着同一片天空，却感觉隔了一个世纪的距离，身处不同的时空。

决定上台唱歌给她听的时候，他没有一丝犹豫。可是，当歌曲唱完，她奔向他的时候，他又失去了见她的勇气。他拼命地躲，甚至连他自己都不知道在怕些什么。

叶晨枫站在日料店对面的街角，他知道任彩怡就坐在里面。

三年前，他约任彩怡，说不见不散，任彩怡没有出现；三年后，换成任彩怡在那里等他，命运好像一直在跟他们开玩笑。

这里一点也没变，虽然三年没来了，老板还是一眼就认出了任彩怡，习惯性地把她带到了角落里的位子。不用她点餐，老板娘已经帮她备好了他们最爱吃的东西。

“他回了吗？”老板娘问。

“回来了，我们约在这儿。”任彩怡笑着说。

老板娘会心一笑，除了上菜，便不再打扰。

今天，任彩怡穿着他时常提起的那件黄色开衫，化了精致的妆容。

时间一分一秒地过去，叶晨枫一直没有出现，任彩怡脸上却始终保持着笑容。

他会来的，她深信。

“需要帮你热一下菜吗？”老板娘温柔地问。

大约一个小时过去了，桌上的食物任彩怡一点也没动。她笑了笑，回答：“好啊，热一下吧，我去外面抽支烟就回来。”

任彩怡快速走到店门口，已经到了深秋，晚上不穿外套站在室外真的有点冷，她搓了搓自己的胳膊，不禁打了一个冷战。然后，她从口袋里拿出烟和打火机，熟练地点燃。今天是阴天，她抬头看，天空中没有一颗星星，来来往往的人也比往日少了很多。

任彩怡四处看着，目光停留在对面街角的路灯那里——三年前，她就站在那里，不敢进来见他。

她看得出神，一口烟吸得有点深，不禁咳嗽起来。

突然，一只手从背后伸过来，一把抢下她手里的烟。紧接着，一个温柔又熟悉的声音传入她的耳中：“别抽了，对身体不好。”

任彩怡回头，几乎不敢相信自己的眼睛。叶晨枫就这么站在她身后，手里拿着刚刚从她手上夺下的烟。

她眼睛都不敢眨，盯着他的脸，再三确认眼前人就是他。叶晨枫被看得有点不好意思了，转身走向角落的垃圾桶，把烟熄灭。一转头，他就差点与已经跟上来的任彩怡撞了个满怀。

“你别走！”任彩怡说。

“我……不走，灭烟。”叶晨枫的胳膊被任彩怡拽住，她的眼睛红红的，他看着她，特别心疼。

“哦。”任彩怡稍稍放松下来，才意识到自己一直拉着他，她放开手，往后退了两步，“好久不见。”

“好久不见。”

任彩怡的脸上又露出了笑容，她说：“我们进去坐？”

叶晨枫迟疑了一下，说："要不我们一起走走吧。"

"啊？好……不过，我还没结账。"

"我来！"说完，叶晨枫便一阵风似的钻进店里，很快又走了出来，手里拿着任彩怡的包，说，"走吧。"

任彩怡低头一笑，说："好。"

两人并没有商量要去哪里，就这么并肩往前走着。不知走了多远，谁都没有开口说第一句话。

一阵秋风吹过，任彩怡打了个喷嚏，叶晨枫立刻脱下自己的夹克，披在她身上。她没有拒绝，心里暖暖的。

任彩怡偷偷打量着他，与透过幕布看到的一样，他消瘦了很多，脸上的酒窝更加明显，头发也长了。

在一个十字路口，任彩怡先开了口："这次回来，不走了吧？"

叶晨枫停了下来，任彩怡多走出一步，也停住了，她回头站在他对面，忍不住伸手抚摸他的脸颊。叶晨枫抓住她的手，不让她的手离开自己的脸。她的手好凉，他把她的另一只手也拉了起来，放在自己的嘴边哈着气。

"你瘦了！"任彩怡又说。

"你也是。"

"想我吗？"任彩怡问。

"想。"

任彩怡抽回自己的手，又开始往前走，边走边说："那说明想得还不够，不然你不会现在才回来。"

叶晨枫站在原地，想开口回答，却又闭上了嘴巴，低下头，不去看她。

任彩怡停下来，转头一撸袖子，露出自己的小臂："我的文身，好看吗？"

叶晨枫看到她的胳膊上文了一朵花，是红色的，妖娆夺目。他笑了，说："好看。"

"为你文的。"任彩怡始终抬着胳膊。

叶晨枫大步走到她身边，猛地一拉她抬着的手臂，把她拽入怀中：“对不起，任彩怡，我回来了。”

任彩怡被他紧紧地圈住，一动不动。她没有说话，只是静静地听着叶晨枫的心跳。

她的安静让叶晨枫有点不知所措，却又不敢放手。他在她的耳边小心翼翼地问：“我回来了，你还要我吗？”

任彩怡突然大哭起来，这是她三年来最彻底的释放。

叶晨枫只能把她抱得更紧一些，直到她的哭声渐渐变小。两人都没说话，就这么紧紧拥抱着，叶晨枫滚烫的体温隔着衣衫传递过来。

过了许久，任彩怡抬起头来，她的眼眶里滚动着晶莹的泪花，她摸着叶晨枫的脸，好半晌才说：“瘦了，却更好看了。”

叶晨枫也流了眼泪，喃喃地说：“我以为你不会再要我了。”

任彩怡故意把眼泪擦在他胸前，笑着说：“我并没有说我还要你啊。”然后挣脱他的怀抱，往十字路口对面跑去。

叶晨枫很快又把她拽住，一下子把她拉到路边：“红灯，小心车。”

他脱口而出的话，让任彩怡顿时怔住了。

“红灯！”她抬头看了看路口的信号灯，此时确实是红灯，她伸手在他眼前晃了晃，一脸问号，“你看见信号灯的颜色了？你看见了？”

叶晨枫压下晃在眼前的手，说：“我说过了，我以前只是看不出颜色，我又不瞎。”他的脸上竟然露出了得意的笑容。

“你好了，你真的好了！你怎么好的？”任彩怡看起来比他还兴奋。

“这个，要感谢白知行。”

“啊！”听到这个名字，任彩怡还是感慨了一下。看来这几年，她不知道的事情太多了，看来知道叶晨枫行踪的人真的不止林超一人。

去英国之前，叶晨枫跟白知行交换了条件，希望他好好照顾任彩怡。他以为白知行会希望他再也不要出现，没想到这个情敌却说：“我认识一些很好的医生，你的眼睛应该可以恢复，如果有需要，来找我。”也正是因为白知行说出了这样的话，叶晨枫才更放心地离开，他相信白知行是个好人，不会伤害任彩怡。

妈妈去世后，叶晨枫联系了白知行，因为他想回来，他想更好地回来。白知行果然说到做到，为他用尽了自己所有医学界的人脉，帮他找最好的眼科医生和心理医生，还不停地鼓励他，让他一定要坚定信念，相信自己一定会好起来。

“所以，你真的好了？”

两人肩并肩坐在路边，任彩怡听叶晨枫讲述着他这三年的故事。

“嗯，开始我还有点犹豫，不知要不要接受治疗。我一直以为你跟白知行已经正式在一起了，每次向他问你的情况，他都不说。然后林超找到我，告诉我你一直是一个人。后来我康复了，白知行也跟我说，这三年你们一直没有联系过。”

“所以你才决定回来？不对啊，叶晨枫不应该是这样的啊。”任彩怡故意讽刺道，“无论我跟谁在一起了，你都要把我抢回来，叶晨枫不应该是这样的吗？”

叶晨枫摸摸她的头，不好意思地说：“这几年，我真的成熟了不少，不那么幼稚了。”

任彩怡“扑哧”笑出声来，说：“我觉得你现在不但幼稚，还更加胆小了，胆小到躲在幕布后面，不敢出来见我。怕我打你吗？”

“你打我吧！”

“啊？”

“最好打得我生活不能自理，然后我就可以赖着你了。”

任彩怡低头偷偷地笑着，然后一下子站起身来，弹了一下他的额头，说：“想得美！”

“你忍心让我一直一个人孤独着？现在除了你，没有人会管我了。”叶晨枫突然撒起了娇。

任彩怡抬着头，憋着笑，不看他。

叶晨枫见她不说话，站起来捏了捏她的鼻子，语气低沉地说：“你说的，我欠你的太多，让我慢慢还你好不好？”

任彩怡的鼻子又有一点酸，她吸了一口气，傲娇地说：“看你的诚意吧。”说完转头跑开。

叶晨枫没有追过去，他顾不上来往的行人，大声说：“任彩怡，我们重新开始吧。”

任彩怡站在十字路口的另一头，回过身来，看着叶晨枫，说：“你是在请求我的同意吗？”

“这不是请求，我是在通知你。”

“你哪来的自信啊？”任彩怡笑着问。

叶晨枫说：“我没有自信让你一直爱我，但我有自信每一天爱你更多。”

十字路口的信号灯不停地变换着颜色，两个人面对面地站着，笑看着对方。徐徐吹来的秋风，吹散了空中的云，星星们都现了身，每一颗都是五彩缤纷的，把整个世界照亮。

天刚蒙蒙亮，任彩怡就起床了，洗漱完毕，她换上了自己最喜欢的白裙子。

她的手机上有无数条微信，从昨晚到现在。

杨玥：“亲爱的，你见到他了吗？”

杨玥：“怎么样啊？他来了吗？”

林超：“你们见面了吗？需要我帮你联系他吗？”

杨玥：“急死我了，你不会想不开吧？”

林超：“我们家玥快急死了，你在哪儿啊？”

……

杨玥：“听说你们见面了，没有打起来吧？”

杨玥：“太过分了，重色轻友，友尽的节奏！”

……

看着这些话语，任彩怡心里却特别温暖，她回复杨玥：“我很好，放心，我知道你不会离开我的，爱你！”

杨玥回复得很快：“约你的会去吧，懒得理你！”

又一条信息发过来，好久不见的名字，简单的三个字：“祝福你。”

这是三年来白知行第一次联系她，言简意赅，他果然还是消息最灵通的那个。

任彩怡回复：“谢谢你，白大侠。”

这时，叶晨枫的电话打进来，任彩怡接起，说：“早！”

“早，我到楼下了，下来吗？”

“你说下来就下来吗？那我多没面子。”任彩怡站在阳台上往下看，却没有看到他的身影。

“没关系，我等你啊！”

“等多久都没关系吗？”

“多久我都等！等你一辈子。”

任彩怡抱着手机甜甜地笑了，她又照了照镜子，便拿起包飞奔下楼，只是找来找去都没有看到他在哪里。

“你在哪儿呢？”任彩怡问，“等太久，已经走了吗？”

叶晨枫说：“你回头看。”

任彩怡转身，看到一辆红色的车停在她身后，特别眼熟，好像在哪里见过。车门打开，叶晨枫从车上下来。他穿着正式又合体的白衬衣，倚着车门，摘下墨镜，笑得特别灿烂。

任彩怡被这种场景逗乐了，想着要不要这么浮夸，心里却十分满足，还有点虚荣。她走近一看，才恍然想起这就是当年叶晨枫想买来送给她的车。

“要不要搞这么一套啊？”任彩怡故意不屑地说。

“必须要！”

两人相视一笑。叶晨枫特别绅士地为她打开车门，邀请她上车，并帮她系上了安全带。

任彩怡坐好后，突然质问道："来很久了吗？怎么不上去找我呢？难道忘了我家住几楼了？"

叶晨枫挠挠头，不好意思地说："说好了要重新追你的，直接上门，不太好吧。除非……"

"除非什么？"

叶晨枫一脸坏坏的表情，解开自己的安全带，倾身过去，把任彩怡堵在角落里，本来很宽大的车内空间突然变得令人喘不过气来。他看着她，说："除非你希望我上去。"

任彩怡红了脸，开始心跳加速，她躲避着他的眼神，说："不要以为今天穿得帅就可以欺负人！"

"我就是要仗帅欺人，怎么样？"叶晨枫越来越靠近，近到呼吸直接喷在她的脸上。

"你果然一点都没变。"

"喜欢吗？"

"等你追上我再说！"

"好！你等着！"

·番外篇·

叶晨枫：致彩色的你

伦敦，早上九点，天气阴冷。

这是我从你身边逃走的第三百天。

除了去医院看妈妈，我每天都把自己关在琴房里，不想走动，也不想说话。我怕每迈出一步都会是奔向你的方向，每次想说话都会脱口而出你的名字。

但我并不想把你忘掉，事实上，我根本忘不掉。

我把手机里所有你的照片打印出来贴在琴房的墙上，每一个你，都是我偷拍到的你，都是彩色的你。

我们只有一张合影，那天在日料店，我强行拉着你拍照，你倔强地用手遮住脸，这一幕却成了我最珍视的画面。

我好想你，可是，每当妈妈提起你，我都会立刻走开。因为，关于你的每一个字都会如针刺般扎在我心里，提醒着我——我是多么懦弱的浑蛋。

任彩怡，你是否已经把我忘了，是否已经有更好的人守护在你身边，是否过得快乐些了？

你总是问我到底喜欢你什么。这些日子，我常常想，如果可以带你来我的琴房，看一看墙上所有的你，你就会明白，对于我来说，你是多么特别的存在。

你不会知道，十一年前，你第一次冲过来抱住那个还是小孩子的我时，给了我多大的安抚。你用温暖的手遮挡在我的眼前，我傻傻地站在那里，透过你的指缝看到了你也在颤抖的腿。你明明也在害怕，却还是保护着我。

你是这个世界上除了我妈妈，第一个抱我的女人。

后来，我眼前的一切都变成了黑白色，我好害怕。离开A市之前，我好想再见到你，因为我清楚地记得当世界一片黑白的时候，只有那个抱着我的你是彩色的。我好想再一次看看彩色的你，温暖的你。

但是，我知道，你可能不想再见我了。

后来，你出现在我家，我特别高兴，因为你还是彩色的。只是，这一次，你好像很不开心。你跟妈妈在争吵，我只能躲在卧室里看着你，分辨着你身上的色彩，却不敢出现在你面前。

那一天，你哭着离开，我想追出去找你，被妈妈拦住了。

我想，那时候你应该伤心死了，恨死我们了吧。

妈妈要带我去英国，走之前，我一直吵着要见那个“彩色的小姐姐”。没有人知道我在说什么，他们都认为那只是小孩的幻想。

我现在的状况应该跟那十年差不多吧，唯一不同的是你曾经来过。

你也许认为拍写真那次是我们第一次重逢吧，但是你不知道，这间屋里大部分你的照片是在那次相遇之前拍的。

当然，你肯定不会知道，因为这些都是我偷拍的。

第一次在公司见到你，你站在大厅前台处，手里拿着厚厚的资料。虽然你只是穿着白色T恤，我却清楚地看到了T恤上的橘色花样logo，分外耀眼。

从那天开始，我总是有意无意地到公司去，找到你，偷偷跟在你身后，贪婪地看着你身上的色彩。就是从那时开始，我总是躲在角落偷拍你，工作的你，吃饭的你，说笑的你，发呆的你……

所以，那一次我手机丢了，心里特别着急，除了怕你联系不到我，更怕丢掉手机里所有的你。

感谢高科技，让我没有轻易丢掉你，也感谢温姐，让你真的走到了我身边。

拍写真那天，你又出现在我眼前，我的开心都快藏不住了。握住你的手的那一刻，我更笃定了自己的判断，那个曾经不顾一切地护着我的小姐姐，那个唯一的彩色小姐姐就是你。

你的手好柔软，你曾经用手遮住我的眼睛，告诉我不要害怕，我记得它的温度，它的气味，记得你的一切。

你总是说我幼稚，我幼稚还不是因为你总是不相信我有多爱你？

你扔了我的"老婆饼"还理直气壮，可是，看到你跟别的男人共进晚餐，听到你去跟别人相亲，明明该生气的是我。

所以，那天趁你还没睡醒，我偷偷解锁了你的手机，把我所有联系方式的备注都从"马尾辫"改成了"最爱的枫"。后来你发现了，狠狠教育了我一顿，不但说我备注的名字很俗，还威胁我，说如果非要备注这个名字，以后就把我拉黑。

我不服，说："我不喜欢'马尾辫'这个名字，又不是拍恐怖片！"

"管你服不服，除非你以后别给我打电话或发信息，我可不想手机上随时显示跟你有关的字眼。"

我妥协了一步，建议道："那我改成'最爱'，把另外两个字去掉？"

你白了我一眼，说："我看你就像个疯子！"然后，你真的把我的名字改成了"疯子"。

好吧，至少还有个同音字。

但是，对于你在手机上诅咒我写真集卖不出去的事情，我就不能忍了。作为惩罚，我把自己手上留下的那几十本用来送朋友的书都搬到了你家里，分放在你家的每一个角落，让你走到哪里都可以看到我。

你坐在沙发上，随手拿起我放在茶几上的那一本翻看着，流露出诡异的笑容。

我凑过去，贱贱地说："到处都是我的感觉是不是特别好？"

你慢慢地把书合上，用手指点着我的额头说："看来我的诅咒起作用了，这么多没卖出去的书，也只能堆在家里落灰，我表示深深的同情。"

你嘴上虽然这样说，我却发现你把其中一本偷偷藏在了枕头下。

我不在的日子，你一定特别想我吧，虽然你经常不承认。

我摔伤的那段时间，你在我家照顾我，那是我最幸福的日子。你每天背着大大的包，装着你各种生活用品，却不肯放一件在我家，坚持睡在沙发上，与我保持着"安全"的距离。每晚你睡熟的时候，我都会偷偷跳到你身边，静静地看你的脸，和你发亮的黑发。

只要有你和我，就是整个世界，这种感觉真好。

幸福的时光总是特别短暂，而你我之间的离别总是特别久。

上次是十年，这次不知又是多久，会不会是永久？

林超发来的邮件我都看了，你写的故事我也都看了。我知道你过得不太好，我知道你也把自己关了起来，但我没想到的是那么糟糕的我在你的笔下竟然那么好。

林超劝我回去，他骂我是个逃兵，骂我不是男人，他骂得对！

没有你的日子里，虽然我的世界灰暗得可怕，但是我太懦弱了。我没有勇气再闯入你的生活，我不想把我的灰暗带给那么明亮的你。

直到送走了妈妈，我的心一下子空了。我大概也会死在这个地方吧，就这么孤孤单单的一个人，去到那个彻底没有你的世界。

你应该有了很好的归宿吧，那个人应该比我更适合留在你身边。想到这些，看着满墙你的照片，我竟然笑了，能够跟你有一段回忆，应该已经是最好的结果了。

还好白知行及时点醒了我，让我知道自己有多愚蠢，我想我该回去了。我努力地配合着一切治疗，不再抗拒别人对我的帮助，这一次我要给你更好的自己。

回国的前一天，伦敦跟往常一样，天气阴冷，下着雨。但今天的伦敦格外不同，这座城市第一次在我眼中有了色彩，那么明亮，那么美丽。只是，这一切都不及我即将见到你的绚烂心情。

我的心理医生问我："你觉得爱情是什么样子的？"

我禁不住嘴角上扬："爱情多纯粹啊，只有不爱了或者一直爱，没有别的样子。"

"所以你选择一直爱？"

我的眼前浮现出你的样子，我说："我爱她，一直爱。如果明天就是世界末日，而我现在不能吻到她，那我将无法过完今夜，这就是我的选择。"

任彩怡：我的小狼狗

他回来了，在他逃走后的第一千一百五十天。

但是，不打招呼就消失这件事，是没那么容易得到原谅的。

为了争这口气，让叶晨枫意识到这件事的严重性，我跟他“约法三章”。

“首先，必须保持手机畅通，不许失联；第二，听到我叫你的名字，必须马上出现在我面前；第三，无论出了什么事，都要跟我商量再做决定。如果做不到，就再也不要来见我，多一次机会都不给。”

叶晨枫笑着听完我的话，轻轻把我揽入怀中。他微微放低身体，头搭在我的肩膀上，撒娇道：“再也不会了，除非你先不要我。”

我揉揉他的头，说：“乖！这种危机感请随时保持。”

第二天，叶晨枫拖着行李箱出现在我家门口。这一幕似曾相识，只是这一次我依然把他拦在了门口。

他死死扒着门，一副视死如归的样子：“放我进去！”

“你想得美！”

“你忍心让我流落街头吗？”

“回你的好兄弟林超那儿吧，反正他背着我收留你也不是一天两天了。”

叶晨枫突然扮起了可怜：“可是我现在被赶出来了啊。他们都知道我和你和好了，怎么可能再留下我当电灯泡？”

我又使劲挡了一下门，鄙夷道：“没人收留你了，你才来找我？”

“按照你的要求，听到你喊我的名字就马上出现，所以我必须二十四小时跟你在一起，我可不能给你‘不要我’的理由！

他说这话的时候，特别恳切，眼睛也红红的。看着他着急的样子，我笑了，手上的力气也一下子放松下来。他便趁机挤进了屋子，把行李箱随意丢在角落，迅速躺在了沙发上。

杨玥打来电话说：“恭喜你过上了没羞没臊的同居生活。”

我强烈地表示不满：“明明是他没羞没臊地赖着不走。”

果然，我电话还没挂，搬家公司的工作人员已经上门，搬来了更多叶晨枫的东西，如钢琴、吉他等。看着家里一点点被填满，我开始有点后悔开门放他进来了。

等把所有家当摆在了他认为合适的地方之后，他对我说：“好了，让我们红尘做伴，从此潇潇洒洒，以度余生吧。”

我环视了一圈，说：“我还是觉得以前看不到颜色的你更加可爱。”

“为什么？”

“以前你看到的所有东西都是黑白色的，虽然摆放得乱七八糟，至少在色调观感上还是比较协调的。你看现在，这一屋子五颜六色的，都是什么？我看你是太久没看到色彩了，配色能力简直烂透了。”

叶晨枫摇摇头，说：“看来我的用心良苦你完全没有体会到。”

“苦在哪里？”

“跟我来。”他把我带到衣橱前，打开衣橱的门，指着里面的衣服说，“你看看。”

我惊奇地发现衣橱里的衣服，已经被他按照色彩从浅到深分类码好，而且我的每一件衣服旁边都放着一件同样颜色的男装。

我惊得睁大了眼睛，这次换成他伸手在我眼前晃了晃，说：“神不神奇？”

“这是什么意思？”

“听说我不在的这几年，你把自己的衣服都换成了彩色的，如果跟我在街上偶遇，你希望我能够第一时间看到你。你好傻啊，其实无论你穿什么颜色，你在我眼里都是独一无二的，就连你黑色的头发都是最亮的，我怎么可能看不到你？你根本无须配合我的需求。不过，现在我能看到颜色了，我来配合你，你所有衣服的颜色，我都买了一件同色的，以后你穿哪件，我都跟你选同色的，咱俩永远穿情侣装。”

他的话让我哭笑不得，却也让我的眼睛变得湿湿的。我转头看着他，说：“你才傻，这么幼稚的事都干得出来，谁要跟你穿情侣装啊？”

他也看着我，说：“你才傻，还学我抽烟。”

“你才傻，以为逃到国外去就能甩掉我吗？我做鬼也不会放过你。”

“你才傻，一直等着我就不怕老得嫁不掉吗？”

“你才傻，说我老，不怕被赶出去吗？”

“你才傻，你不舍得。”

“你才傻……”

“你才傻……”

我们俩都笑了，笑得像两个傻子。

有一天，叶晨枫突然跟我说：“我们闭关吧！”

“怎么闭？”

“不出门，不见人，也不待客。”

“为什么？”

“为了二人世界！”

我抬头看了看我俩此刻的状态，我窝在沙发一角抱着电脑写文章，他也跟平时一样，坐在键盘前，偶尔会有一些好听的旋律飘进我的耳朵里。

我不禁疑惑地问：“我们现在跟闭关有什么区别？”

叶晨枫一步跨到我面前，扣上我的电脑，说：“别忘了还有‘不待客’，也就是说，连林超和杨玥来了，我们也要闭门不见。”

我问他：“你是不是又被林超逼着写歌了？”

他叹了口气，说：“交友不慎。”

我突然想起来一件事，问他：“以后除了给林超写歌，你有没有打算全面复出？”

他斩钉截铁地说：“坚决不要！以后江湖上不会再有‘叶晨枫’这号人，只有一位著名音乐人，艺名——尘封笔忆。”

“‘尘封笔忆’是我的笔名啊！”

“有什么区别，反正你写的故事都是关于我的，而我写的歌也都是关于你的。”

然后，我们好像真的闭关了，就连在外卖软件上点餐，也会备注“放在门口即可”。杨玥说我俩重色轻友，我和叶晨枫相视一笑，装作没听见。

我俩谁也没有再纠结过为什么要闭关，我们仍旧各自做着自己的事情，然后一起吃饭，一起看电视，一起发呆。

我们大概都想了解一下——如果世界上真的只剩我们两个人，会不会厌烦对方。

叶晨枫说我的想法是一个悖论，如果世界上只有我和他，我们也只能互相依赖。但是，如果还有更多选择，我们还愿意守着对方，才算真爱。我笑了笑，摸摸他的头，夸赞道说：“你长大了。”

叶晨枫突然跳起来，说：“那我们结婚吧。”

我不屑地看了他一眼：“闭关闭傻了吧。”

“你才傻……”

“停，咱俩别又绕进去。”

“不绕，说正经的，我们结婚吧。”说完这句话，叶晨枫已经蹲在我的面前。

我眯着眼睛看他，说：“如果你想求婚的话，难道不是应该跪下吗？蹲着算什么？”

“跪就跪，只要你愿意嫁，让我趴着都行。”说着，他就跪下了，而且是双膝跪地。

我看着他，沉默了许久，我们之间的气氛变得有些怪怪的。

“喂！”他提醒我给他答案，“说话啊，你不出声，我好紧张。”

我叹了口气，仍旧一脸严肃：“叶晨枫，关于这件事，你是不是要先问问我爸爸的意见？”

这次换成他沉默了。

叶晨枫慢慢站起身来，一副欲言又止的样子。我知道我戳到他的软肋了，这是一个我们至今未认真聊过的问题。

我不知着了什么魔，他越沉默，我就越想激他一下。我拉了拉他的手，说：“害怕了？”

他深呼吸一口气，推开我的手，说：“让我想想。”然后便转头走进了卧室。

我没有去打扰他，一直坐在沙发上等他出来。叶晨枫把自己关在卧室里，房门紧闭，一点动静都没有。

天色渐渐暗了下来，我开始在卧室门前晃悠。就在我差一点强行把门踢开的时候，他自己走了出来，十分镇静地走到我面前，说：“我已经订好明天的机票了，我们出关吧。”

我不明白他在说什么，问：“什么机票？去哪儿？”

“回A市，见你爸。”

还没等我回答，他就强行把我拉进了卧室，开始督促我收拾行李。

第二天，他也没任何反悔的意思，早早叫我起床，把我拉上了飞机。

在飞行上，他只字未言，只是在落地的时候突然拉了拉我的手，小声地问：“你爸妈知道我们回来吗？”

我故意逗他：“你猜！”

他长舒一口气：“哎，不重要，反正我已经来了。”

我拍拍他的肩膀，安慰道：“既来之，则安之。”

后来，他说他已经忘了是怎么从机场到我家的，只记得我爸开门时看他的眼神让他几乎心跳停止，至今想起来都觉得自己没出息。

事实上，出发前，我偷偷给我爸发了信息，我爸很直接地问我：“带他回来吗？”

我回答：“带。”

所以，这一整天，我爸做的心理准备应该不比叶晨枫少吧。

我爸开门的一瞬间，我清楚地看到叶晨枫额上豆大的汗粒顺着脸颊落了下来。

“爸，我回来了。”

“好，回来就好。”

我爸还是话很少，跟我也没有过多的寒暄，他的目光始终在叶晨枫身上，盯得他发毛。

我用手肘碰了碰叶晨枫，示意他叫人。他特别听话，来了一个九十度鞠躬，大声地说：“叔叔好！”

我爸依旧很酷，说：“好，进来吧。”然后转身先进了屋。

我拉了拉叶晨枫的手，他转头对我笑笑，我们一起进了屋。

已经是晚饭时间了，我妈早就准备好了一桌丰盛的饭菜，都是我爱吃的。她倒是一直对叶晨枫笑脸相迎，特别热情地招待着他，让他有些受宠若惊。

叶晨枫始终是紧绷的状态，不敢与我爸妈对视，眼睛只敢盯着饭菜，却也不敢多吃。

我爸拿出酒杯，一脸严肃地对叶晨枫说：“喝点吧。”

叶晨枫乖乖地放下筷子，低头接过酒杯：“好的，叔叔。”

我有种不祥的预感，我爸这是要灌醉他！难道这就是传说中的“以酒试女婿”？

我的预感果然没错，一顿饭吃下来，并没有出现叶晨枫最担心的“问罪”戏码，二老谁也没有提起以前的事情，我爸也只是一杯又一杯地跟叶晨枫喝酒。

叶晨枫的酒量我是清楚的，今天的他有点开挂，努力维持着自己的清醒状态，特别谦和地陪着我爸“把酒言欢”，虽然实际上我爸从头至尾都没给过他一个笑脸。

酒过三巡，妈妈拉着我进了卧室。我不放心留叶晨枫自己在饭桌上，妈妈安抚我：“好啦，你爸不会打他的。”

我跟妈妈收拾着卧室里的床铺，她好像看出了我心里的疑惑，拍了拍我的后背，说：“你们都大了，自己的生活自己选择，只要你们过得高兴，爸妈不会横在中间。”

“妈，他是……”

“我们知道。”

“我并没有提过啊。”

“现在媒体这么发达，什么事都不是秘密，而且你在网上写的小说，你爸一直偷偷在看。爸妈也不是没文化的人，我们都懂。”

我的眼睛微微湿润了，我一下子没了言语。妈妈递给我一张纸巾，说：“人我们也见了，应该是个好孩子。这几年你也过得不容易，从现在开始，都好好的吧，爸妈也就放心了。”

我一下子抱住了妈妈，心中有千言万语，却只说得出一句“谢谢”。

妈妈也抱着我说：“傻孩子，别把你爸妈想得那么心眼小，过去的事你爸早就不放在心里了。今天他就是想试试这孩子的酒品，我们不用管他们，让他们爷俩好好喝，喝完这一次，就什么心结都没了。”

我点点头，笑了笑，不再多说，也没有出去打扰他们。客厅里仍然不断传出碰杯的声音，好像慢慢地还有了些许笑声。

我爸把叶晨枫放回我身边的时候，已经是午夜时分，他已经有了明显的醉态。我们把妈妈送出房间后，我扶着他一起坐在了沙发上。

他有点坚持不住了，慢慢躺下来，把头放在我的腿上，嘴里嘟嘟囔囔的，似乎在说着什么。我摸摸他的脸，微微发热，他顺势抓起我的手臂，环在他的胸前。

我问："你在说话吗？"

他在我腿上蹭了蹭，柔柔地回答："没有啊。"

"你喝醉了？"

"没有啊。"

"你是不是很难受？"

"没有啊。"

"你想不想睡觉？"

"没有啊。"

我被他复读机式的回答逗乐了，说："你是不是傻了？怎么只会说'没有啊'？"

他又拉了拉我的手，依旧说："没有啊。"

我用手拍了拍他的脸，问："那你有什么啊？"

他哼哼地笑了，撒娇道："我有你啊。"

我控制不住地嘴角上扬，轻轻地在他的额头上落下一吻之后，不再多问。

他却"噌"地一下坐了起来，愣了愣，拿起我的水杯，"咕咚咕咚"地喝光了杯里的水，然后转头看向我。他喘着粗气，脸红红的，盯着我的脸，把我看得发慌。

"干吗？你想吐吗？"我伸手堵住他的嘴，"等等，我去拿盆。"

他却拦住了我：“等会儿！”

他缓缓地站了起来，然后抬脚踩上了沙发。我还没反应过来，他已经双膝跪了下来，跪在了我的身边。

“你……你怎么了？”

他小心翼翼地拉起我的手，认真地说：“求婚。”

我张大嘴巴，说：“啊！你不是求过了吗？”

“不行，再来一次！”

“为什么？”

“怕你觉得我不认真，怕你不相信我有多么想娶你，怕你以后想起来，会说我怎么连求婚都求得那么幼稚。”

看着他急切的样子，我又笑了，打趣道：“你以为你现在就不幼稚了吗？”

他握紧我的手，说：“你别笑！”

我闭紧嘴巴，强忍住了笑容：“哦，我不笑。”

他往前挪了两步，靠近我一些，说：“我是认真的。”

“我知道啊。”

“你不知道！世界那么大，我偏偏遇见了你，偏偏爱上了你，而且我只爱你，只想娶你，然后生个孩子，最好是个像你的女孩。我不知道下辈子还能不能遇见你，我只知道，如果你不答应嫁给我，如果这辈子我娶不到你，我死不瞑目！”

闻言，我又张大了嘴巴，说：“要不要说这么丧的话啊？”

他依旧严肃认真：“那你到底答不答应嫁给我？”

我摸摸他的额头，说：“你是不是喝酒喝傻了？我不是早就答应你了吗？”

他说得更急切了：“我不是怕你答应得不认真吗？”

我无奈地摸了摸他的头，一字一顿地说：“我也是认真的。”

叶晨枫听了我话，终于露出了灿烂的笑容，憨憨地说：“好，那我就放心了。”

“那你现在可以乖乖躺下睡觉了吗？”

他皱了一下眉头，说：“你还愿不愿意帮我去拿个盆啊？我现在有点想吐了。”

唉，我就知道，果然还是喝大了。不过我并不生气，因为，虽然我一直不信什么酒后乱性，但是，我坚信“酒后吐真言”。

这次回A市，最大的收获就是我被叶晨枫拉着去民政局领了证——他说趁热打铁，说不定哪天我爸又看他不顺眼了，会棒打鸳鸯。

领完证，我问他：“现在要去哪儿？”

他说：“回家吧？”

“哪个家？”

“我们的家。”

“然后呢？”

“接着闭关！”

拿什么拯救你，我的妈妈

我叫叶小团，男生，今年五岁了。

对，你们想得没错，我爸叫叶晨枫，我妈就是任彩怡。

我发誓，等我长大了，一定要娶我的妈妈，把她从我爸的魔掌中解救出来。

我爱我的妈妈，在我心中，妈妈是这个世界上最美的女人，唯一的缺点就是“眼光差”，而最好的证明就是她看上了我爸。

我的爸爸，一个“过气明星”，总是莫名其妙地自信满满，认为自己很帅，却从来不承认自己的幼稚和小心眼。

在我努力学习独立成长，立志当一个男子汉的时候，我的爸爸却变得比我还爱撒娇和黏人。我大概一岁多就会自己拿勺子吃饭了，每次生病发烧到三十九度都很坚强，不掉眼泪，而我的爸爸，体温一过三十七度五，就开始像个废人一样，非要妈妈喂他吃饭。

所以，我时常很困惑，明明我是独生子女，为何总是觉得家里有个“哥哥”，还是个不懂事的“傻哥哥”。

每一天，我的爸爸除了坐在钢琴前弹唱一些我根本听不懂的歌，就是缠着我妈妈，屁颠屁颠地跟在我妈妈身后，不停地问：“老婆，这一段好不好听……”

前几天，爸爸写的一首歌又被林超叔叔唱红了，妈妈很开心。

可是，歌曲红了，明明是因为林超叔叔唱得好听，跟我爸有什么关系？妈妈，你醒一醒吧，人家杨玥阿姨才应该是最开心的那一个，你高兴什么啊。

为了让妈妈快点醒悟，我主动站起来，给妈妈唱了一首我最爱的歌：

我的好妈妈
下班回到家
劳动了一天多么辛苦呀
妈妈妈妈快坐下
妈妈妈妈快坐下
请喝一杯茶
让我亲亲你吧
让我亲亲你吧
我的好妈妈
……

我的歌声里充满爱意，肯定比爸爸写的那些什么靡靡之音好听多了。

可是，妈妈好像真的有些执迷不悟，她笑着亲了我一口之后，就立刻去给爸爸做饭了，而且都是爸爸喜欢的菜。

爸爸吃得特别高兴，趁妈妈走开的一刻，还故意刺激我：“小团子，你爸我这么帅，还这么有才，你妈就是太爱我了，特别没有安全感，所以每次都给我做这么多好吃的。她就是要把我喂成大胖子，她才安心。”说完，他自己又傻笑起来。

我只能送他一个白眼，心想，我妈才没有那么肤浅。

可是，妈妈回来后，我爸突然变了嘴脸，撒着娇说：“老婆，我太爱你了，你对我真好，没有你，我可怎么办？”

太不要脸了，以我妈妈的聪明才智，怎么可能看不出他是个两面三刀的男人？结果，妈妈真的没看出来，还被哄得心花怒放。

晚上，他俩还哄我去自己的小房间睡觉，跟我说他们今天有重要的事情要商议，不能陪我了。你们当我傻啊！我已经五岁了，又不是小孩子，你们……唉！

是时候跟妈妈说明一切了，我不能再让妈妈生活在这充满糖衣炮弹的“水深火热”之中了。

我拉起妈妈的手，深情地看着她说：“妈妈，我知道你现在过得很辛苦，你再等等，等我长大了，就娶你。”

妈妈捧着我的脸，温柔地说：“可是，妈妈不能嫁给你啊，妈妈已经是爸爸的了。”

那一刻，我“失恋”了。

我爸却在一旁露出了得意的笑容。

走出一段感情最好的方式，就是寻找下一段感情。

于是，我把目标锁定隔壁比我大一岁的圆子姐姐。

“姐姐，我们在一起吧。”

“不要！”

“为什么？我这么帅！”

“我更喜欢你的爸爸，等我长大，我要嫁给他。”

“他有什么值得喜欢的？”

我非常不解，你们这些女人怎么了？为什么都被我爸爸的外表所欺骗？

圆子姐姐心驰神往地说：“我就喜欢你爸爸那种又帅又有才的成熟大叔。”

接下来，我用了近半年的时间，每天跟她陈述我爸爸的各种“罪状”，并不断地给她洗脑：“你死了这条心吧，我爸爸是我妈妈的，而且他马上就老了，但我会越来越帅！”

可是，事与愿违，自从我开始上幼儿园，而我爸主动承担起早晚接送我这一任务，我“园草”的地位就岌岌可危了。

有一天，我爸又一次打扮得帅帅的来接我，并且不顾我的抗拒，在众人的围观与欢呼之中单手把我抱起，我再也不能忍了。谁让你抱我了？只顾自己帅，完全置我的男子汉气概于不顾，生生把我塑造成了软萌小绵羊的形象，让我以后在幼儿园里怎么混？

于是，我开始跟他谈判。

“你以后别来接我了。丢人！”

“哪里丢人？没看到别人羡慕的眼光吗？”

“让妈妈来吧。”

“你妈没空。”

“我要妈妈。”

“你妈平时要写故事，还要照顾你，很累的，别总缠着你妈。”

“缠着我妈的人是你好不好？把我妈还给我！”

“对啊，我老婆当然要我来缠！而且，我正式通知你，我和你妈协商决定，从今天开始，你要回自己的小房间独立睡了。”

“我不同意！我还小！”

“你不是要当男子汉吗？不许反驳！”

果然，当晚，我就被他们俩赶出了主卧。

我学我爸跟妈妈撒娇：“我不要自己睡，妈妈，我需要你。”

我妈却说：“可是你已经长大了，而且爸爸也需要妈妈啊。”

于是，我马上转换策略：“如果我答应自己睡的话，那以后能不能还是你来幼儿园接我啊？”

“为什么一定要妈妈接你呢？爸爸不好吗？”

我开始列数我爸的“罪状”：“我爸太嘚瑟了，总是耍帅，还向其他阿姨抛媚眼。”

妈妈揉揉我的头，笑着说：“哈哈哈，那你是不知道你爸以前当红的时候，比现在更帅，更嘚瑟，更招人喜欢。”

我妈用她一贯的温柔表明了立场，而我又一次在跟我爸的斗争中败下阵来。

从此，我便过上了每天看他俩秀恩爱却无能为力的悲惨生活。

我想我是解救不了我妈了，只能继续看着我爸越来越嚣张。

特别是当林超叔叔跟我说“你爸其实一直想要个女儿，因为女儿不会跟他抢老婆”之后，我决定还是老实一点，毕竟在“抢”我妈妈这件事上，我爸的战斗力还是很强的。